離開你的每一次準備

陳依雯——著

目次

1 鋼筆與水泥池

2019年1月13日

你突如其來到訪，讓我有些驚慌失措，大概是因為從大學時愛上你的第一天起，向來都是我彎彎繞繞行經你的領土，你並不曾對我所在的住所、城市感到好奇過。

「再十五分鐘就到新竹火車站囉！妳會在吧？」你太過輕鬆的口吻是最佳屏障，掩蔽了我對你此行的所有猜測。

遠遠地，便輕易指認出你頎長自在的身影，我看不透躲在墨鏡裡專屬於你的眼神，此刻該是換上了哪一種？是時而輕佻嬉鬧的？還是時而深邃沉鬱的？無論哪一種，對我而言都是可怕的蠱，我慶幸此時此刻你的眼睛有最安全的防護罩。

再一次和你並肩而行，忍住不仰頭探看你的渴望，帶你穿過明亮的地下道，走往位於新竹轉運站附近的續日咖啡店，店名彷彿強調這世上有一種怎麼也戒不掉的癮，可以日日續留，且只帶來純粹如咖啡香的歡愉和美好，真有這樣的人生可能嗎？

第一次，忘記自己怎麼喝完最愛的紅玉奶茶，只知道耳朵轟呀轟的，眼神一再無助閃躲著你，漫長的七年來我最渴望聽到的不就是這個句子嗎？怎麼當這一刻成真時，我卻還像個聽不懂中文的外國人，朦朦朧朧、似懂非懂，彷彿今天才真正認識這樣的你，這樣深愛我的你呢？

離開咖啡店的時候，還處於恍神狀態，我的靈魂也許根本無法承受你告白句子的重量，一個不小心，左腳疑似踩進柔軟的池子裡，重心不穩的我甚至還來不及尖叫，腦子裡竟先絕望想著：果然又是一場自己杜撰的夢境，而夢終將醒來了……

「小心！妳踩到路旁未乾的水泥了。」你焦急呼喊，同時將快要跌墜在地的我一把拉住，在我還搞不清楚怎麼一回事時，你已率先把我打橫抱起，急急離開案發現場。

頭剛好抵著你的胸膛，多年來不曾換過香水與香菸品牌的你，一直有這樣深深吸引我的混搭味道，如果這真是一場夢，停在這裡也很好，我傻傻希冀著。

「大小姐，是不是該檢查一下損失？妳打算拿這隻鞋子怎麼辦？」你將我安置在路旁的椅子上，雙手交叉在胸前，歪著頭一臉興味盎然地看我。我這才回神，檢視左腳上的深藍色 NB 球鞋，竟已瞬間變成藍灰雙色蛋糕，看來這一腳踩得不輕呀！

趕緊拿出隨身攜帶的濕紙巾準備善後，你卻先行搶過我手上的濕紙巾，以極度優雅好看的跪姿，專注擦拭我所製造的藍灰雙色蛋糕。由於這樣的姿態太過好看，非常犯規，我不安制止你：「呃……我可以自己來。」

3

「請不要隨意揮舞妳的水泥鞋武器，相信我的清潔專業，好嗎？」你不容置疑的堅定表情讓我乖乖閉上嘴巴，並再度陷入只看見你的模式，什麼都無法多想，甚至不敢亂動，深怕一個輕晃，便什麼都消失了。你最後棄械搖頭：「救不回來了，我們去買一雙新鞋吧！」

「可是，那一枚孤零零的鮮明腳印，好可憐！」我忍不住下了一個不太像受災戶的註解。

你一臉捉弄我的表情追問：「可憐的應該是新竹市政府吧，他們得重新鋪水泥了。奇怪，路旁明明都圍有橘紅色三角錐柱，怎麼妳偏偏沒看見，竟這麼筆直踩踏過去？」我只是一個勁兒傻笑，而等不到理由的你也無可奈何笑了，聰明的你應該已經猜到是什麼原因讓我如此失常了。

送你到火車站，在前往宜蘭的最後一刻，你拉起我的手緊緊握著，低下頭在我耳邊輕輕確認：「從現在開始，妳就是我的女朋友囉！」

我害羞點點頭，你傾身將我拉向你再順勢抱住我，世界瞬間安靜下來，只剩下我們倆紊亂不已的心跳聲。

再一次目送你離開，只是這一次不再像這七年來的每一次分離，往昔的每一次再見，我總是告訴自己：如果能夠，我再也不見你……

#微雨山城 #雙色蛋糕球鞋 #銀黏土項鍊 #告白

很深沉的夜裡，「微雨山城」的臉書粉絲們卻全都清醒著，像是辦自家喜事般紛紛針對鍾心明置頂的日記圖文，灌注各式各樣的留言：

「告白日普天同慶，請問小編這款『雙色蛋糕球鞋』銀飾項鍊有折扣嗎？」

「想看變成水泥的定情鞋，有照片嗎？」

「恭喜小編，七年的單戀終於修成正果，要一直幸福下去喔……」

「跪求咖啡店裡的告白內容！這個男主角也太浪漫了吧！」

「哇，好可愛的小編喔，竟然開心到毀了一隻鞋子！」

臉上擱著淺淺笑意的鍾心明，放下白天緊緊箍綁的馬尾，黑亮的長髮撲襲在她纖細窄小的肩頸上，整個人變得小小的，唯有那一雙大大的漂亮眼睛，定靜不移，像是專注凝視什麼，又像是什麼也沒鑽入眼底，只是無意識地望向深藍如無盡汪洋的電腦螢幕……

那一天的天空，也是這麼藍，藍得彷彿隨時能傾倒出冰涼海水，根本是一整片懸掛在空中的藍汪汪海洋吧！那時，鍾心明坐在台北外雙溪東吳大學的籃球場看台觀看系際盃籃球賽，班上的男籃正陷入苦戰，她卻不是很專心，只覺得那藍得不可思議的天空更吸引她。忽然，「砰」一聲震天巨響，球場上倒下一個人，整個身體趺趴在地，又因為疼痛而迅速蜷縮成一團，他的黑色球衣上還留有鮮明火辣的灰色鞋印，比賽暫停的哨聲倏地響起。

「隊長，你沒事吧？」隊員們紛紛圈圍至那人身旁探看，急急詢問：「雨峰，你爬得起來嗎？」

校內醫護隊趕到一旁待命，隊友小齊大怒：「那個21號完蛋了，居然這麼沒球品，就算五犯畢業也要故意踩著雨峰的背做交換，實在太可惡了！」

「沒事，還可以繼續打，我可沒時間坐板凳休息。」何雨峰緩緩起身，一隻手斜搭在隊友小齊肩膀上，勉強站直，從牙縫中擠出肯定的聲音。這一段話，讓在場隊員全都鬆了一口氣，要是少了何雨峰這個主力球員，這場比賽接下來還能怎麼打？

何雨峰臉上堅毅的表情，與他一拐一拐的步履形成極為詭異的畫面，不安感又再度瀰漫球場，隊友紛紛你看我我看你，這是一場不能沒有何雨峰的球賽，卻始終沒人敢說：「隊長，你還是先下場休息吧……」

比賽哨聲再度響起，何雨峰竟像個沒事人一般，自由如風地在球場上奔馳、射籃、卡位、搶籃板。鍾心明看得膽戰心驚，從小看哥哥打籃球長大，十分清楚這位班上的籃球隊隊長何雨峰是忍著多大的劇痛硬撐住，更加令她難以想像的是，何雨峰居然撐完全場比賽，不曾下場休息過。比賽結束散場之際，鍾心明眼睛定定盯向何雨峰那終於肯稍稍示弱的放鬆背影，聽見他朝隊友大聲嚷嚷：「我的心受重傷了，不管不管，你們今晚得合力扛我回家……」

明明賭上性命還是輸球、明明後背還藏有一枚帶刺鞋印的劇痛，何雨峰卻還有心情開玩笑，他到底是一個什麼樣的人啊？看著何雨峰的背影濃縮成一個小黑點直到隱沒於人群間，鍾心明牢牢記住了這位奇葩同學。

鍾心明的哥哥鍾天明也是個舉世無雙的奇葩！學生時期的哥哥，是否有祕密情史，她不得而知，畢竟在籃球場上多的是一時慷慨激昂的加油女粉絲，倒從沒有過一個固定且長期出現的加油女身影讓她留意。深怕絕後的鍾家二老，一把鼻涕一把眼淚無所不用其極地逼迫鍾天明，他才從善如流，自大學畢業後展開漫長的相親之旅。由於他本人長得帥氣挺拔，看人的眼光也因此十分挑剔，是個無可救藥的「外貌協會」會員，一路相親至今八年了，卻從來沒有一個女子真正成為他的女友。

大多數人，他嫌不夠漂亮、不夠高䠷、有點太胖；還有一些人被淘汰是因為不夠積極回應他的飯局邀約，只要女方有事而稍微告假個一、兩次，他便將她們驅逐至冷宮，不再聯絡；僅有少數的一些人進入他可以約出去吃飯的名單，但相約個一、兩次之後，他竟說：「感覺不太對，我也說不出個原因，總之就是這樣啦！」而臨時喊卡；還有兩、三個人相當難能可貴地倖存至與鍾天明約會超過三次的極限點，沒想到他最後居然以「她太愛東家長西家短，缺少良家婦女該有的品德」為由，而將她們狠判出局。算一算那些被鍾天明狠判犯規出局的眾女子們，如今至少有一打以上都過著幸福快樂的已婚生活，唯獨他仍然是光棍一個。

最令鍾家二老髮指的是他本人似乎不引以為意，畢竟平常忙碌於自家的手工具工廠事業，休假時與幾個好友打打籃球紓壓，好像這樣就能無悔無憾過完一輩子。心明幾乎相信自家哥哥當真做好單身一輩子的周全準備，直到前陣子那一通關鍵的電話打來：「妹妹，救命，我遇到大麻煩了……」

「哥，你那近乎修道人的生活，哪會有什麼大麻煩？」電話那一頭，並沒有任何命案現場該有的背景音頻出現，心明不忘調侃一番。

沒想到，天明不像平日那般嬉笑胡鬧，反而正經八百說道：「我遇到我的真命天女了！」

「咦？你認真了？」心明前一刻還睡眼惺忪的倦態瞬間一掃而空，只聽到天明回應：「前所未有的認真啊！」

「那就把握時間追求她呀！你居然還有時間打電話給我？」她趁這機會笑。

天明更苦惱了：「親愛的妹妹，我必須跟妳坦承，哥哥我嚴格說來從沒有任何談戀愛的經驗，這……妳應該很清楚吧！」

「然後呢？」她開始有一點好奇。天明的沮喪無力感，隔著遙遙遠遠的話筒傳來：「更糟糕的是我喜歡上不該喜歡上的人，她已經有熱戀中的男友了……」

「所以，你決定不顧一切橫刀奪愛，打一場基本上不會有任何勝算的仗？」她不可思議做確認。

「看來只能如此了，誰叫我這些年來誰也看不上，偏偏被她給俘虜了，這該不會是遲來的報應吧？」

「哈哈，你也知道自己長期以來面對相親的態度很隨便啊？」一逮到機會，絕對要趁勢「修理」哥哥，她實在太為那些曾經「受害」的婦女同胞們打抱不平了。

他無奈求助：「別再嘲笑我了好不好，我來找妳是想讓妳當我的愛情軍師，協助我打這一場仗。」

「為什麼是我？」她十分好奇。

「第一，妳是天蠍座，她剛好也是天蠍座。第二，妳是我所見過最癡情的人了，妳一直單戀何雨峰而拒絕相親的事情，爸媽不知道向我抱怨多少次了。這世界上沒有比妳更適合的人選，拜託……」天明在電話那頭只差沒抱著她的大腿、虔誠跪拜在地。

少數關鍵時刻還算挺乖巧的心明爽快答應：「好吧，我就勉為其難答應你，陪你打這一場怎麼聽都讓人感到很絕望的硬仗。」

心明一直相信唯有狠狠愛過一個人，生命才算完整。她為哥哥終於走入凡間嗅聞人間煙火，選擇在情愛中浮沉感到開心。那麼，眼前自成一方世界且穩定運作中的「微雨山城」藍色網海，算不算是一個完整的生命？心明的眼睛終於聚焦回深夜裡散發幽藍光芒的電腦螢幕，臉書頁面接二連三出現：「下訂雙色蛋糕球鞋銀黏土項鍊」的訊息，她任由盡責的訊息提示聲持續跳躍，並不急著回應，只是不斷思索：究竟什麼是「完整」？

網友終於買到一條惦記已久的限量手作項鍊，卻久久才戴一次，這是完整嗎？

一雙新買的ＮＢ球鞋，其中一隻鞋因為不小心踩進了未乾的水泥中，而注定被永久記憶，這樣是不是才完整？

或者，戀上一個人，卻總在永遠都不對的時機，使得愛戀過程充滿紮紮實實的痛楚感，會不會是更有感的完整？

淡淡笑了笑的心明，還沒有任何答案。唯一確認的是，打從七年前愛上何雨峰的那一刻起，她只愛他一個人，即便無數次狠狠命令自己放手，卻也無數次軟語要求自己持續愛著，這樣的愛，到底算不算完整呢？

心明終究是個什麼都捨不得放手、什麼都不願意丟棄的固執女子。她起身準備拿取擺在鞋櫃裡的水泥球鞋拍照上傳，是的，為一隻再也無法穿出門的鞋子挪移出一個空間擺放，這樣豪奢浪費新竹市中心一房一廳格局，要是讓好友范宜家知道，必會瞪大雙眼重複數落：「妳是我所見過最會浪費時間和空間的人啦……」而心明也只會再一次無奈聳肩，任性應答：「沒辦法，我就是學不會割捨。」

割捨一隻不能穿的鞋子都如此困難了，更何況是割捨何雨峰，幾乎每一段與他相關的記憶片段，她全都牢牢記得，彷彿他根本是她精心捏塑、雕鑿的一枚銀飾，即便閉上眼睛，也能猜得到他每一次靜默的深沉黝黑眼眸，正吞吐著什麼樣的緣由、消化著什麼樣的情感。

她一直記得最初他拉緊她的雙手時，那短短三秒鐘的莫名炙燙。

那時，心明正急急忙忙跑向上課中的教室，遲到十分鐘讓她有極大的罪惡感，大步踏上階梯的同時，卻因為分心張望窗戶內的教室動靜，一個重心不穩擦撞左前方正緩緩徐行的人影，那人影反應迅速，已牢牢抓住一旁的扶手，沒有倒下。天生缺乏運動細胞的她，當場跌坐在地，還痛得弄不清楚究竟是怎麼一回事時，頭頂上方已悠悠傳來「奇特」的招呼語：「同學，都已經遲到了，又何必那麼著急？應該先悠閒吃個早餐再進去上課啊！」沒被襲擊成功的那個人正瀟灑空出一隻長長的手，等待著。

一向好學生形象的心明痛得一時無力回話，跌坐在階梯正中央的她，直接略過那隻彷彿隨時會發出張狂笑聲的、隱約帶著薄繭的大手，想嘗試靠自己的力量站起來。無奈，左腳膝蓋剛剛不幸撞著梯角，實在太過疼痛，遲遲無法站起。

這時，樓上又冒出一陣不疾不徐的慵懶聲音：「同學，妳都已經跌倒了，為什麼還要逞強？更何況我的手一直擺在這裡有點痠耶……」

「你……」心明抬頭準備看清楚那位太過囂張的發話者究竟為何方神聖，一雙瞪得圓滾滾的眼睛迎上那半是促狹半是戲謔的似曾相識臉容時，堆積在嘴巴裡的反擊話語突然人間蒸發，她萬萬沒想到眼前這個愛說風涼話的人，竟是前幾天在籃球場上引起一陣騷動的何雨峰！

一時之間，倒忘記該怎麼正常表現原來的自己了。也許是敏感接收到鍾心明幾秒鐘的不自然情緒轉折，何雨峰這才勉為其難俯下身，稍稍關切詢問：「站得起來嗎？」

她隨即低下頭，避開他搜索式的確認眼光，老實回答：「我，左腳無力，爬不起來。」

「收到！」話才剛落下，何雨峰已伸出修長雙手，緊緊包覆住鍾心明的柔嫩小手，一陣粗礪而又無比溫熱的異樣觸感劃過她，他近乎輕鬆地使力，她便神奇地再度站直。待她站穩後，他迅速放開她的手，她卻記住了那三秒鐘的劇烈震盪感。

「還能夠走嗎？」他再次發話，原是極好聽的嗓音。她立刻點點頭，著急著想踏上下一個階梯遠離他，身體卻明顯重心不穩，像一枚隨時會飄飛的落葉。

「別逞強，妳拉著我的手臂，我們一起進教室。」他不容置疑的正經態度，和剛剛的輕浮姿態簡直判若兩人，心明心裡感到突兀險些牽動嘴角笑出聲音，卻真不敢把手搭上他的手臂。

何雨峰等了半天不見動靜，乾脆好人做到底，居然未先徵詢當事人的同意，直接擺弄起她那白皙纖弱的左手，並將它穩穩放置在自己結實的右臂上，還蠻不在乎地調侃：「愛逞強同學，做人有時要認命些，妳就當自己誤上賊船吧，反正再走一小段路，妳就能棄船自由了！」

心明真的不知道該怎麼接話，唯有一路的沉默，伴隨整隻左手的異常高溫。她隱隱約約意識到他存在的危險性，卻終究無能在往後與他互動的歲月裡，阻止左手那曾短暫滯留過的熾烈灼燒感，一路往心的方向蔓延而去。

一如天明幾乎以為絕種的、每一根命名為愛的心弦，在遇見李翩翩之後，簡直像春天的雜草全都瘋狂發芽抽長著，且十分一致地朝向她的一顰一笑蔓延而去。自從心明以一種「捨我其誰」的決絕姿態扮演哥哥的愛情軍師後，每一天，他們兄妹倆都會透過Line及其網路電話進行或長或短的對話交流，哥哥不斷彙報前線軍情和戰況變化，妹妹則在大後方下指導棋，竭盡所能揣摩、貼近另一隻蠍子的心思，設法投其所好，試圖讓她一步步卸下心防，找到可以攻城掠地的突破缺口。

接連幾天密集的通訊後，心明對李翩翩已有基本認識。李翩翩大學念的是設計科系，畢業後很順利地在台中一家小有名氣的手工鞋店工作，擔任該店的文宣與網站小編，這家手工鞋店正巧是天明的摯友陳允達開設的。今年年初，天明終於得空應邀參加好友公司的尾牙餐會，見著了李翩翩，他怎麼也想像不到自己與她的距離明明這麼近，卻白白錯過這麼些年可以相遇的機會。只可惜，老天偏愛捉弄人，恢復單身許久的李翩翩，竟在去年年底有了固定交往的男朋友，個性天真浪漫的她聽聞他為愛創業的故事後，便深深被俘虜。

據說這男子是個癡情種，工程師出身的他，為了圓成前女友的甜點店夢想，毅然決然辭掉高薪工作，向銀行貸款數百萬，在台中科博館附近的小巷弄租賃兩層樓店面，精心布置成極為溫馨的甜點店，裡頭除了創新且兼具視覺美感與味覺享受的精緻甜點外，還有滿滿的手作可愛動物娃娃妝點，是網美必訪的台中特色甜品舖。正當這家店的名氣不斷爬升時，前女友卻無預警劈腿，狠狠拋下癡情工程師以及他為她張羅的夢想。遭逢愛情重創、傷心欲絕的工程師，並沒有如外界預測般黯然消極頂讓店面、結束營業，反而繼續癡傻等待前女友回頭。他死心塌地守著為她精心打造的夢想，即便生意開始走下坡，即使漸漸無力按時償還銀行貸款，還是勉強苦撐，始終無怨無悔地盼望前女友歸來。直到，他遇見剛搬到附近、幾乎每天報到、總是購買招牌抹茶紅豆蛋糕的李翩翩，隨即對她展開熱熱烈烈的愛情攻勢，才結束這段不知還要為期多久的癡情苦男日子。

聽完這段軍情簡報後，心明忍不住評點：「哇！李翩翩也太容易被童話故事騙了吧，那一聽就是個不太高招、很有把妹嫌疑的店面行銷故事啊！」

「是啊，但李翩翩就吃那一套，她呀，浪漫到無可救藥……」話筒那一方傳來苦笑聲，雖然看不見哥哥的表情，但心明很能輕易勾勒哥哥心底的無可奈何感，她太熟悉那樣的感覺。

「聽起來，很不妙，更何況你也不是個癡情種。」心明一針見血說出結論。

「親愛的妹妹，妳是我唯一能找到的救星了。如果連妳都不看好我，我還要不要打這場硬仗啊？」天明粗啞抗議。

她揚起嘴角得意輕笑：「那，我們約法三章。第一，不能提早退場。第二，所有我要你做的傻事，你都得做。第三，每一項情報都要據實以報，不能因為丟臉或害羞因素而隱匿軍情。」

「沒問題，這三項我都會確實做到。就算妳要約法一百章，我也會全力配合，只求妳別再洩我的氣。」天明的求饒低姿態，使她彷彿回到小時候與哥哥吵吵鬧鬧的場景，雖然每一次都打不過又高又壯的他，但每一回都是她贏，因為她懂得抓住爸爸、媽媽的心，說出他們想聽的話，哥哥剛好完全相反，是個呆呆愣愣的誠實傻子，永遠只會理直氣壯地說：「都是妹妹先惹我的！」

偏偏，從小鬼靈精怪的她在遇見何雨峰之後，從來就沒有一絲贏的機會。

為什麼她偏偏執意何雨峰？為什麼哥哥偏偏只要李翩翩？愛情的獵場裡，狩獵者與獵物的關係一向不平等，她和哥哥都是愛情獵場裡最不起眼的獵物，卻固執以為自己有能力扭轉劣勢，成為狩獵者眼中絕不能錯過的極品，甚至還異想天開以為終有那麼一天，兄妹倆有機會翻轉命運，成為決定一切遊戲規則的權威獵物，這樣是不是很傻？

為了這一場看不見任何曙光的傻瓜戰役，心明特意將兄妹兩人的合作計畫與群組命名為「偏偏是妳」，哥哥不反對，卻也沒有明確的認同感，她在稍稍沉寂的網路那一頭加碼強調：「取了名字就有了感情，有了感情就有了羈絆，親愛的老哥，我超怕從小養尊處優的你，熬不過這一場注定要卑躬屈膝、虐心傷神的硬仗啊！」

「好好好，軍師說得對，妳怎麼說，我就怎麼做。」天明終於捎來一個大大的熊大比「讚」貼圖，彷如一枚蓋壓在兩人合作契約上的個人印章，宣誓自己死戰到底的赤誠決心。

心明晃了晃手指緊緊提捏的水泥球鞋，發現果然有點沉，不再有往昔的輕盈感。她甚至以為這隻鞋正是一枚不負責任的印章，不過是不經意踩進一方小小的水泥池裡，便重重蓋壓下對水泥池而言形同終生相許的承諾，只是，那一枚張揚滾燙的鞋印還在，而持有印章的人卻早已逃之夭夭。她忽然覺得有點感傷，為著那注定逐漸凝固的水泥池，從此以後，它只能傻傻守護那枚鞋印、與自以為重要的愛情誓約，且再也無法容受他人的邀約或蠱惑，如此嚴重的感情潔癖，是它唯一的戀愛姿態，直到新竹市政府以有礙市容觀瞻的理由澈底挖除它，再用全新的水泥重新鋪蓋上去為止。

她決定悄悄收藏這隻闖禍的球鞋，彷彿為著那方隨時都可能因為妨礙市容而慘遭剷除的癡情水泥地，留下愛曾經存在過的證據。她希望水泥地能明白，那一隻被它深愛過的球鞋，如今再也無法自由自在浪跡天涯了。

心明拿出相機，為水泥球鞋拍了張有景深效果的特寫照片，上傳「微雨山城」，立即引來網友們的瘋狂點閱與轉發效應，其中有位回購率頗高、和心明還算熟稔的買家藍曦，甚至很文青地傳來一張鋼筆手抄情詩作為回應：

我也必須在你還很軟弱的時候站住
才能留下腳印嗎

明明又來了那麼多人
你卻像是
只被他走過一樣

後來我穿再硬的鞋
也已經連傷害你都辦不到了

我們只能
互相磨損
假裝是愛

By蕭詒徽〈水泥〉

在電腦螢幕前牽動淺淺笑意的心明心想：世界上竟有這麼巧的事，難不成有過誤踩未乾水泥地經驗的人到處都是？她繼續往下讀詩，視線停格在「假裝是愛」，這詩句太過悲摧，注定了只能是悲劇的結局，詩人明明可以安然無事走過，為什麼偏要留下來假裝？

心明深信磨損是愛與被愛過程中的必然，即便愛上的是一個對的人，仍然逃躲不過耗損的歷程。人生正是因著這些情感撞擊所導致的殘缺與破碎，啟動生命重整的保護機制，也是那保護機制，把我們變成一個更完好的人，或者淪落為更糟糕的人。

一旦愛上一個錯誤的人，必定跌入萬劫不復的殘酷地獄。弔詭的是，我們往往在持續失速墜毀的過程中，還試圖傻傻製造出片刻倍感幸福的錯覺，以為這壯烈的犧牲必然能成就一些什麼、喚回一點什麼，甚至直到摔得頭破血流的那一刻，我們那一雙滿溢難以置信目光的眼睛，都還捨不得閉上。或許詩人留下來的原因，是為了等待自己製造出的幸福錯覺能夠成真吧，只要還心存一絲微渺的希望，他甘願繼續假裝。

感傷地嘆了口氣，心明目光最終落在網友藍曦那灑脫飄逸的俊秀字體上，想起昨天夜裡哥哥提及的一則重要軍情：為了在李翩翩的世界提高「曝光率」，天明決定前往好友的手工鞋店光顧，為著幾個月後的母親節禮物做準備，他打算假「母親節送鍾媽媽手工鞋」之名，行「讓李翩翩留下孝子兼暖男好印象」之實。心明對於近乎「零求偶」經驗的哥哥居然能想到這個點子感到無比驚喜，連聲催促他快去執行。

天明和李翩翩再度見面的那一天，好友陳允達簡單打聲招呼後，便偕同妻子劉倚青外出談生意，臨行前，他刻意安排李翩翩在會客室單獨接待天明，還給天明一個相當曖昧的挑眉邀功表情，這才緩緩離去。

根據天明發誓絕對沒有加油添醋的報導，李翩翩相當客氣，聲音極度悅耳，是個幽默健談的人。倒是他顯得有些緊張詞窮，只能呆愣愣看紙本目錄挑選鞋子款式，竟然還一度忘記自己是替媽媽買鞋的孝子，而順口報上自己的鞋子尺碼，李翩翩當下沒反應過來，只是不斷驚呼：「天明哥的媽媽腳好大啊！竟然穿到十號鞋耶！」

當李翩翩拿出巨大的、由天明指定的手工女鞋款時，他這才想起什麼似的緊急「修正」：「不好意思，這是我可以穿的鞋碼，不是我媽媽的，我媽媽穿五號鞋……」李翩翩的目光來回穿梭在天明的腳及自己手上拿的女鞋，一臉「原來如此」的笑意如漣漪泛開，忍不住調侃：「天明哥，我們公司還沒開發男鞋款式，請你不要為此而客訴我們唷！」

本想留下帥氣孝子兼暖男形象的天明，最終以喜劇諧星身影浮掠過李翩翩的心頭。天明彙報這一段軍情時，有點沮喪，心明軍師安慰他：「不會啊，你這種『天然呆』的男子，在戀愛市場上已經絕種了，哥，你很有競爭潛力喔！」

為了宣告自己不是只有天然呆的優點，天明還追加分享自己如何化解尷尬的招式：「那時我為了轉移鬧尺碼笑話的注意力，特別誇了一下李翩翩在購買訂單上的簽名很有藝術家的味道！結果，她開心和我說這是她第一次用鋼筆簽名，沒想到還能贏來讚美。」

「哥哥啊，你難道不覺得終於出現一道突破口了嗎？」心明軍師非但沒第一時間稱讚他，反倒拋出一個他從來沒想過的問題，他求知若渴發問：「我有漏掉什麼嗎？請軍師明示。」

「李翩翩最近開始迷上鋼筆啦，你和她要培養共同的興趣，才會有共同的話題。從現在開始，你必須了解鋼筆、投入鋼筆坑、使用鋼筆寫字，好設法成為她的『筆』友。」軍師妙計出招，連話筒裡傳來的聲音都跟著激昂。

「這樣啊……可是，我完全不懂鋼筆耶，怎麼辦？」將軍老實招認自己還沒有操練過軍隊的事實。

「別擔心，我有個朋友也許可以幫忙，這兩天我盡快幫你安排一個鋼筆入門教學課程，你等我消息。」心明胸有成竹的篤定語氣，讓天明十分放心。結束這一晚的軍情彙報時，她在兄妹倆的「偏偏是妳」群組裡，敲下「太好了，總算有一點稍稍往前邁出步伐的契機啦！」字句，哥哥則照例回以熊大比讚的貼圖，表示擁戴軍師提出的新策略。

心明在藍曦回覆的貼文上按下一個讚，並開始衡量邀請藍曦為哥哥開講鋼筆入門教學課程的可能性。和藍曦認識至今滿五個月，心明對這位回購率超高的忠心耿耿網友特別有好印象，購物過程絕不囉唆，收到銀飾後也會熱情分享使用心得，甚至每次微雨山城有任何新貼文時，總能看到她留下痕跡的步履。最近這兩個月，心明還發現藍曦偶爾會用鋼筆抄寫相關詩句作為回應，不少網友因此揪團嬉鬧、跪求她開設硬筆字速成班呢！

微雨山城銀飾工作室成立至今已滿半年多，藍曦絕對算得上是資深會員，縱使兩人從未有過網路以外的真實生活連結，心明對她也有一定程度的信任感。沒想到，邀約私訊才剛傳出不久，便收到藍曦爽利的肯定答覆，甚至連鋼筆入門教學課程的三方視訊時間也都迅速敲定，心明相當感動，連番向她道謝，藍曦乾脆調皮許願：「我看不如這樣，妳把我升級為貴工作室的超級ＶＩＰ會員好了，享有永久的八折優惠，如何？」

「沒問題，從今天起，妳就是微雨山城的超級ＶＩＰ會員，享有永久的八折優惠價！」心明滿是感激地敲下豪氣字句，同時忍不住低聲嘀咕：老天爺對哥哥也太厚道了吧！

鋼筆入門教學課程的三方視訊當晚，心明第一次見到藍曦的模樣，年紀應該和天明差不多，她留著一頭俐落有型的挑染長髮，有一張清新的臉容，看似輕盈，整個人卻又散發一股穩定的氣場，穿著素簡白襯衫的她，戴了一副大大的茶色造型墨鏡，也許是為了見網友而做的自我保護措施。心明自己也是謹慎戴上黑色口罩故作神祕，只露出大大的、微帶笑意的雙眼。天明則沒有做任何防備，就這樣毫無遮掩地把自己晾曬在陌生網友面前，心明猜想這位在商場上奔走多年的哥哥，大概只是單純把藍曦當成正要接洽生意的新客戶吧。

三人的視訊課程終於展開，藍曦不僅帶來收藏的十幾枝鋼筆，還特別準備講稿放在一旁以備不時之需，她依序仔細講解鋼筆整體構造、辨識筆尖的粗細、更換墨水時的注意事項……，天明也相當認真做筆記和提問，心明則專注凝視每一枝鋼筆的筆尖，在腦袋中構思以鋼筆筆尖作為下一次銀飾創作的可行性。

這時，藍曦的鏡頭裡突然擠進一個人影，是留有一頭捲捲長髮的可愛年輕女子。她和心明、天明揮手示意後，立刻親暱地將頭靠在藍曦的肩膀上，一雙眼睛從此只盯著藍曦瞧，兩隻手也沒閒著，正緊緊摟住藍曦的腰，簡直是一張超級犯規的放閃照片。藍曦趕緊騰出一隻手來拍拍她的頭，無限寵溺地小聲說道：「要乖喔！」那女子點點頭，也不說話，像是小小的無尾熊就這麼慵懶賴在尤加利樹上。藍曦似乎很習慣這樣的情境，臉上沒有太多表情劃過的她仍繼續如常授課，倒是天明反而無心上課，他撐大一雙眼睛，似是震驚又像是好奇直直瞪視鏡頭前親暱相依的兩人。

瞥見哥哥完全失態模樣的第一秒時，心明簡直快暈倒，趕緊傳一條訊息敲打他：「哥，拜託你，請正經而專注地上課好嗎？不要一直緊盯她們倆瞧，再過幾個月，台灣極有可能是亞洲第一個通過同婚專法的國家，你這樣做很不禮貌耶！」天明收到簡訊後，這才開始調整自己的臉部表情和線條，終於再次成為一個只單純上課的學生。

能夠單純，是一件相當幸福的事，心明始終這麼相信。偏偏當感情萌生時，我們都難以成為一個單純的人、做單純的事，所有愛戀過程中兩人的小言語、小表情、小舉動，全都會被放大千萬倍檢視，並歷經無數次淘洗、篩汰，最後提煉出我們最能理解、接受的版本。常常，戀情便是在這樣的過度檢驗中，宣告早夭的必然命運，或者持續受困在怎麼樣也靠近不了真相的無限迴圈裡，進退失據。

心明對何雨峰的感情，走的正是最耗人心神的無限迴圈路線，那天近距離聆聽鋼筆的屬性時，彷彿也看見自己一直以來的盲點。

鋼筆天生自備吸墨器，渴望墨水的愛情滋潤時，只需將筆尖輕巧撩撥墨水瓶便能優雅汲取，瞬間蓄滿能量後，又能接續剛剛尚未完成的一段戀人絮語。而每一種顏色的墨水，都可以是鋼筆的情人，只要在新戀情展開前，以清水浸泡、洗淨吸墨器及筆尖內殘存的墨水餘漬，再瀟灑繾綣另一款名姓詩意的墨水瓶時，無縫接軌的全新愛戀將就此鋪天蓋地而來。心明簡直覺得鋼筆是個天生的戀愛高手，玩得起任何一種形式的愛情遊戲，一段接著一段看似單一專注的戀情，卻讓他像是個不曾被影響過絲毫的孤絕靈魂，無論與誰相遇過，都沒有任何前世記憶被寫下。

哥哥天明是一枝剛剛開封的鋼筆，他的愛情吸墨器使用說明書掌握在心明手裡，由她靈巧下達命令，哥哥只需拼命跟上即可，他沒有前世的靈魂和記憶，也沒有過去的羈絆與陰影，可以迅速化身為深情溫柔的暖男，一步步走進李翩翩設防的心底，與任何一位女子的心靈。

雨峰像一枝令人絕望的鋼筆，心明整整愛戀他七年，始終只能忽遠忽近地瞭望他。大學四年，唯有許聆安是他曾安心停留過的墨色，至於心明，則無法被他歸類，雨峰從前曾語帶玩笑地說：「我把妳放在很重要的位置，卻不是名為愛情的地方。心明，我真的難以歸類妳啊！」她相信了，一直癡癡守著那個很重要的位置，並偏執等待著，也許有那麼一天，她會讓他愛上。

心明是未乾的水泥池，被雨峰一腳踩過，烙下一枚幾世也忘不了的承諾印記。她拖著沉重的前世記憶，知道自己永遠都當不成鋼筆，無法遊刃有餘旋舞於色澤繽紛綺麗的愛情世界，重複進行拆卸、浸泡、洗淨、再拆卸、再浸泡、再洗淨的遊戲人間儀式。她只能是苦守雨峰腳印的水泥池，而後漸漸等待成乾逝的、不再讓人留下任何記號的癡執水泥地。

2 無家可歸

2019 年 2 月 14 日

成為你的女朋友以來，我始終無法適應這個身分，即使在與你相識的悠悠流光歲月裡，早已模擬、預演過數千百次。無論做了多少萬全的準備，一遇上你，我仍像個初出茅廬的愛情生手，經常錯聽重點，總是不知所措。

尤其當你的目光、你的撫觸、你的問句，全都只為我而來時，我竟頹喪以為是自己陰錯陽差入鏡到別人的愛情故事裡，倉促接演了不屬於我的角色。偏偏，一向入戲的我還慶幸地以為終於抓到借酒裝瘋的難得機會，一股腦兒訴説所有想對你傾盡的心意，直到散戲。而你注定永遠不會聽到且無從知曉這些細節，因為，我不過是個偷渡他人浪漫情事的猥瑣二流小説家而已。

「在想些什麼啊？」你以大手輕拍我的頭，低聲詢問。

「呃……沒什麼，只是覺得幸福來得不可思議，我是不是太幸運了？」我下意識吐舌，好像被你抓到不專心賞遊新竹燈會的證據，有點尷尬。

「傻瓜！我可是活生生地牽緊妳的手，甜甜蜜蜜和妳一起穿走在新竹護城河畔，欣賞太空主題的元宵燈會啊！此時此刻，沒有什麼比現在正在發生的事情更加真實了，我親愛的傻女友。」你一邊確信無比說道，一邊將我的左手高舉至你那堅毅有型的唇邊，一枚像是故意懲罰我胡思亂想的吻，就這麼落在我的指節上，感覺有股讓心失序的電流奔竄全身，刺刺麻麻的，行進中的步伐竟有些不穩。

「被妳這樣執著愛了七年，我才是那個最幸運的人。」你低頭尋找我的一雙眼睛，我無所遁逃地看見你眼眸中只單純映照著的自己，你感性的嗓音才剛落下，我整個人立即被嚴密而溫柔地圈進你懷裡，一時間竟也忘記這是人來人往的護城河畔，只想從你身上汲取更多怎麼感受也永遠不夠多的味道和體溫。

「我還想看看新竹市議會前的石獅子。」你稍稍鬆開我們之間的距離，重新牽起我的左手，牢牢的。

「沒問題，往這邊走吧！」我試圖回以輕鬆的口吻，心想應該可以遮掩剛剛被你緊緊摟抱時的莫名害羞感。

我們逐漸遠離觀賞燈會的人群，來到位於中正路上的新竹市議會前，你在兩隻石獅子前反覆凝望、觸摸許久，好一陣子沉默不語。我並不吵你，只是跟著你一起觀察這一對石獅子。

在新竹待了近四年，倒是第一次停下腳步，仔仔細細正視牠們，這才赫然發現，牠們的雕工十分精緻，忍不住猜測牠們一定身世不凡吧！究竟有多少年的歷史了？我專注閱讀石獅子底座下的說明碑文，但它有被歲月明顯洗劫過的痕跡，讀來有些吃力。

3

「我之前剛看過世新大學程玉鳳教授寫的相關文章，對牠們留下很深刻的印象！想聽故事嗎？」像是捕捉到我的疑惑似的，你終於開口，我急切點頭，你眼神裡閃過一抹複雜的笑意，來不及收。

「這對石獅子顛沛流離了大半輩子，命運十分坎坷乖舛！牠們原本為新竹林恆茂家族所擁有，當年由林占梅特別聘請中國泉州著名石匠製作，打算做為未來守護祖廟的神獸，哪知一對石獅子都雕刻好了，祖廟卻還沒完工，只得一直閒置在林家的土地上。沒想到這土地後來被官方商借，蓋了演武場，牠們反倒先成為演武場的守門石獅子。到了清領時期光緒十二年，林占梅再次應官方要求，把這對石獅子移往已蓋好的試院，守護每一位應考的莘莘學子。我猜林占梅大概已經心裡有數，這對石獅子恐怕永遠沒有回家的時候了……」風吹亂你一頭濃黑的短髮，卻吹不走你無奈的口吻。

「不只清朝人愛這對石獅子，日本人也很愛。九年後，台灣進入日治時期，這對精緻漂亮的石獅子被日軍一眼看中，立刻被遷徙至舊武營和武德殿，成為庇佑習武之人的石獅子。」你順了順我隨風亂舞的髮絲，將它們老老實實夾在耳後，你手指傳來的暖實溫度，瞬間擊退陣陣襲來的新竹冷風。

「故事可還沒結束喔！到了日治時期大正十五年，新竹州知事乾脆主動竄改牠們的真實身分，假裝牠們是日本狛犬，讓牠們來到新竹日本神社的鳥居前，守護虔誠參拜的信徒，算是台灣版本的『指鹿為馬』故事吧！」你搖搖頭，發出輕蔑的笑。

你再次開口：「這荒謬的故事直到台灣光復後才劃上句點，當時林占梅的曾孫緊急告知新竹市長，石獅子本為林家所有，請市政府趕緊將石獅子遷出新竹神社，以免最後淪為日本財物直接被打包帶走，市政府這才火速將石獅子遷出，移轉到當時的中山堂暫時放置。民國五十二年，據說新竹市議長為了避邪，又將這對石獅子搬遷至新竹市議會前坐鎮，讓牠們保護出入市議會的政府官員，直到現在。」

我不捨驚呼：「天啊，牠們倆簡直比《少年 Pi 的奇幻漂流》還要悲慘，根本是有家歸不得嘛！」

「是啊！但妳相信嗎？一直漂流在外的牠們其實才是幸運的，林占梅那曾被譽為台灣四大庭園之一的潛園，由於當時的新竹市政府未將它列為文化法定資產，導致潛園在民國一〇一年慘遭地主無預警拆除，改建成停車場，從此以後，我們再也看不見一百多年前文人展現燦爛風華的真實現場了。」你不自覺地加重握手的力道，繼續低啞說道：「那才真的是無家可歸了，可是這又是多麼的諷刺，家明明已經消失了，離家的人卻還是可以活得好好的。」

「是嗎？我並不這麼認為，那對石獅子從被外借的那一刻起，潛園的記憶早已滲透進牠們的肉身，成為牠們尊榮的骨血，即便是外行的我，瞧個一眼也看得出牠們不凡的名門身世。而漂泊流浪的這些年，牠們倆的家便是彼此，只要有對方在，走到哪裡都是家。」我急切反駁，只因為你語氣裡藏不住的一絲冷冽寒意。

5

你的眼睛曾閃過一秒的晦暗，接著像是想起什麼似的再次被點亮：「妳這樣子，我還回不回宜蘭？」你那帶有薄繭的溫暖雙手正輕巧捧起我冰冰的臉，並再次試圖固定住我那頭早已隨著新竹狂風亂舞許久的長髮，這突如其來的姿勢轉換，使我不可迴避地只得直視你以及那雙等待我回答的灼熱眼神。

太過幸福的我，面對這持續一個月的女友新身分，仍是感到手足無措。

「今天是情人節耶，妳怎麼捨得趕我回家……」你步步進逼，挑弄笑意的銳利眼睛直勾勾看我，我幾乎聞得到你鉤人魂魄的氣息，這個姿勢太過曖昧，令人完全無法思考。

「我想和妳住在一起，妳什麼時候搬來宜蘭？」你低頭抵著我的前額，撒嬌磨蹭，任性而又溫柔的探問。

「可是……我還沒有心理準備……」我的聲音，大概都被新竹的風給偷偷藏匿了，變得吞吞吐吐的。

你若有所思的眼神正調皮掃描我：「這樣啊……沒關係，這回換我等妳。」你再次將我摟進懷中，冷不防追加一句：「先說好下回來新竹見妳，我可要開車來了，我就不相信妳捨得讓我連夜開車回宜蘭。」我還來不及反應，你長長的手臂突然收緊，我們這一次靠得好近，近得連你藏在墨黑色外套下的沉穩心跳聲都聽得見，我差一點就忘了呼吸。

#微雨山城 #一對石獅子 #銀黏土項鍊 #有家

心明的掌心彷如隨時會消失、崩裂的岸，短暫停泊二月銀飾新作「一對石獅子」，她的手指猶如風浪，正一波波輕緩搖曳牠們。靜謐的暗夜沒有任何聲響，唯獨一對石獅輕巧碰撞彼此時隱微發出的渺渺聲音，是很容易就錯過的那種音頻。

錯過了，就該是錯過了，怎麼樣都不值得擁有再一次的機會，心明一直以這樣的信念告誡自己，但她始終無法狠下心逼使自己成為那樣的人，她唯一的方法就是持續做好各式各樣的離開準備。

像是剛考上台北東吳大學外文系的那一年，她知道這是脫離鍾家二老溺愛式監控的最佳機會，錯過了這一次，便沒有下一次。於是，當多數的大一新鮮人都忙著展開多元人際聯結的新生活時，她反倒在十一月時決定到麥當勞打工，鍾家二老聽聞這訊息，簡直崩潰心疼不已，大她五歲的哥哥天明更是不解追問：「妳這個千金大小姐幹嘛去當苦命長工？要是怕錢不夠花，哥哥可以匯給妳呀！」

她永遠甜甜回應：「我只是想累積人生經驗嘛。」而她沒說出口的真心話卻是：我才不想當一輩子的媽寶！

大四畢業前，心明順利考上新竹清華大學的外文研究所，再一次為自己創造離家自立的機會。剛入學的她，拼了命把自己投入忙碌而高壓的課業生活，而課餘的紓壓活動，則是接觸金工世界，從最容易入門的銀黏土創作做為起點，製作一個又一個的銀飾作品自娛娛人。研究所畢業後，她立刻在Pinkoi網路電商平台成立個人品牌「微雨山城」，將研究所時期手作的一些還算滿意的銀飾作品上架，儼然是一個自由工作者。當鍾家二老望穿秋水盼著寶貝女兒畢業回台中定居時，心明撒嬌回應：「我要留在新竹，我的『微雨山城』銀飾工作室已經成立了，我想要專心創業，爸、媽，你們會支持我吧！我知道你們最愛我了，一定會支持我的創業夢想。」鍾家二老一時間竟也開不了口要女兒搬回家了，哥哥天明則一副受傷的表情：「當個無憂無慮、不用操煩家業的女兒，真好啊！」

心明在離開鍾家二老的周密圈養後，便很清楚知道自己想要的是什麼，她一步步做好離家自立的準備，微雨山城成立半年多，業績穩定成長，這給了她得以持續漂流在外的理由。她常想自己為什麼如此堅持一定要留在異鄉生活？只是為了脫離媽寶印記嗎？又或者也是為了預先留下一方全然自由的祕密小天地，讓或許有一天會將她明確歸類的雨峰擁有一個可以暫時停靠的港灣？心明給不出最精準的回答。

每一個沒有明確答案的問題背後，都藏匿一段曲折的隱密心事，是無論如何都見不得光的，只能慢慢等待它的變形，化為另一種理直氣壯的存在，又或者持續煎熬地等待它願意消失為止。

一室寂靜，一對發光的石獅子自心明掌中滑落進銀飾包裝盒裡，暫時住進繫有一條銘印金色碎星星緞帶的全黑盒子，牠們即將前往下一個灣岸。

雨峰，有停泊港灣的渴望嗎？

大一時的心明並不清楚，那時候兩人雖是同班同學，交集的機會並不多。自從那一次因為遲到跌跤和何雨峰撞個正著外，心明瞧見他時大多在課堂進行中，他悠悠哉哉逛進教室，不忘禮貌朝著講台上的教授點頭致意，再閒閒散散坐在後頭的角落位置聽課，這是最常見的何氏上課風格。要不就是索性瀟灑缺席一整個星期的課，直到某堂課的教授預告下週點名時，他才又突然現身教室。

同樣也喜歡坐在後頭角落位置的心明，很難不注意到系上的這號風雲人物，球打得好，人又長得高帥，最不科學的地方是明明經常蹺課，居然還能隨時精準回答教授突如其來拋出的問題，這種人的存在感太過強烈，儘管多數時刻的他，只是安靜的坐定，並若有所思看向前方。

跌倒過後的那些天，偶爾在教室角落目擊他泰然自若的遲到姿態時，心明常常嚇得急欲收回視線，何雨峰卻早已若無其事坐在她隔壁，他會略略斜向她的位置，確認課本應該翻閱的頁碼，隨即又恢復靜定的上課狀態。兩人沒有任何對話，果真應驗了最初他扶起她、並帶她走進教室時拋下的話：「愛逞強同學，做人有時要認命些，妳就當自己誤上了賊船吧，反正再走一小段路，妳就能棄船自由了！」當時的心明還無從想像，這句話竟一語成讖預言了她與他後來剪不斷理還亂的歲歲年年。

也許只是純粹喜歡看籃球賽，抑或是在籃球場上的何雨峰特別容易親近，心明冒著剪不斷理還亂的危險可能，逐漸養成了一個習慣，但凡有何雨峰參與的籃球賽，她都會想盡辦法到場觀賽，彷彿熱血追星的粉絲，卻又不那麼精準真切，她只是覺得有他的籃球賽，無論輸贏，都相當好看，他那股拼了命的狠勁、可以什麼都豁出去的專注態度，對她而言，有著強烈的吸引力。

心明以為何雨峰在教室內、教室外、籃球場上是完全不一樣的人，甚至連在麥當勞打工的他也有另一種面目。第一天到麥當勞打工時，店長簡單講解排班及鐘點薪資事宜後，便找了較為資深的工讀生負責指導她工作細節，而那個人正巧是何雨峰。心明遠遠瞧見那有點熟悉其實非常陌生的身影逐漸靠近時，她有一種小心收藏的祕密被粗糙窺視的尷尬感，差點沒反射性後退、奪門而出。隨即又安心想著：明明和他不熟，何必逃？搞不好他根本不記得自己了，或許也不大清楚彼此是「同班同學」的關係，畢竟他經常遲到、蹺課，對於班上的事務總維持一種淡漠的疏離感，唯有和籃球有關的事，他才會熱烈投入其中。但，她萬萬沒想到，何雨峰開口的第一句話，居然是：「妳，行嗎？」

「我，當然可以。」心明篤定回答，迎上他隱隱夾帶詭譎笑意的眼神。

「是嗎？那記得踩穩步伐，這裡可摔不得。」他丟下一句不鹹不淡、且聽不出任何情緒的話之後，也不等她回應，直接切入工作模式，以瀟灑手勢示意上工，轉身往製作漢堡區的工作枱走去。

何雨峰還記得那次的摔倒事件，他竟然全都記得，心明此刻的心緒有點複雜，感到些許後悔，卻又微微雀躍，並預感這往後的打工日子大概相當難熬了。

他帶領她走一遍製作漢堡及炸物的工作流程，後台工作場域瀰漫一波波如雲霧的蒸騰熱氣，空氣中混雜著速食店特有的炸烤味道，即便有冷氣盡責運轉，心明仍然有種全身浸透在熱油鍋裡的錯覺。此起彼落的計時器聲響與隨時令人精神緊繃的餐點訂單複誦聲，彷彿是熱油鍋裡不斷翻滾、持續複製的泡泡，成為工讀生唯一能夠攀附以取得求生機會的游泳圈。何雨峰翔實交代炸物機器及配有輸送帶的大型烤箱使用方法，並示範每一種漢堡的製作手續和專屬包裝紙，最後告訴她大型冷凍庫的位置，並帶著她體驗從中搬運出漢堡肉片、炸物食材的相關注意事項。

「剛進來的工讀生只能待在後台工作區製作各式各樣的速食產品，還有負責店內的灑掃清潔工作，希望愛逞強同學可別嚇跑了。」何雨峰在稱職交代完畢各項工作細節後，仍然不忘調侃心明。

「這個你大可以放心，我很愛逞強的，怎麼樣也不會被嚇跑！對了，我有名有姓，別老是叫我『愛逞強同學』。」心明瞪視何雨峰，希望他別那麼瞧不起自己。

「鍾心明同學，好好加油吧！妳今天就先在後台學習烤漢堡皮、肉片，順便炸炸薯條、雞塊。」話一說完，他抬起右手順勢壓低她的工作鴨舌帽，遮住她那一雙太過晶亮的眼睛，頭也不回地往收銀台方向站崗去了。

她先是怔愣一會兒，才緩緩舉起右手整理被何雨峰壓低的鴨舌帽，彷彿也在整理稍稍跳動過快的心，尤其當她聽見他正確無誤說出自己的名字時，竟有三秒鐘的感動！隨即又覺得是自己反應過度了，畢竟兩人是同班同學，記住同班同學的名字是一件再正常不過的普通小事，又何必如此大驚小怪？她將剛剛一直緊緊捏在手中的工作證慎重戴上，宣告媽寶自立計畫正式開展。

心明的哥哥天明沒有選擇權，只能安分接受必然媽寶的命運，但他似乎適應得相當好。白日裡，他艱苦卓絕撐起手工具家業，還時不時與鍾爸磨合兩代的分歧意見；黑夜裡，他好不容易暫時走出煙硝烽火，乾脆澈底化身為無所事事宅男一枚。這幾年，除了假日會與幾個好友相約打籃球之外，幾乎不見天明參與其他有利於「求偶」的社交活動，這讓鍾家二老心急不已，即便天天在他耳邊叨唸，也不見顯著效果。

鍾媽甚至崩潰到連自家巷口便利商店新進的年輕店員小姐都能「如數家珍」，認真反覆盤算與演練，打算挑個良辰吉時詢問對方是否有男朋友。心明每次聽鍾媽轉述那些她為天明四處蒐羅相親對象情報的點滴細節時，都快捧腹笑翻，卻也無法提供更好的良策。

這下可好，看似無欲無求的哥哥，總算動了真心，對好友陳允達開設的手工鞋店文宣兼網站小編李翩翩一見鍾情，這消息像深水炸彈在鍾家炸開來，掀起幾乎能吞沒天光的滔天巨浪。鍾家二老樂見其成，卻也相當識趣不敢當著兒子的面追問進度，深怕惹得兒子不高興，打壞一桌得來不易的好牌。鍾家二老只得更常打電話「通緝」心明，要她確實交代哥哥的「追妻」進程，心明覺得自己簡直快變成頻灑狗血的連續劇編劇，有時為了安撫倆老的心，還得無中生有一些突破性的激情戲碼，這算是變相的激勵士氣方法嗎？心明常在電話那頭苦笑、吐舌。

其實天明和李翩翩的關係進展，非常不順利。由於李翩翩和甜品舖男友的感情相當穩定，即便他依照心明軍師的指示，開始投其所好接觸鋼筆世界，每天必定在Line上與李翩翩交流相關的鋼筆情報以及寫字心得，但得到的回應都十分冷淡。李翩翩總是久久才讀取訊息，也總是客套地以可愛表情貼圖作為答覆，從來不肯主動多說一句話，更不曾有過任何一絲絲逾矩的行為。

「我是不是該放棄了？」將軍天明每隔七天，便會在「偏偏是妳」群組中向軍師心明發出類似的問句。心明一開始還耐心積極鼓勵他，一個多月下來，類似的戲碼輪番上演至少五次，她這才赫然發現「七天」是哥哥能夠忍受的續航極限，她甚至驚覺自己是不是鍾家二老在醫院抱錯的小孩，為什麼她和哥哥面對無望愛情的態度竟能有這樣巨大的差異？

「哥，這才只是開始而已，你難道不知道打一場硬仗最需要的就是堅強的意志力嗎？」心明竭盡所能忍住想對哥哥咆哮的衝動。

「那我現在到底還可以做什麼？」十幾年來繳交愛情白卷的菜鳥天明，無奈發話。

「沉住氣，繼續傳Line，讓她習慣你每天都會出現，人很容易被習慣制約，你要耐心經營與等候。」愛情，本來就是一場時間的、空間的、各式各樣條件的拉鋸戰，這世間鮮少有一蹴可幾的情感，就算擁有，也不見得是一樁好事，因為它太過廉價，也太容易妥協。心明一向不急，她太清楚等待一個人回頭探看自己，是一段何等漫長孤寂的絕望旅程。

天明突然提議：「對了，那天允達看不下去我那溫吞的追求法，建議我直接豁出去下猛藥，他說：『既然李翩翩最近迷上鋼筆，你就應該買一枝萬寶龍鋼筆送她呀！當然，你要有心理準備，這個投資並不會讓她對你的好感度立即提升，李翩翩不是那種愛慕虛榮的女人，但是，她會記住曾經有過你這麼一個追求者。就當做買一個名片印象囉！』妹妹，妳覺得這招如何？」

沒等心明回應，他繼續補充：「我知道之前妳和藍曦都建議我買一枝適合初學者使用、價格親民的年輕筆款送她，走文青路線就好，但是我覺得允達的說法也很有道理耶！」

心明倒是有一種被重重撞擊後突然茅塞頓開的感覺：「允達哥這樣說啊！成家立業的人果然說話都夠大器、豪邁，不像我和藍曦給你的這種小文青建議，哈哈！那你就試試看吧，也許會有一絲希望。」

兩天後，天明帶著萬寶龍Bonheur週末系列幸運星鋼筆，再度來到好友允達的手工鞋店，李翩翩被這份厚禮嚇了一跳，對著那款兼具高雅與俏皮特色的鋼筆，連連驚呼：「天明哥，這太貴重了，我無功不受祿啊！」

「翩翩，看到這款筆我就直覺想到妳呀！我猜念設計的妳，一定也很喜歡Coco Chanel吧，她別具慧眼，從法國布列塔尼為了救命本意而設計的藍白條紋相間水手服中得到靈感，創作一系列條紋衫，在當時不只解放婦女們的衣著自由，也形成一股瘋狂的時尚潮流。瞧！直到現在，條紋衣仍然持續流行著，這款鋼筆正收藏了Coco Chanel那樣驚人而又體貼女人的設計點子，它是一枝能帶給女人幸福的筆，我只想送給我唯一認識的設計界朋友，拜託，請妳別拒絕我好嗎？」天明一邊將妹妹心明不斷囑咐他的鋼筆背後故事一字不漏完整背誦出，一邊將那枝純白筆身、筆蓋綴以深藍色條紋、筆尖還鏤刻著五顆小星星的鋼筆輕巧收進盒中，直直塞入李翩翩手裡，根本不給她拒絕的空隙。

聽到天明的這段轉述時，心明感到非常滿意，連聲讚美他：「做得很好喔！那她當下有什麼反應嗎？」

「她好像有一點感動，總之，她沒再急著退我禮物了，我想應該是妳的那套設計師說詞奏效了吧！妹妹，妳果真是我的王牌軍師啊！」天明興奮說道。

正當兩兄妹還沉浸在「偏偏是妳」計畫在不可能攻破的銅牆鐵壁中，開鑿出一條裂縫的巨大喜悅時，沒想到三天後，天明在自家公司收到李翩翩退回的萬寶龍鋼筆，包裹裡頭還夾帶一張萬寶龍鋼筆的保養說明書。

天明當下臉色灰土慘白，好友允達第一時間特別打電話給他：「你不要太沮喪，這一次，翩翩真的有被你感動到，尤其前幾天她和男友有一些小衝突，你的萬寶龍鋼筆故事恰好打動她，恭喜你啊天明，成功對李翩翩發出一張個人名片！」

心明也安慰他：「這證明她是個值得追求的女子，不隨便佔人便宜，活得挺有骨氣的！而且啊，她還特別跑一趟萬寶龍門市，為你拿張鋼筆保養說明書，這可是很貼心的小舉動，根本是前所未有的突破啊！」

「好吧，我會盡量正向思考，看在她送我保養說明書的分上，代表她有把一丁點兒的我放在心上。看來以後送她的禮物不能太貴重了，不然鐵定又會被退貨。這枝藍白條紋鋼筆我先為她收著，等到她真的成為我女朋友的時候，再送給她，相信那時她一定會感動到爆表！」生平第一次慘遭女方「退貨」而大受打擊的玻璃心將軍天明，最終總算下了個「同志仍須努力」的積極結論。

心明無法預知這枝印記著濃烈Coco Chanel色彩的鋼筆，究竟能不能回得了禮物原主李翩翩的手中？會不會直接成為不擅於漫長等待的哥哥經常使用的鋼筆之一？又或者輾轉贈送給哥哥的下一位心儀對象？該不會最後根本是自己向哥哥軟硬相求而得到它吧？

她一直很喜歡Coco Chanel，當初和天明討論該挑選萬寶龍的哪一枝鋼筆做為禮物，心明在網海搜尋第一眼看見Bonheur週末系列幸運星鋼筆時，腦海中旋即浮起Coco Chanel那既絕美又倔強的身影，她是膽敢突破各種束縛的法國設計師，活出孤兒不敢奢望的繁華人生，也創造世上所有第三者都難以企及的傳奇愛情可能。

再次拿起工作桌上的另一對石獅子銀飾，那輕巧的撞擊聲微微傳來，心明不禁喃喃自語：Coco Chanel和你們一樣也無家可歸啊！先是賜予她生命的原生家庭消失了，而後她一直在感情的世界裡漂泊，每一段感情都刻骨銘心，每一次的選擇卻也再次注定她此生無法擁有家庭的命運。但，Coco Chanel不曾放大那些生命中的必然殘缺，她只是傾注全力地打造自己的時尚王國，那以工作為名的家，頑強且具有鮮明存在感地屹立在充滿許多考驗的年代，是比任何人給予的家都還要來得更加可靠、也更加尊榮。一如你們也一站又一站地遷徙移居，以工作為名、為家，在新竹風城無怨無悔守護每一個需要你們的子民呢！

雨峰，也是以工作為名、為家的人嗎？

大一時的心明只知道每一次填寫麥當勞的排班表時，何雨峰的名字總是熱絡出現，聽班上同學聊天轉述，麥當勞似乎只是其中一個工作，他還接了其他的打工，像是英文家教、展場工讀生、咖啡店服務生、晶華酒店的外場服務人員……等等。心明忍不住揣想：他究竟是來讀書還是來打工的？最讓心明感到驚奇的是，她不曾看見他在籃球場上有任何的疲憊感，就連在麥當勞時也是，永遠精神奕奕，甚至還有餘力暗中幫忙新手上路的自己。

每一次輪到何雨峰站櫃台負責點餐收銀時，心明總有一種終於獲救的感覺，他會稍稍放慢點餐節奏而又不讓客人有所察覺，還會在最恰當的時機刻意多複誦餐名一次，好讓跟不上速度的她有機會再次確認，一旦櫃台前人潮一空，他必然迅速接起她尚未做好的事情，分擔她的出餐壓力。當輪到心明做灑掃工作，尤其是整理垃圾桶的垃圾時，何雨峰總會或早或晚地恰巧出現，二話不說為她扛起沉甸甸的超重垃圾袋。一次、兩次、三次的經驗累積下來，心明漸漸知道這不是巧合，是何雨峰適時伸出的援手，她心裡很是感激，卻不知道除了說聲謝謝之外還可以如何報答。

兩個多月的「密集」相處，兩個人慢慢變得比較像「同班同學」了。下了班，準備離開麥當勞的短暫時光也是何雨峰話最多的時刻，一開始兩人聊的是在麥當勞工作的訣竅，漸漸地，會聊到籃球場上的賽事，他甚至會順帶提及在其他地方打工的趣事，心明也會分享班上發生的笑話或八卦消息，有時，他還會主動詢問她隔天課堂上的注意事項或報告繳交事宜。最後，兩人會一起走出麥當勞，何雨峰帥氣騎上全黑摩托車馳騁在台北街頭，心明則會目送他離開直到再也看不見他的小黑點背影為止，才甘心緩緩步行回到東吳大學的女生宿舍。一個人的散步途中，腦袋裡想的全是剛剛兩個人的對話，她時而獨自發愣傻傻笑著，時而連連搖頭喊道：「糟糕，這句話說得太不漂亮了！」

對心明而言，那是一個星期中最快樂的三個夜晚，為了延續那樣的快樂時光，她靜悄悄做了一點手腳，每一次排班前，必定先等何雨峰把名字簽在上頭，自己才跟著填寫最適合的打工時段，她相當珍惜和何雨峰共事的每分每秒，即便深知這樣的陷溺可能意味著什麼樣的危險。

農曆過年前的班表安排最為棘手，店長不僅與能騰出時間打工的人再三確認加班的可能性，連已經明確表達無法上工的人，店長也不厭其煩反覆勸留。心明很清楚知道自己和這段春節連休假的打工完全絕緣，店長依舊不死心拿著班表在她眼前搖晃、拜託：「心明，真的一天都不行嗎？麥當勞很需要妳，看在妳同學何雨峰幾乎全勤的分上，怎麼樣，來支援個一天吧？」

心明本想再次堅定拒絕，一聽見「何雨峰」三個字，像是觸電似的，立刻接過店長的班表細看，這才發現何雨峰的名字竟從小年夜排到年初六，他難道瘋了嗎？又或者他其實是個孤兒？為何班上沒有這則傳聞流出？心明腦中閃過無數個猜測與問號，發現自己對何雨峰根本一無所知。店長以為心明的遲疑代表回心轉意，臉上綻開放鬆的笑容，進一步追問：「妳要來哪一天？」

「沒……沒辦法，店長，明天我就得回台中老家過年，不然我爸媽會殺上台北來抓人，店長，真的不好意思……」心明將班表交回店長手上，又一次拒絕，即使心意已經沒那麼篤定了，甚至開始構思提早上台北打工的可能性，但鍾家二老那關可沒那麼容易打發，她不能擅自應允。

好不容易熬到下班，心明試探性向何雨峰提及：「你的春節打工好瘋狂喔！店長還以你為榜樣，力邀我加入春節排班的行列耶。」

「嗯。」何雨峰正低頭整理背包，心明看不到他臉部的真正表情，但他那一聲淡漠的回應，已瞬間讓周遭空氣降溫數十度，寒氣逼人的程度簡直和麥當勞的大型冷凍庫不相上下，何雨峰有這樣的反應倒是頭一遭，心明沒來由打個寒顫。但她還想針對這不合常理的情況再多追問些什麼，卻不知道該怎麼撬開眼前的巨大冰庫，乾脆轉而調侃自己：「我啊，要是這麼排班的話，鐵定會被我爸媽斷絕親子關係，不像你，可以那麼自由來去，你爸媽一定很信任你……」

「鍾心明，妳說完了嗎？」何雨峰猛地抬頭，直接打斷心明的話，語氣像極了咬上一層鏽的粗糙鐵片，刺刮著心明嫩薄的耳膜，那雙俊朗的眉眼也頓時變得尖銳、冷漠且無比疏離，隨即朝她恣意攻擊：「我們很熟嗎？妳不要以為我們真的很熟，就能自以為是用妳的想法揣測我的世界。」

他冰冷丟下話，頭一回沒有等她，直接重重甩上休息室的門，把錯愕的心明留在突如其來的雪崩現場。沒多久，外頭便傳來那無論如何她都不會錯認的熟悉摩托車聲音，突兀揚起並轉瞬消失。

心明雖震懾於何雨峰的激烈反應，卻沒有太大的意外感，她一直隱隱約約知道他的心底藏著不為人知的傷口，儘管沒有任何證據顯示，但她就是直覺知曉。最最訝異的是自己竟然還不爭氣的掉下一滴淚水，為什麼會流淚？何雨峰並沒有說出什麼毒辣的話，他說的都是再正常不過的事實，可是為何當事實從他口中冷冽地一一道出時，那每一個字句全都化為讓人難以承受的冰錐？她無法多想，趕緊以衣袖擦拭且拼命忍住下一滴急欲竄出的眼淚，不願讓其他工讀生發現異狀，連忙收拾背包快速離去。

走在一樣夜色的街道上，心明知道有些地方不再相同了。就在幾分鐘前，她毫不猶豫粗魯撕下何雨峰的一角傷疤，但她憑什麼這樣做？明明已嗅聞到不尋常的冰冷氣氛，為什麼不識相地就此打住？或許她當真是那個最自私、最自以為是的人吧，以為那是一條瞭解他的必經之路，她怎麼樣也不想錯過。

還有其他的路徑通往何雨峰的世界嗎？已回到台中老家過年的心明反覆思索，這才赫然發現和他的生活交集相當有限，他們甚至不曾交換彼此的手機號碼、臉書帳號，所有正常朋友應該有的聯繫方式，他們一樣也沒有，兩個人根本連基本的朋友情誼都算不上。一想到這兒，心明越發覺得昨天的自己太過失態，她一點也沒有資格探問「陌生人」的傷口，而當「陌生人」這個詞突然冒出時，心明偏又心驚地急將它銷毀，她不喜歡這樣界定何雨峰，現在的她難以想像何雨峰可以是路上任何一個無關緊要的陌生人。

天啊！這個漫長的寒假，難不成得天天淹沒在對他放肆造次的愧疚感裡嗎？又或者日日陷溺在自己原來是個自我感覺太過良好的狀況外同學？一定還可以做些什麼吧？至少得彌補自己的冒失舉動，還有得感恩他在麥當勞的適時救援，想了許多必須向何雨峰表達歉意和感激的理由後，心明的壯膽儀式也已然完成。拿出慣用的純白A4紙張，開始提筆寫信給他，在3C產品、社群網站當道的時代，心明很不合時宜地喜歡且習慣手寫書信，她的字並不好看，只能算得上工整，還經常被朋友調侃那是「專屬小學生的樸拙可愛」字體，但她始終相信，手寫字的心意和溫度能更迅速抵達對方的心底。

她決定春節假期的每一天都寫一封信給他，每一封信的開頭都以「我感謝你」揭開序幕，謝謝何雨峰在麥當勞幫忙過她的一件事；除了表達謝意，還要展現誠意，她從他似乎只愛黑色的特質作為切入點，談生活中各式各樣的黑，時而趣味八卦，時而深沉嚴肅；信件署名必定寫上「不熟的同學鍾心明」作為自我調侃，並堅持送出最尋常卻也最重要的祝福語「安好」二字。不知道這樣奇怪的表達道歉及顯示友好方式，何雨峰會如何看待？這是心明唯一想得到的、較為安全的一條路徑，無論如何，都要試試看。

信件完成時，心明翻閱手中的外文系通訊錄，還好何雨峰還不算是個與世隔絕的大學生，通訊錄裡留有他的租賃處地址，即使沒有臉書帳號、Email，仍然有辦法寄出「友誼締結」書信，她試圖以溫緩的行動證明何雨峰那句「我們很熟嗎？」即將成為過時的問句。

包裝完手中的一對石獅子銀飾後，心明再度打開微雨山城的臉書粉絲網頁，才短短幾個小時又擠進好多網友們的詢問與訂購訊息，她常常覺得自己在鍵盤上敲打出的字句永遠都是過時的，下一秒鐘又會有新的問題、新的插曲浪潮向她襲捲而來。最恐怖的是連舊有的疑惑和憂慮也會像心明從未給過解答般，再次突擊衝撞她，她只得一遍又一遍耐著性子答覆，並試著把每一次的回答都當成第一次相遇般那樣的慎重、珍惜。

心明恍然驚覺：原來，這世間不只新竹市林家的一對石獅子顛沛流離，也不獨獨只有Coco Chanel的愛情無家可歸，我們在每一處社群網站上的發文、留言，全都沒有歸宿。

而從前那些她遞送給何雨峰的信件文字，即便有了明確的住址、去向，卻也在展開旅程的同時，成為她永遠無法干涉的過往，究竟那些一直在尋找定位的過往，有家嗎？它們在哪裡漂泊？又該棲身何處？

也許它們擁有的不過是一對薄薄的希望羽翅，在記憶的風偶爾柔順颳起時，短暫而奢侈地做一場飛行的美夢吧……

3 馴養手冊

2019年3月14日

終於又有機會踏上宜蘭的土地，和以往不同的是，這一次是你主動拎我來的。

前一晚，你在電話那頭痛苦嚎叫：「妳再不來宜蘭，我乾脆直接定居新竹好了！」

忍住笑意的我，好心提醒：「那你的民宿事業還有剛起步的地方創生工作室，誰要代勞？」

你索性耍賴：「不管不管，我就是想妳！讓那些事情都先擱著，等我見了女朋友以後再說。」

「我今晚趕工一下手邊的銀飾，明天立刻坐火車去找你，好嗎？」我輕聲安撫你，多希望自己像大雄一樣擁有哆啦A夢的任意門，可以在此時此刻出現在你身旁。

「這才像個女朋友會說的話嘛！我還以為妳愛了我七年之後，已經習慣遙遠距離的單戀模式，完全不希罕我們修成正果的戀愛模式……」雖然是尖銳的調侃句子，但你的語氣正透露放心的感覺。

「咦？我記得過年後的我們倆都很忙啊，根本沒時間……」我正要申辯時，你卻直接下達命令：「明天早上我開車去新竹載妳，記住，妳要準備好『同居』的家當，固定放在宜蘭，還有，妳非得在我家住個三天兩夜才准離開。」

於是，我們討論了一個月的「同居」議題，最後折衷、定調為「到對方的領地度假幾天」方案。

我的嘴角瞬間揚起燦爛微笑，知道這是你特別為我另闢的變通辦法，即便你依然覺得我們相處的時間還是太少太少了，但你願意耐心等待我跟上的步伐。

當你接過我手中的靛藍色與純白色條紋相間的登機箱並將它輕鬆扛進後車廂後，露出一臉放肆蕩漾的得意笑容，突然親暱俯身靠向我，兩隻長手將我的上半身牢牢扣住，我的背脊只得倚靠墨黑色 LUXGEN 車身，動彈不得。你那清俊帥氣的臉容正逐步貼近，屬於你特有的好聞氣息就這麼肆無忌憚地一波波襲來，有一種無以名狀的躁熱感從臉頰竄出，我完全不知所措，幸好手中還捧著用鞋盒暫時安置的兩盆「熊掌」，得以稍稍阻隔你那令人窒息的迫近。

這時，你像個邪惡的王子，以極度魅惑的眼神，低語下咒：「我要一步步把妳新竹的窩都搬空！」隨即在我的額頭上深深一吻，象徵慎重完成下咒儀式，我的耳根迅速焚燒得熱熱辣辣的。

你總算鬆開我們之間的距離，輕咳問道：「為什麼還帶這一盒多肉植物？宜蘭的家到處都是植物！」

「這可不一樣，它們呼吸過新竹的空氣、曬過新竹的陽光、留有我照顧過的記憶，我讓它們移居宜蘭，當我不在的時候……可以陪伴你。」我全程低頭說完，不敢看你，卻意外瞥見馬路上有我們倆交疊的影子，直到此刻我還是覺得不可思議，我們竟然能夠依偎得這麼近。

「還算有心！但，妳休想拿這一盒多肉植物隨便打發我！」你一手接過裝載多肉植物的鞋盒，一手寵溺輕拍我的頭，算是勉強默許這項提議。

車子剛駛出我家巷子，便與一個紅燈撞個正著，你像個孩子似的好奇問道：「它叫什麼名字？全身肥胖，還有鈍鈍的爪子，和妳可一點也不像！」話才甫落，你立刻投以不甚滿意的眼神瞅著我瞧。

「它叫『熊掌』，來自南非海拔兩千公尺的沙漠，只願活在涼爽乾燥且陽光充足的氣候裡，台灣的夏季完全不適合它生存，但是它的模樣實在太討喜、太療癒，仍然有許多人前仆後繼地種植它，甚至想方設法改良它的基因。」

「那，妳為什麼特別挑選它來宜蘭陪我？它似乎挺嬌貴的，相當難伺候。」你仍然有疑惑。

「因為看見它總讓我直覺想到你呀！你看它向上伸展的雙掌，厚厚暖暖的，還帶點虔誠的軟萌味道，像不像你昨晚對我耍賴的模樣？」我邊說邊笑，只覺得自從和你在一起後，總能發現更多不同面貌的你。

而我藏住沒說出口的話是：也希望你性格裡的利爪能被它胖胖憨實的掌心一點一滴包覆、同化，甘願退守為鈍鈍的小爪子，試著把過去的所有陰霾都放下，和我萌萌過日子。

你忍不住反駁：「我怎麼還是覺得它和我八竿子打不著？是妳『文本分析』過頭了。」嘴角卻有一抹揚起的笑容輕輕擱淺。

「但願它的鈍爪子可以嚇唬嚇唬籃球，妳知道的，籃球是隻超級愛拈花惹草的狗，家裡多數的植物都被牠染指過了，實在傷腦筋。」你近乎無奈地說。

和你的無奈相反，我自信滿滿保證：「交給我，籃球還挺喜歡我的，我會好好和牠溝通溝通，讓牠明白其他植物都可以碰，唯獨我的熊掌不准碰！」

你忽然騰出右手掌，暖暖覆上我的左手背，再緊緊與我五指交纏，並以無比柔焦的磁性嗓音提問：「妳知道嗎？」

「知道什……麼？」我有點招架不住你的溫柔。

「我改變主意了，決定勉為其難接受熊掌長得很像我的事實，就衝著妳剛剛說『我的』熊掌時，那霸氣無比的堅定模樣！」你指尖的電流瞬間全數竄出，我只得勉強擠出理性的聲音告知你：「『我的』熊掌王子，已經綠燈啦！」

終於安分將右手放回方向盤的你，滿滿得意地回應：「收到！」

在你專注開車前往宜蘭的同時，我胡思亂想著：熊掌雖然可愛、療癒，但實在很難伺候，不好馴養，三月的台灣天氣還在它能容忍的範圍內，三個月後的盛夏時節一旦降臨，可有得瞧了！

5

屆時的我們，是不是還會像現在這樣甜蜜地只擁有彼此？總是迫不及待為對方獻出厚厚暖暖、帶點虔誠且具有軟萌味道的雙掌呢？

微雨山城 # 熊掌王子 # 銀黏土項鍊 # 馴養

心明正在前往台北的途中，一顆心彷彿高高懸吊於透明天梯上，既是忐忑不安又是殷切期待，究竟何雨峰會如何看待她以及那一封封不按牌理出牌的「友誼締結」書信？他會更爆炸？還是變得較柔軟些？他會不會乾脆來一場選擇性失憶實境秀，直接略過那一天發生的事與後來的信件，如常和她往來談笑風生？或者從此與她形同陌路？心明越是揣想他的心態，越是摸不清他會如何反應，也更加不瞭解反覆受困於這個問題點上的自己了。

一下火車，她只覺得肩上、手中的行李似乎變得更加沉重，得卯足全力才能前行，她懷疑是何雨峰這個惡靈正冷傲盤踞在行李箱上頭私刑自己。也不知道自己究竟是如何搭上通往東吳大學的304公車，又是怎麼徒步回到女生宿舍，而後失望至極發現301室的信箱，竟意外乾淨，連一張廣告宣傳單都沒有。

得知離開前與離開後的宿舍完全一模一樣時，心明反而有一種「到此結束」的解脫感，澈澈底底鬆了一口氣。

課堂上，偶爾幾次撞見遲到的何雨峰，心明還是會在瞥見他的那一刻，心臟倏地猛烈撞擊胸口一下，隨即垂下想注視他的長長眼睫，一整堂課只直視前方的教授、黑板，以及桌上的用書、筆記本，她嚴厲化身為AI人工智慧機器，精準屏蔽何雨峰的身影。她開始忙碌地穿梭在課業與社團活動，比平常更主動、更帶勁接下各式各樣的工作，只為填滿每一個時間縫隙。心明還特地向麥當勞請了二個星期的假，她需要時間武裝好自己，最好能夠若無其事面對何雨峰，即便心態已做好形同陌路的準備，但她最不擅長偽裝，深怕一個表情、一句話，都會洩露藏在心底的真正心事。

她再次踏進麥當勞，感覺自己已然做好萬全的準備，燦亮的笑容已在來時的路上演練過數十次，沒問題的，她會是那個初遇何雨峰的鍾心明。

萬萬沒想到，向來工作準時、深受店長信任的何雨峰，竟然破天荒遲到了！店長急急忙忙電話遙控找人，在廚房區域的心明由於距離遙遠，只看見店長手持電話的小小背影，耳畔盡是計時器與製作漢堡、薯條、炸雞塊的高分貝吵雜環境音，什麼線索也偵測不到。即使她目前的出餐動作還算流暢，一顆心卻還是不由自主牽念著，他該不會在路上出了什麼意外吧？向來幻想力無窮、特別喜歡編織故事的她，此刻很後悔自己擁有這樣的能力，多希望腦袋有一個停止開關，只要按壓下去，便可以直接切斷那令人無能為力、徒然耗損心神的惦念迴路區。

心明表面仍然如常執行手邊該做的工作，心思卻越飄越遠，飄出了麥當勞店門，來到人來人往的十字路口，循著何雨峰騎摩托車時每一次隱沒的方向探看，然後，發現自己竟不知道下一步還可以往哪裡前進……

這使得她在走進冷凍庫後，居然一時失神當機，忘記先將門固定在打開的位置，當她正忙亂地在裡頭搜尋、確認要搬出的肉品時，厚重的門就這樣毫不留情關上。瞬間置身在近乎黑暗中的心明大驚，腦海浮起第一天上班時，何雨峰很嚴肅地提醒：「進出冷凍庫一定要特別小心，門尤其要先固定好，一旦被反鎖在裡頭，就算哭天搶地也不會有人發現。」

零下十六度的冷凍庫中，她身上只有一件薄的長袖衣服、工作圍裙、一頂鴨舌帽、一張口罩，便什麼都沒有了。她一向把手機放在員工休息室，工作起來才俐落些，這下可好，連唯一有效的求救武器也沒帶在身上。她開始就著冰冷的門板拼命敲打、吶喊，但那鐵門無比沉重，始終聞風不動，任何的掙扎舉動不過是蚍蜉撼樹罷了。

時間一分一秒流逝，心明感覺自己越來越冷，也越來越難保持清醒，她凍得蜷縮成一團，只好不斷想著熱奶茶、棉被、暖爐、溫泉等會讓身體發熱發燒的物件，但效果依然非常有限，她還是覺得好冷好凍好刺好痛，彷彿整個人已經被巨大的冰山掩埋，沉到深深的冰海底層，怎麼樣也飄不起來，只能無止盡墜落、解體……恍惚間，她依稀看見了鍾家二老、哥哥天明、好友范宜家，以及生命中曾經交集過的人事物，直到黑暗完全壓境而來。

耳畔彷彿有細微的聲音，似遠忽近，心明想把散佚的思緒兜攏，聽清楚到底那人在說些什麼？她的眼睛因為集中力量而瞬間張開，一道白光強烈的刺進眼底，白光中有個鮮明的黑色人影，她再凝神一看，竟是何雨峰，當場嚇得想趕快起身，奈何身體實在擠不出一絲額外的力氣。

「妳醒了？還冷嗎？」何雨峰緊蹙眉頭，一雙幽深的眼睛憂慮詢問著，此刻，心明正躺在員工休息室的躺椅上，被他厚厚的黑色羽絨外套緊緊包裹，額頭上還放置一包熱敷袋。

「我……昏倒了？」她試圖弄清楚現在的狀況。

「妳犯了最不該犯的錯，被反鎖在冷凍庫了，幸好受困的時間還不算太長。」是趕來上班的何雨峰四處搜尋不到已打卡上班的心明人影，立刻警覺往冷凍庫找人，這才即時救下凍得慘白僵硬的她。但他刻意略過這些細節，只輕描淡寫交代結果，並伸出一隻手探進黑色羽絨外套下，精準握住她最靠近自己這一邊的小手，他的眉頭漸漸舒緩：「很好，妳本來凍得像冰棒的手終於暖了。休息一會兒，應該就會有力氣。我也該上工了，順便向店長報告妳沒事的好消息，還有，店長剛剛特別交代妳今晚不用工作。」

他起身，正打算開門離開時，突然又回頭，對上心明似是癡愣又是放空的眼神說道：「妳身體還沒完全恢復，先在這裡等我下班，我載妳回宿舍。對了，妳有下載Line的App嗎？」

「啊？」一下子太多訊息擠進來，心明的腦袋還在解凍中，根本來不及反應。

「Line最近在台灣上市，就是桂綸鎂代言的那款通訊軟體，蠻好用的，我剛跟店長要了妳的電話，也撥打電話到妳的手機裡，妳檢查一下。為了確保妳日後的職場安全，記得加我Line，並隨時攜帶手機上工。」他根本不等心明的回答便開門工作去，彷彿直接定義這段話是「命令句」，她不得也不該有其他異議。

門被何雨峰輕巧帶上，即使已穿著自己的灰色毛料厚外套，心明仍緊緊擁著覆蓋在身上的那件大大的黑色羽絨外套，經歷一場可怕失溫浩劫的她，需要好多好多的溫暖壓壓驚。咦？他的外套混揉著淡淡的煙味及好聞的香水味，這是她第一次近距離嗅聞他的味道，竟已經捨不得放下了。等等……何雨峰剛剛邀自己加Line耶！這是不是意味著他已同意兩人的「友誼締結」囉？腦袋終於恢復正常運作的心明一想到這兒，之前殘留在身體裡的凜冬寒意全都消失得無影無蹤，這算是「因禍得福」嗎？她對著白晃晃的天花板傻笑許久，歷劫歸來的幸福正是這樣的感覺吧！

天明最近因為李翩翩在Line上稍微熱絡一點點的回應，而感到受寵若驚，經常在上班時刻對著電腦螢幕傻笑，但凡行經過他身邊的人，都逃不過被迎面而來的密集粉紅色泡泡擊中的命運。心明藉機鼓舞士氣的同時，也提醒哥哥不能只滿足於每天的Line訊息交流，這樣充其量只是「普通網友」而已，還必須進一步創造更多深刻的交集，向「特殊網友」位置插旗。

入夜，軍師繼續下指導棋：「哥，從現在起，你不只要為李翩翩蒐集台中地區的鋼筆商家情報，你還要留意她在IG上的每一則貼文，但凡她提及的任何事物、標註的任何店家，你都得跟風，和她產生更緊密的聯結。這……你做得到嗎？」

「沒問題！我的假日行程就專心踩點李翩翩在IG打卡過的地方囉！」李翩翩的一點點熱絡回應彷彿是救命仙丹，天明已揮別前陣子的撞牆期陰霾，也暫時戒除每七天便要發作一次的「我是不是該放棄？」的續航極限過敏病症，現在的他儼然是個隨時能夠武裝上場，進行生死決戰的威武將軍。

天明在隔天晚上發現李翩翩的IG更新，她打卡台中頗負盛名的「甲蟲部落昆蟲生態館」，並拍下兩隻手捧住赫克力士長戟大兜蟲的特寫照片，還在IG上用文字驚呼：「哇！全都是活的耶！」天明則像是追星粉絲般反覆在「偏偏是妳」群組中發傻讚嘆：「翩翩實在太可愛了！這世界上怎麼會有外表這麼漂亮、內在又充滿赤子之心的女人啊！」

一向不喜歡會蠕動、爬行、竄飛的蟲，根本無法產生共鳴的心明，對於哥哥強行拋擲過來的粉紅泡泡炸彈，她只能違逆本心送出歌功頌德的俏皮貼圖作為回應，同時不忘叮囑他記得利用假日去一趟「甲蟲部落昆蟲生態館」文心店，購買兩隻小甲蟲開始飼養，以此製造和李翩翩的共同話題。沒想到，天明居然還傻愣愣提問：「為什麼要買兩隻？一隻不行嗎？」

心明簡直想把這位不解風情的哥哥打包給「天下第一號宅男」博物館典藏了，她試著耐心說明：「一隻甲蟲會活得太孤單，當然要養兩隻才能互相作伴、互相打氣啊！」天明這下總算接到球，豁然開朗回應：「嗯，有道理耶，就這麼辦，感謝軍師開示！」

雖然哥哥的愛情雷達不甚靈光，但偶爾也會有令心明大感意外的亮眼表現。比如，他在決定拜訪「甲蟲部落昆蟲生態館」文心店買甲蟲當寵物以取悅佳人之前，先騎摩托車前往台中太平附近的黃竹坑山上和獨角仙做近距離接觸，那裡種滿獨角仙最愛的光蠟樹，堪稱獨角仙界的帝寶豪宅，天明一邊趁機享受難得的大自然洗禮，一邊為眼前無憂無慮的甲蟲取景拍照，並在第一時間上傳臉書發文，和親朋好友分享宅男的假日清新陽光森林之旅寫真照，甚至還裝可愛地刻意標註「哇！全都是野生的喔！」以呼應李翩翩的IG圖文。

李翩翩因為沒有追蹤天明的IG，所以天明選擇將這樣的訊息圖文改放在臉書上，至少兩人還是臉友，即使她不常關注臉書，但天明的好友允達，必然會在上班聊天時，巧妙帶入這篇圖文作為話題之一。他還得意洋洋追問心明：「怎麼樣？你哥哥我這一招很神吧！當然，晚一點，我會在Line上和她分享今天直擊獨角仙的事。」

心明相當肯定哥哥的奇招，他興致一來，熱情加碼一則發生在黃竹坑的小插曲：「我騎摩托車回到家時，才發現背包上居然停了一隻獨角仙，牠就這樣傻傻跟我回家耶，我當場嚇了一跳，妳猜我怎麼做？」

「收養牠嗎？」

「沒，我想到牠離開黃竹坑的家之後，會讓多少甲蟲們傷心啊，如果牠還有家人等牠回家那就更慘了，於是，我連家門都沒進，當場又騎了30分鐘的摩托車帶牠回黃竹坑去。」

她一聽，整顆心瞬間變得柔軟，哥哥從小就比她善良，是那種一根腸子通到底的善良，心明由衷讚美：「哇嗚！哥，這一段故事好浪漫喔！」

「會嗎？我只是做了我該做的事而已。」他誠實質疑，當真感受不到這樣做有什麼浪漫之感。

「那請問，你有在臉書上描述這段小插曲嗎？」心明覺得剛剛的讚美給得太魯莽。

天明理直氣壯回答：「沒耶，這很重要嗎？重要的不是在臉書打卡和拍照嗎？我都做完了。」

她有一種徹底被打敗的感覺，哥哥腦中的愛情雷達構造難不成是山寨版的？這能修理嗎？可以修得好嗎？

心明軍師只好繼續下指令：「你和李翩翩傳訊息時，記得把這一段小故事講給她聽，開頭就說你還不小心被一隻貪玩的甲蟲跟蹤了，後來的故事你很清楚，用你自己的話說出來就行了。這麼做可以提升你的暖男形象，具有加分效果！」

和哥哥通完電話，心明套上一件灰色薄長罩衫起身，為陽台上的植物們澆水，一推開紗門，一彎綠意河流在眼前映現，她好感謝已結婚生子的高中死黨范宜家，三番兩頭要她去竹北住家載一盆盆或大或小的植物種植。宜家無師自通，僅僅根據社團網友的說明、並隨時搜查You Tube上的教學影片，日積月累下來，已是創造許多奇蹟的綠手指了呢！

好像萬事萬物都可以從零開始，然後慢慢綻放出一點點光亮，即便光線微弱，也總能讓置身黑暗中的人隱隱約約感知，前方是否還有能夠繼續前行的路段。一如當年心明因為何雨峰不容置疑的「明示」，而乖乖跟風下載Line的App，並乖乖加他Line，她在那一刻彷彿看見光，以為只要一直走著走著，就能抵達他的心底，即便路途彎彎繞繞，甚至偶爾光源消失，她也能夠不懼怕，相信只要憑藉敏銳的直覺與執拗的個性繼續往前走，必能死纏爛打踩踏出一條全新的路徑來。

她那時很天真地相信，人也可以像動物、植物一樣慢慢被馴養。

也許是整顆心、整個人終於完整放鬆的關係，剛剛還被冷凍庫囚禁的心明，在等待何雨峰下班的過程中，像一隻全身蜷縮的動物般熟睡著，直到何雨峰走進休息室輕輕將她搖醒為止：「回宿舍了。」他淡淡交代。

睡了好一陣子的心明此刻體力慢慢恢復，趕緊起身跟隨他的背影，直到整個人跨坐在摩托車上時，她還是難以置信今天所發生的一切，特別是此刻竟然能搭乘何雨峰的便車，心有些飄飄然的，一雙小手倒是嚴嚴實實抓緊後座的支撐桿，不敢鬆手，也刻意與他保持一段絕對不會碰撞彼此的安全距離。前座的他安靜無聲，催動摩托車，以較平常還慢的速度往外雙溪東吳大學的方向前進，一路上的冷風遠比兩人聒噪許多。

到了校門口，心明迅速下車，小聲道謝後，正轉身離開時，何雨峰輕扯她灰色厚毛料外套上的帽子：「鍾心明……」

她先是一怔，停住腳步，納悶回頭看他，這才發現他手上突然多了一株像是乾燥花的植物，植物的莖桿上還綁著一張薄薄紙條，他以極富磁性的好聽聲音說明：「給妳的，第一封信。」

「呃，謝……謝……」她一時語塞，上上下下翻遍腦中的所有詞語資料庫之後，還是找不著一句對的語句，索性再次禮貌道謝。

何雨峰臉部線條一柔，隨即笑出聲，朝她率性揮一揮手，一隻長腳已重新跨上機車：「晚安，不熟的鍾心明同學。」心明傻傻跟著一笑，再次目送他騎上摩托車的背影，頭一次以不同的位置、方向離開，她知道「友誼締結」書信終於發揮效果了。

心明沒有直接走回宿舍，她小心翼翼抓取何雨峰給的第一封信，一路散步也一路旋轉那乾燥花的枝條，推測應該是狗尾草吧，小時候常和哥哥在台中鄉下外婆家路旁採摘玩鬧過。對植物認識相當有限的她，輕輕彈點那幾球圓澎澎的輕盈長尾巴，想起鍾媽曾將狗尾草傳說當床邊故事講給兩兄妹聽，逗弄狗尾草的瞬間，她彷彿真的看見那一隻垂憐人間無糧的靈犬在天庭的五穀秧苗上來來回回奮力打滾，喬裝歡愉嬉戲實則心急如焚的模樣，她忍不住猜測何雨峰該不會剛好是個無可救藥的毛小孩控吧？

來到望星廣場旁的大階梯上坐定，就著路燈的光源，她慎重拆下那綑縛在靈犬身上的項圈，嚴格說來那並不是一張紙條，而是隨手從報紙副刊撕下的一截字句，上頭印有「〈馴養手冊〉林婉瑜」字眼。心明當場有些傻眼，以為自己會幸運看見何雨峰的手寫字跡信件，即使退而求其次也該是親手打字的電腦版書信。沒想到這人居然如此神神祕祕，他以為自己是密室逃脫遊戲的關主嗎？她將那不太有誠意的紙上解謎線索化為項圈，重新綁回靈犬身上，起身攀爬樓梯走回女生宿舍。

她知道林婉瑜是詩人，〈馴養手冊〉應是詩作名稱，不過，單看詩名容易讓人掉進對號入座的陷阱，她得召喚Google大神幫忙解謎。一路拾級而上的心明，臉頰蕩漾一抹淺淺的笑，她不曉得擅長打籃球的忙碌打工仔何雨峰竟然是個文藝青年，而且顯然還是個很有心機、懂得布局、會玩些風花雪月戲碼的文青啊！

301室門一開，同班室友程千茉正專心做課堂筆記，心明輕聲打招呼後，立即回到靠窗的書桌前展開狗尾草信件身世調查，Google大神秒速傳喚林婉瑜的〈馴養手冊〉現代詩全文。開頭「幾乎是同時做的決定」一句，讓她讀得心頭一震，好像下一句便會決定兩人的關係是生是死似的，明明她和何雨峰是否為「普通朋友」都還得打上問號，怎麼會用這麼凝重的句子作為開場？

詩中有個性截然不同的「我」和「你」，「我」選擇靜止不動，「你」則決定大步往前行走。「我」藏有祕密，顯然還暗暗懷有一絲被揭露的期待，卻寧願相信祕密不被拆閱比較安全；而無知狂妄的「你」完全無視於這些祕密究竟要以何種方式持續隱匿，「你」只是一路橫衝直撞，無懼於沿途各種愛情難關的刁難。只可惜，兩人最終還是無可奈何迎來告別的那一刻！即使「你」始終不曾停下那為了理解「我」而堅定探路的步履，「我」卻未曾因為「你」的諸多努力而設法掙脫綑綁自身的枷鎖，「我」只是一直無望地停在原地等待紅燈熄滅的時刻。

心明反覆閱讀數次，最終勉強認定何雨峰是那個不知惜福、該被狠狠撻伐的「我」，自己則是世界上最癡狂最愚傻的笨蛋「你」。即使下了定論，心明仍然隱隱覺得案情並不那麼單純，這首詩談的究竟是怎樣的一場愛情馴養訓練？是可惡的「我」將善良的「你」一路馴養成更包容也更倍感絕望的情人？還是自以為是的「你」步步進逼只想與黑暗相濡以沫的「我」，迫使「我」必須動彈不得地接受過度的陽光曝曬？

等等……等等……還有一個最根本的問題沒解決，心明再次掐住何雨峰給出這首詩的不合邏輯處自我詰問：這分明是一首給予戀人的詩，但，他們倆今天才正式締結友誼，從朋友直接躍升至情人的這個跨度不只太寬也太不合理，險些害她掉進對何雨峰產生非分之想的陷阱裡頭。幸好，她在最後一刻清醒跳出，也許他單純想談友情之間的馴養，是小王子與狐狸的關係，而不是小王子與玫瑰的。

「是狗尾草耶，誰給妳的啊？」千茉用功完畢，正起身準備洗澡，恰巧撞見在書桌前也相當安靜的心明，以及桌上的那株狗尾草。

「同學給的。」她心虛回應，不想對自己也不太明瞭的狀況做過多說明。

不管心明的內心小劇場正上演何種戲碼，千茉直接戳中關鍵：「妳同學不也是我同學嗎？到底是哪一位啊？怎麼會有人傻傻送狗尾草當禮物？狗尾草的花語是暗戀，意味著一段不被人瞭解的、艱難的愛啊！」

「啊？是喔！那我改天一定要好好調侃何雨峰，我們之間明明清清白白，哪裡來的曖昧情感，他也實在太狀況外了……」心明暗暗吃了一驚，卻還能故作鎮定編劇本，千茉天生有一隻靈敏的八卦鼻子，一旦被她嗅聞出一絲八卦味道，自己還有太平日子可以過嗎？

不過，她還真要謝謝千茉的提醒，一直以為狗尾草只有靈犬傳說，沒想到居然還有這樣一層花語意象，這意象倒是和林婉瑜的〈馴養手冊〉搭起聯結的橋樑，雖然套用在她和何雨峰身上真的非常不倫不類。

千茉以意味深長的眼神掃過心明：「是何雨峰啊！那個很常蹺課、很會打籃球而且還長得很帥的那一位？他真是太詭異了，送妳美麗的花豈不是更浪漫嗎？居然送雜草？」

「好啦，我會記得揶揄他，還是乾脆請妳為他上一堂課，免得他持續狀況外，傷及無辜？」心明只得繼續若無其事編劇本。

「不用啦！感情這種事情，從來沒有正確的教學範本，更何況我連約會的時間都不夠用，哪有空理他？」戀愛經驗豐富的千茉終於肯放過她好好洗澡去。

再次恢復一個人的獨處時光，心明只覺得今天好漫長，漫長到所有不可能發生的事全都一股腦兒發生了，而那些不該發生的事好像都已然埋下種子，只等待萌芽的時機，這都要怪那隻因垂憐人間而用尾巴夾帶天庭糧食種子的靈犬啦！

自從養了兩隻赫克力士長戟大兜蟲後，天明發現一個人的獨處時光正逐漸消失，不再有漫長的、只對個人負責的享受時刻。他每一天都得向妹妹彙報一公一母甲蟲之間的互動細節，經由她負責編織成一則則有趣、動人的小故事說給他聽，最後他再以自己的口吻寫下短文附加照片轉傳給李翩翩看。讓兩兄妹感到欣喜振奮的是，這招甲蟲馴養實境秀日記，果然成功引起李翩翩的興趣，她也開始主動分享自己養甲蟲的經驗，與天明的訊息量突然暴增，雖然對話內容單純只聚焦甲蟲，但這已是不可思議的改變，兩兄妹都相當看好未來的日子。

「是不是應該單獨約李翩翩出來見面吃飯，好累積網友之外的真實感情？我可以藉口說這是甲蟲家族聚會之類的，讓她知道我的動機很單純，一旦見面次數多了，她一定會慢慢上鉤的。」自信心大爆發的天明，開始主動擬定作戰策略。

「哥，她有現任男朋友耶！只要是好女孩，再怎麼樣也會避嫌，不可能會單獨和你見面吃飯，你別想太多了。而且你這樣也太操之過急，反而會嚇到她。」心明適時潑哥哥冷水，要他認清局勢，隨即又問：「允達哥最近還有提供李翩翩和甜品舖男友感情發展的情報嗎？」

「啊！對了，今天允達告訴我，他們小倆口好像已經脫離熱戀期，進入口角不斷的階段，似乎是因為兩人對未來的規劃有不一樣的想法。總之，允達說現在正是見縫插針的最佳時機，要我繼續積極追求她，沒想到妳卻無情潑我冷水……」天明的聲音裡擺明透露一股哀怨之氣。

「你就算控訴我也沒用，我還是覺得現階段火候不夠，不能輕易冒險。」軍師態度堅定，不容置疑，話鋒一轉又說：「不過，有一件事你倒是可以開始積極進行。」

「什麼事？請軍師開示。」天明親眼見證鋼筆奇蹟與甲蟲神蹟的發生，立刻恭敬提問。

「每天寫一篇IG純情日記給她，無論你的生活中發生什麼事情，都要設法和她做聯結，行文的主角就是『妳』，切記，一定要讓她感受到你對她、對生活、對愛情、對未來……等等的看法，即使她沒有追蹤你的IG看不到日記也沒關係，你可千萬別先對她透露這個訊息，這種訊息要透過別人的嘴巴說才浪漫，也才有加分效果。」心明趕緊先行提醒，免得哥哥自我感覺良好而衝過頭來個老「鍾」賣瓜。

「所以我不只要每天傳甲蟲馴養實境秀日記，還要每天寫只限定給李翩翩的IG純情日記囉？天啊！怎麼覺得我的工作量變大啦？妹妹，妳應該沒忘記我白天還是個苦命的上班族吧？」天明大聲哀嚎。

「我當然沒忘，誰叫你學生時代不好好談戀愛，現在才開始惡補愛情學分，還挑了個大魔王難題，這些付出都是必要的過程啦，你認命吧！」她可半點也不同情哥哥，冷硬擺出完全沒得商量的姿態。「唉，我知道了。」天明真的沒得選擇，只能咬緊牙關執行那看似不可能達成的任務。

在愛情學分裡，馴養是門高深學科，心明從來不曾及格過，縱使七年來專心致志只追逐雨峰，眼裡心底獨獨只看得見他，再也容不下別人，她還是無能馴養他一絲一毫，反倒讓他精準馴養了自己。這樣的「純愛」程度看在好友范宜家眼中簡直超級「病態」：「妳根本是個無可救藥的自虐狂，明明這世界上還有很多選擇？為什麼非他不可？」

心明也不清楚為什麼非雨峰不可，一直以來，她身邊不乏追求者，卻始終沒有接受過任何一個人，連一絲絲無故竄起的曖昧火花也絕對是慎重以對提著滅火器去撲滅，不認識她的人以為她是愛情的絕緣體，系上甚至還曾八卦傳出她只喜歡女生的流言蜚語。可心明一點也不畏懼那些，她唯一畏懼的只有雨峰。

認真推算起來，應該是雨峰遞交給她那令人費解、得不斷揣測又反覆推翻的「第一封信」之後吧，一場名為「何雨峰馴養鍾心明」的實驗計畫便正式啟動了，那時候的兩人還只是剛剛締結友誼關係的普通朋友而已。

那段時間，兩人的互動很微妙，當多數人都黏在臉書或Line的訊息視窗上聊天、聯繫時，她和雨峰卻反其道而行，每隔兩三天、有時一個星期、半個月、一個月不等，便會互傳一張A4大小紙張的親筆信件，寫的都不是什麼要緊的事，純粹只是一些生活上的新鮮發現與特別感觸，對自我的凝視和思索，以及對收信人的提問與臆測。雨峰的字不似心明的工整，卻有一種藝術家的瀟灑不羈氣息，每一次收到他給的信，她的心總在打開信紙乍見他好看字體的瞬間，強烈震顫了一下，有隱隱的幸福感正細細點燃，儘管信件內容不一定是令人愉悅的。

有時，兩人也會透過書信「論戰」，在雙方都不懂彼此想法的情況下，以文字的方式控訴或申辯，有一些誤解將依隨時間的淘洗而幸運被拆解，也有一些疙瘩再怎麼塗抹修飾也無法消除，就這麼刺刺地留在紙張裡與彼此的心底。他們像是相約好似的，絕不在日後提及、追究，畢竟那些都是無法管控的過去了。

這樣的魚雁往返習慣，一直從大一下持續到大四畢業才結束，他們倆共有對方寫過的信件、卡片、小紙條，她不知道雨峰是如何看待那些寄送給他的文字，心明很是珍惜地以別緻的紙盒收藏每一個時期雨峰給予她的書信。就連最初綁著林婉瑜詩名的那一株狗尾草，她也妥貼挑選一只三角形造型、適合插花用的霧濛濛玻璃瓶，妝點並安放它，且無懼於室友千茉的偶爾調侃，讓它一直在書桌前任性陪伴自己。即使大學畢業後搬遷至風城新竹念研究所，她也沒遺忘它，在迢迢遠遠的搬家過程中，深怕它被其他物品壓壞，她堅持一路用手捧著、護著，彷彿它真的是雨峰的分身。

趁彩繪銀飾的工作空檔站起來伸展四肢的心明，視線恰好與放置在窗台旁邊的那一只三角形霧面玻璃瓶撞個正著，狗尾草與紙條雖然有了沾染歲月煙塵的痕跡，卻還能輕盈地隨風搖曳。這時手機傳來Line的訊息提示聲響，心明遂瞬間想起以前雨峰和她使用Line的第一句招呼語，也和一般人不一樣：「妳知道嗎？Line的催生關鍵，來自於設計者對去年日本311大地震的震撼與疼痛，他當時想：如果能在危急時刻，透過一種簡單實用的通訊軟體得知親朋好友的真實處境，給予即刻的提醒或安慰，或許日後的人生遺憾會少一些。總之，Line是緊急專線，必須慎重面對。」

心明當下心想：不過就是個通訊軟體而已，雨峰是不是太大驚小怪了？又或者，這一段Line的小故事說明，其實還夾帶其他未曾明說的隱喻？最後，她決定「客隨主便」，相當好相處地回答他：「請放心，我不會沒事亂傳訊息給你，免得成為放羊的孩子！」雨峰則回給她一個戴墨鏡且發出邪惡笑容的表情符號。她確信他果真是個喜歡搞神祕的怪人！

將視線從狗尾草身上轉回至工作桌上，心明順手拿起剛剛發出訊息提示聲的手機檢視，發現呼喚自己的人正是雨峰，她趕緊點開專屬於他的視窗畫面：「心明，妳給我的熊掌死了……想和妳說說話。」她的心倏地揪疼一下，連忙撥打Line電話給他，他立刻接起，還故意以迷人的聲線調侃：「大忙人，妳總算想起我啦！」

「三月還算是熊掌喜愛的季節，你是怎麼『凌虐』它的？」她也不遑多讓調侃回去。

「籃球可以為我作證，不信妳問問牠，我真的遵照妳給的指示供養著它，明明昨天還嫩綠飽滿向我揮手打招呼，今天竟然一整個皺縮焦黑撒手人寰，我也不明白這究竟怎麼一回事……」他的辯駁已不像過去那般，總是冷硬地不給人透口氣的機會。

「好吧，只能說你們倆無緣。熊掌本來就是不容易馴養的情人，前一天還愛著的時候，彷彿有用不完的綠意芬芳。隔天一旦不愛了，便瞬間槁木死灰、氣絕身亡，它可是多肉界少有的決絕純愛存在呢！只是萬萬沒想到它連一點點的機會都不願意給你。」她一邊解說一邊輕笑。

他倒是坦蕩蕩直搗核心：「妳給我機會就行了。」太撩撥人的一句話，心明只能一個勁兒甜甜傻笑，還真不知道該如何適應現在的他。

從前，他的文字、他的發話，總是充滿許多模稜兩可的拆解縫隙，她必須不斷彎彎繞繞，解讀出無數種版本後卻相繼推翻，接著又拾起一段極為可疑的線索再翻演出新的劇本。心明經常因為揣測過度而迷路，也時常想瀟灑繳交白卷走出這片雨霧山城，因為，即便偶爾幸運矇對了一條路，卻也無法直達他的心底。

前方，永遠都有一道新的謎題柵欄和看不見盡頭的濃厚雨霧，百般嚇阻自己執拗前進的步伐。

4 但願A只能有一個B

2019年4月2日

獨自來到中正紀念堂門口，正四處搜尋「安迪 ‧ 沃荷（Andy Warhol）普普狂想特展」的售票口位置時，眼光向前一掃，赫然發現遠處有一個與你身形相似的人正雙手交叉於胸前，隨性倚靠牆柱瀟灑而立，似乎在等人。

突然很想你，雖然明明上星期才見過面。

立刻輸入一則Line的語音訊息給你：「我在安迪 ‧ 沃荷普普狂想特展售票口前，看見一個和你好像的人呢！」

你馬上回傳一則語音訊息來：「再看仔細些！」語調裡有一種我很熟悉的調皮味道。

我不可置信地朝著那位很像你的人前進，而那個很像你的人也正筆直向我走來，竟真的是你！在還來不及反應的瞬間，你給了我一個深深、暖暖的擁抱，還帶點得意地邀功：「妳剛剛肯定想我了，我是不是出現得很剛好？」我點點頭，收不住的甜甜笑容持續蕩漾。

深怕你等一下又會消失，趕緊確認：「怎麼有空？不用開會了？」

「對方家裡臨時出了點狀況，合作會議得往後延期。我一有空，便立刻來找妳。」

「你就不怕我臨時改了行程？」我好奇提問。

「等不到妳，自然會打電話給妳，照樣能給妳一個驚喜。」你相當泰然自若，彷彿我們之間有一條永遠不會斷掉的電話線，誰都不會走散。

一進到展場，便被現場備有的普普風照相機器吸引，我拉著你一起操作，單純只想留下我們浪漫的約會記憶。很入戲的你則緊摟著我，做出各種親暱誇張的示愛表情和動作，已經逐漸習慣你熱烈、張揚的愛意展演習性，我索性放開懷，和你一起搭檔嬉鬧。

你忽然指著一面牆輕喊：「看！」我順著你手指的方向看去，竟瞧見我們倆剛剛曬恩愛的照片正以數十倍放大的方式，無比清晰投影在展場那面素白如畫紙的牆上，此時此刻，我們已然成為安迪 ‧ 沃荷精心製作的一項藝術品。

和你並肩站定，眼光怎麼樣也捨不得移開那一面發光的牆，這時，你伸出一隻手圈繞我的脖子，刻意壓低音量在我耳邊提醒：「嘿！這下妳可逃不掉了，現場有很多人見證唷！」

「我怎麼記得，一直以來都是你先逃走了？」長期單戀你的我深感委屈，覺得很有必要更正你胡亂竄改的「史實」。

3

「現在才迷途而返，是不是太遲了？」你一手輕柔撫拍我的頭，另一手則緩緩托起我的下巴，要我看向你慎重詢問的深邃眼神。

我搖搖頭回答：「你知道，我始終……找不到可以停止喜歡你的……開關。」說完這句話，只覺得耳根無比灼熱，鐵定紅透了。

你再次將我摟進懷抱中，信誓旦旦：「妳啊，這輩子絕對找不到那個開關！」

我相信你絕對擁有那樣的魔法，打從在大學籃球場上看見你的第一眼時，我便隱隱約約知道。而我不清楚的是，你那樣的自信來源是不是因為遇見的人剛好是我？而不是其他人？

一直很欣賞美國普普藝術大師安迪 ・ 沃荷，超級怪咖的他所吐露的每一個句子都自信爆棚，一如你。他有藝術家的先知眼光，總能精準捕捉時尚趨向，甚至澈底顛覆人們對藝術的認知，將藝術從高貴深奧的殿堂拉回平民的尋常生活中。不過，他雖然是個成功的商業藝術家，活躍於紐約、聞名於世界，私底下卻是個無比寂寞且缺乏安全感的人。

安迪 ・ 沃荷常說自己是無法獨處的 A，每一天都需要有個 B 和他講電話，而這個 B 居然荒謬得可以是任何人。我為他感到難過，如果每一個人都可以是 B，是否意味著 A 從來不曾絕對佔有過誰？那他的人生該有多寂寥？多荒涼？而這樣的 A，是不是也很容易被後來出現的 C、D、E……取代？並且被 B 們轉瞬間遺忘？

始終深信 A 只能有一個 B，而且非那個 B 不可，如果不是那樣的唯一關係，那麼我寧可什麼都不要。

「想些什麼？我在裡頭嗎？」你鬆開我們倆親密的距離，以左手食指敲敲我的腦袋詢問，右手則再次牽緊我的手往下一個展區前進。

「想著安迪 ・ 沃荷和你一樣，總能自信預言未來。他那句『在未來，人人都可成名 15 分鐘』的名言，可是誕生在網際網路還未發明的時代唷！」我刻意避重就輕回答，選擇暫時擱置對你的過往所產生的質疑，因為我明白有些頑劣沉鬱的心結，需要時間慢慢解開。

你竭盡所能克制聲量地笑，並送上一抹讚許我的迷醉眼神：「是啊，對妳，我總有用不完的自信！」

＃微雨山城 ＃復古電話筒 ＃銀黏土項鍊 ＃唯一

自從規定天明每一天必須寫一則IG純情日記給李翩翩後，心明的夜晚變得更加忙碌，她甚至有一種不該貿然接下指導家教班學生寫作文的錯覺。無論晚上忙些什麼，她必定會神經質地留意時間，當時鐘的指針一定格在晚間九點半時，便立即和哥哥連線，詢問當天的IG日記進度，幾乎每一次，他都十分消極回應：「沒點子、沒想法、還沒動筆……」他的理由千篇一律都是：「我和她的交集少之又少，只有鋼筆和甲蟲，乏善可陳啊……」

心明只得在短短倒數兩個半小時內，像個幫人代筆撰寫自傳的寫手，鉅細靡遺採訪天明一整天的行程和相關的生活細節，再從中篩選出值得放大特寫的「言情」材料，並設法和李翩翩有所聯結，最後快速訂出一個作文題目和書寫方向交給哥哥。幸好他下筆速度還算快，寫成的文章經過她修改潤飾再回傳，由哥哥仔細看過且確認是否有任何不足之處需要額外補充，或是有任何太過浮誇的演繹需要適當刪修，如此來往修訂個一、二趟，就可以直接將當天只為李翩翩而寫的純情日記上傳IG。天明每一次發文的時間，幾乎都有驚無險踩在凌晨十二點大關之前，像個匆匆忙忙離開舞會現場的灰姑娘，慶幸的是沒留下令人匪夷所思的玻璃高跟鞋。

向來很有責任感的心明，把哥哥的事當成自己的事認真對待，煞有其事編排進每日行程。但經過這麼些天的磨合後，他的極度被動狀態，讓她慢慢吃不消，最誇張的一次是那晚無論她如何傳訊息給他，始終都未被讀取，一直到晚上十點半，天明才姍姍來遲回應：「剛和朋友看完電影，準備回家，到家再聯繫。」

她不禁納悶：難道不能早點告知自己這個消息嗎？她整晚不敢出門也不敢洗澡，唯恐錯過修改哥哥日記的關鍵時間，而當事人卻完全不把這件事放在心上！當時的心明雖然沒多說什麼，不滿的心情卻已瞬間高漲，最後爆炸。她不懂，為何IG純情日記的書寫，全都變成自己的事了？連李翩翩也成為她得負責的人？但心明根本不在這齣愛情肥皂劇的通告邀約裡呀！究竟從什麼時候開始，好心的適時幫忙，竟然一點一滴變質為自己得一肩扛起的重大任務？

那一晚，兄妹倆依舊驚險壓線過關，心明無暇將稍早的爆炸情緒心理小劇場排演給天明看。直到隔天，一顆不長眼睛的唇皰疹居然不偏不倚地長在她的左上角嘴唇，卻偏偏不是長在天明的嘴巴時，她知道自己的極限到了，是該找個時間和他攤牌了。

難得撥空回台中老家一趟，心明盡職在鍾家二老面前彩衣娛親後，便和哥哥另闢密室開會。當天的哥哥好巧不巧又淪陷至「七天是續航極限」的過敏週期裡，整個人灰心喪志，差不多又要準備拋棄李翩翩一次了，她已經搞不清楚這是第幾次拋棄，心明決定開門見山破題：「哥，你愛李翩翩嗎？有沒有愛到非李翩翩不可的地步？」

「我當然愛李翩翩啊，不然怎麼會一路堅持到現在，都邁入第四個月了，已經完全刷新我以前追女朋友的紀錄啦！至於是不是非她不可？我想應該還不到那種程度，但目前我只想要得到她，沒有其他選項。」天明也許感受到妹妹的嚴肅口吻，特別正襟危坐回答，不敢馬虎。

「可是，我完全感受不到你愛她的強烈渴望。這陣子每晚緊盯你寫IG日記，我都緊張、疲勞到長出唇皰疹啦！你倒好，一顆青春痘也沒長！」她以銳利的目光捕捉哥哥的反應，彷彿想從那樣專注的凝視裡提取他愛戀李翩翩的真實情意，哪怕只有一絲絲，她都要拿著放大鏡及解剖刀仔細研究一番，她真的好怕自己成為那種「誤人情感、婚姻」的可恨兇手。

天明連聲喊冤：「天地良心啊！我每天都有照妳的交代做事，給李翩翩的IG日記至今也不曾荒廢一天啊！妳瞧，就連這兩隻甲蟲也活得好好的，我自認為目前做得還不錯。」他特地起身拿起角落的飼養箱要給心明瞧個清楚。

她渾身不舒服，立刻出聲制止：「別靠過來，我怕蟲！」他只得迅速將飼養箱放回原位，一時情急，竟忘了這個看似什麼都不怕的妹妹超級怕蟲：「不好意思，嚇到妳了，牠們其實很溫馴啦！」

當心明確定和甲蟲有條安全的警戒線之後，才放心再次開口：「我認為你不夠把IG純情日記當一回事，到現在為止，每一次都是我催問你的日記進度，你從來不曾主動回報實況，還常常以『我想不到』的理由隨便敷衍，這就是不夠用心。憑什麼你的日記內容要由我來幫你想，我可以為你做的事情只有修改潤飾你的文章，而不是布局策劃你生活細節的全部。」

「……」妹妹的每一句犀利指控都讓天明啞口無言。

「如果你愛李翩翩，你應該要更主動、更積極，至少不該每天讓我催稿、訂定日記主題和方向。要是再繼續之前的模式，我真怕當有那麼一天你把李翩翩成功追到手時，我一定會愧疚、悔恨一輩子，因為我不認為目前的你適合當她的情人、甚至是丈夫。」她一口氣爆炸完，少了前幾日在新竹的戲劇性破壞威力，留下的只是語重心長的事實指陳。

「我知道了，我會再次調整作戰心態。」天明應允，臉上有了較正經以對的表情。

「很好！還有，希望你能順便進化你的『七天是續航極限』的過敏週期，設法減少發作次數，試著為你愛的人變得更堅韌、更勇敢一些！」心明認為這才是面對愛情最需具備的美德，即便哥哥此刻還無法體會它的重要性，但被他這樣愛著的人一定會敏銳感受到。

「遵命，軍師！我立下軍令狀了，放心。」天明再次拍胸脯保證，心裡大概多少有點明白妹妹這些年究竟是以如何死纏爛打的方式深愛那個超級幸運的何雨峰了。心明聽見哥哥的肯定答覆，總算放鬆一笑，但願這一次，他能說到做到。

嚴肅「訓斥」哥哥一番後，心明回到新竹，一個人悠哉穿走於護城河畔散步，她忽然發現自己的人生似乎和蜿蜒溪河相當有緣，眼前幾乎不曾揚起波瀾的護城河，總會讓她特別想念大學時期每日都會行經的外雙溪。外雙溪有著更為喧鬧的聲響，但需要走得更近一些才能聽得見，表面看似平靜的它，一直藏有更為激烈的、渴望傾訴的情感，而那個牽引她真正認識它的人，正是雨峰。

當時，雨峰正經歷打籃球的撞牆期，遇上無以名狀的瓶頸，無論教練如何調整、隊友如何打氣，他還是像隻受困牢籠的獸，即使爪子已磨出血光、身上遍布傷口，那鋼鐵一般的囚籠仍不為所動。而他越是無法突破任何，系籃球隊越是呈現陰鷙的低氣壓，每一個走在他身旁的人都可以鮮明感受到他那隱隱翻湧的騰騰殺氣，儘管多數時候的他，仍是專注上課與打工的雨峰。

他和心明信件往來的時間也總是拖得老長，常常是心明叨叨絮絮寄出三、四封，他這邊才溫溫吞吞捎來一封信，她並不特別計較這些，卻很擔心他的陰鬱滯悶，感覺最近慣穿一身黑的他，整個人都快被凝重窒息的黑給澈底吞噬。

那天一下課，雨峰照例行背起黑色的背包急急離開，心明從後頭叫了一聲他的名字，他才稍稍停下腳步，回頭瞬間，視野已被心明遞上來的一大包黃色牛皮紙袋全佔滿，他微微一愣，她搶先開口：「給你的，急救包！你有時間聽我報告嗎？」

「跟我來。」他將黃色牛皮紙袋接住，也不管心明有沒有跟上，便逕自往教室外走去，他以像是對誰生氣似的競走速度疾行，卻又能精準和行經過身邊的老師、同學、隊友打招呼，跟在後頭追得有些喘的心明只覺得這人還真能進退自如呀！他穿過一棟又一棟的樓層，踏過無數個階梯，拐過好幾個彎，最後總算在一處最靠近外雙溪的隱密岸邊停下。

那是心明第一次發現這條隱身在泥灰色建築物後方的溪河秘境。河水遠比印象中來得清澈、湍急，還有一兩隻白鷺鷥優雅駐足，陽光斜斜灑落在河面上，她看見晶瑩流轉的日光被巧妙織進外雙溪的素淨布匹裡，美得不可思議，沿岸還有微微的涼風吹拂，這裡簡直是世外桃源，她忍不住發出一聲輕嘆！雨峰指示心明走向上風處，自己則挪移到下風處，順手掏出一根煙點燃，瞬間有一線煙霧裊裊升起又順著風勢飄逸散去，他發出蠻不在乎的慵懶嗓音：「說吧！」

站在上風處的心明，依稀能聞到淡淡的煙草味，明明平日聞到煙味，必然會頭昏眼花，怎麼雨峰一抽煙，這些小毛病全都不見了，反而還覺得他在煙霧水岸前的剪影特別頹廢、有型？她下意識乾咳一聲要自己恢復冷靜，這一聲倒是驚動了他：「不習慣嗎？那我再走遠一點抽，等一下回來。」

「沒有，只是沒想到東吳竟有這麼美的秘境。言歸正傳……」心明開始說明這急救包的身世與來歷，牛皮紙袋裡的文件，全是她觀看每一場雨峰比賽的心得筆記，她像個專業的球隊經理，記錄他每一場的得分與失分關鍵、不只針對他個人的球技做了詳盡的研究，還針對系籃的每一個球員和他搭檔時的得分狀況進行深入分析，進一步為他配對出最強的黃金隊員組合。

雨峰一邊聽她解說，一邊翻閱她整理的資料，忍不住嘖嘖稱奇：「心明，妳不當系籃經理太可惜了！」

乍聽見他的稱讚，她還真有點不適應：「純粹是從小到大看著哥哥比賽籃球所累積出來的特殊興趣而已，希望這些資料能有助於你突破最近的撞牆期，你還是走陽光路線比較順眼！」

他浮起淡淡笑意：「我走陽光路線比較順眼嗎？看來妳很常觀察我，我的每一場比賽，妳該不會都全程參與吧？」坐在岸邊的他一面熄掉煙、一面將牛皮紙袋的資料全都妥貼放回，抬起頭，一雙好奇的眼睛正定定凝視她。

心明根本無法承受他那深邃、彷彿隨時都能穿透自己的灼灼目光，她把視線移向水面上正無憂無慮穿走的白鷺鷥，據實以告：「我喜歡看你打球，有一股拼卻一切的狠勁，彷彿這世界沒有什麼能夠阻擋你，那樣的你很吸引人，認真說來，我的確是你的籃球粉絲。」

凝滯的高壓空氣瞬間被一陣爽朗的爆笑聲衝散：「謝啦，這份珍貴的急救包，我收下了！」他隻手撐著岸上的石塊，借力彈跳而起，走了幾步，酷酷地站在她身前，溫酥的陽光立即被他全擋在身後，她看不見河景，眼睛一時不知道該往哪擺，內心產生警訊：這距離是不是太近了點？面對眼前那一堵頗具威脅性的高牆，她只能簡單回應：「不客氣，舉手之勞而已。」

陽光和流水彷彿被雨峰強勢掠奪了將近一個世紀之久，心明有些焦慮地屏息等待著，她不知道自己更想要聽見的話語是什麼。

終於，上頭遙遙傳來他沉穩的聲音，夾帶淡淡的香水與煙草味：「妳不該對我太好。」只一秒鐘的遲疑，她決定不過度拆解雨峰話裡的複雜含意，光明磊落抬頭，理直氣壯反應：「朋友本來就該對彼此好啊！」

他斂下眼睫，收回那灼燦燦的眸光，無預警朝她丟出一句充滿距離感的話：「離我遠一點比較安全，我是個很容易讓人失望的朋友。」一隻手卻已輕輕撫拍她的左肩：「先走了，去打工！」話一說完，便迅速寬厚釋放被他俘虜的春陽、溪流，靜置的時間又開始緩緩流動，剛剛的美景全都甦醒，只唯獨他先行離去。

心明站在原地怔愣了幾秒，等待左肩上的炙燙溫度慢慢降低，忽然，她舉起雙手朝向外雙溪水域擴音嘶喊：「你現在才發出警告，來得及嗎？」她才不管手長腳長、競走速度超快的雨峰究竟有沒有聽到，她是說給自己聽的。

看來，今後得更小心克制自己對他的情感了，但真能做得到嗎？她著實不明白兩個單身的人為什麼不能坦蕩蕩相愛？他究竟在害怕什麼？躲逃些什麼？

也許是心明的急救包發揮神奇的救援效果，雨峰終於擺脫那一段困頓的籃球撞牆期，系籃上上下下全都鬆了一口氣。心明仍然持續觀看每一場有雨峰上場的比賽，這已是戒不掉的癮，但她隱隱約約感知這個癮已經來到了無論如何都必須強硬戒斷的難堪時刻。

時序進入炎炎盛夏，大一下學期即將宣告結束，當所有人都忙忙碌碌於期末考時，班上卻傳來第一手八卦消息，洶湧攪動死寂備考的教室……

「天啊，何雨峰交女朋友了，聽說兩人在一起有一陣子了！對象是大他三屆的系上學姐，名字好像是許聆安，是印尼僑生耶！」

「聽同寢室的學妹說，那位學姐打算搬出學校宿舍，和何雨峰一起同居，兩人最近經常相約一起看房子……」

「學姐本來今年該畢業回印尼，硬是為了何雨峰而留下來，據說她打算死當幾門學分拼個延畢。」

「學姐也是籃球高手，只要自己沒有比賽，她一定會到何雨峰的場子指導、加油耶！」

「哇！兩個人簡直是絕配，他們的愛情好偶像劇喔！」

相關消息紛紛流竄，每一則都化為纏綿悱惻的愛情故事不斷被宣揚，澈澈底底震盪整個系所，也震碎不少峰粉們的心。

向來八卦天線拉得老長的心明早在消息釋出前的第一時間就知道了。這一、兩個月來，她在雨峰的籃球場子裡曾留意過這位學姐，學姐似乎是個開朗活潑的女子，只比雨峰矮一些些，有一身勻襯、健康的小麥色肌膚，以及一張永遠爽朗大笑的明亮臉顏，似乎和任何人都能聊得來。那陣子學姐和雨峰走得相當近，近到心明有一種莫名不安的感覺，特別是雨峰對待學姐的方式也和對待那些著迷於自己的峰粉們明顯不同，他總是格外親暱、體貼、多話。因此，當八卦風開始陣陣颳起時，心明不曾查證便直覺相信他談戀愛了。

她沒有花太多時間消化雨峰有女朋友的這項訊息，更不曾讓失落、傷心的表情停留在任何和他相處的時刻，她甚至從未詢問他這件驚動系所的情事細節。而他也只有在八卦消息被完全攤在陽光下後，才在信件裡順道淡淡提及，字裡行間沒有情緒用語，一如往常的遣詞用句，依舊充滿許多縫隙需要她猜、需要她解。

心明反倒覺得這樣如常看待自己的雨峰，比談戀愛的雨峰更加讓她感到惶惑失措。

得知他和學姐墜入愛河消息的第一時間，心明像是演練過千百次的敬業演員，早已做好離開雨峰的相關準備，不僅毫無眷戀地辭掉麥當勞的打工，還另外在天母的兩間國中小補習班擔任英文課輔老師，好得以繼續媽寶自立計畫。她也成功戒斷到球場看他打球的癮，兩個人除了偶爾會碰面的系上必修課之外，完全沒有任何交集機會。她相信生活將因此變得平靜、簡單，且天真以為日子可以這樣一天天過下去，直到有那麼一天真正忘記世界上有何雨峰這個人為止。

唯一沒能停止的是信件，心明始終找不到不通信的理由，畢竟「友誼締結書信」是她率先發起的活動，她不希望雨峰用「不是情人就做不成朋友」的狹隘角度定義她。詭異的是，雨峰則彷彿交定了心明這個朋友似的，不只不曾改變與她通信的習慣、口吻，居然還在往後的日子裡試圖拉近她與學姐許聆安的距離。

這段沒能與他斷了友誼的歲月，始終是隔著一層薄玻璃罩的模稜兩可煎熬，千纏萬繞的矛盾糾葛心緒彷彿沒有終止的日期，是她致命的砒霜，卻也是她甘甜的蜂蜜。

經過軍師關鍵的整肅訓誡後，天明每晚的IG純情日記書寫狀況大幅改進，終於不再成為心明過勞加班的致命砒霜，她也更明確感受到哥哥為愛放手一搏的決心與行動。這一晚，天明的聲音沾滿蜂蜜，喜孜孜向心明報告：「我發現李翩翩是個懂得節制、不亂花錢的認真小資女，我越來越喜歡她了！」

「怎麼說？」

「今天因為老爸噴了太濃的香水，鬧得整間辦公室的人都過敏打噴嚏。於是我順口告訴她老爸愛噴香水的八卦，說他愛香水愛到一整個走火入魔，連老媽的一整排Chanel女香也不放過，只要覺得好聞的，非得全身上下都噴一回。有一次外出打麻將時，還被叔叔、伯伯們虧：『你剛從哪個女人窩裡出來啊？不怕回家被嫂子逼供。』」心明瞪大眼睛，真心慶幸自己沒有什麼奇特的怪癖落入哥哥法眼，他那張堪比廣播電台的大嘴巴，實在太可怕！

「那，李翩翩如何反應啊？」

「我以為李翩翩會像往常一樣，頂多只會回我：『你老爸好神！』然後給出好幾個『哈哈哈』字眼敷衍帶過。沒想到，她居然回我：『我離香水的世界好遙遠！』果真是個不亂花錢的小資女。妳說，這是不是一個新的突破口？」天明開心提出觀察結果，徵求軍師認證。

「哈哈哈，這的確是一個新的突破口，恭喜哥哥，終於擺脫鋼筆和甲蟲的狹窄世界，接下來你應該知道怎麼做吧？」軍師決定先賣個關子，讓將軍自己擬定作戰計畫。

「應該是買一瓶香水送她吧！可是，妹妹啊，別說我對男香的世界一知半解，女香啊，我更是毫無概念。」

「那你問過她喜歡什麼樣的香味嗎？果香？花香？或是木質香？」她丟出關鍵問題，完全不指望他已經事先做好功課。

「沒耶……我馬上來問問，她現在回應我的訊息都很快，妳等等我啊……」天兵哥哥暫時掛網中，心明早已見怪不怪，她十分習慣這種天兵場景。

她始終沒有追問雨峰身上的香水是哪一個品牌，也許是因為一旦揭曉正確答案，從此以後便被澈底定案，再無其他翻案的可能性。她寧願在能夠接近他的時刻，牢記那樣獨一無二的味道，並在和他遙遙相距的時空場域裡，一次次想念與拼湊。尤其當置身在無可避免的茫茫人海中，偶爾一陣熟悉或類似的香氣朝她襲擊而來時，總會讓她驚詫停下腳步，恍恍惚惚搖盪出一段許久不曾想起而確實存在過的記憶片段，酸澀的、苦甜的都好，她彷彿就能循線找到躲藏起來的他。

原來，她看待香味的方式竟和雨峰面對感情的態度那麼相似，都是喜歡遊走於曖昧模糊邊界，樂在導演一齣齣模稜兩可戲碼的人。

Jo Malone是心明最愛的香水品牌，最初只是因為它獨特的品牌形象，不像他牌女香給人粉紅黏膩的包裝和宣示。Jo Malone瓶身相當素簡、中性，沒有喧賓奪主的奇巧花紋及豔麗色澤，包裝僅以奶油白作為底色，搭配純黑細邊框，將英倫式的高雅氣質低調顯現。她特別喜歡櫃員在長條型的紙盒上打一個漂亮的全黑蝴蝶結作為包裝的點子，每一次看著那蝴蝶結，心底總會浮起雨峰生命色調裡的漆黑，她一直想為那樣的黝闇陰翳深影添上一雙如蝴蝶般自由的翅膀，但似乎，總是失敗。

「問好了，她說她喜歡花香，討厭果香的恐怖甜膩感。請問軍師，可有對策？」掛網的天明終於再次發出聲響，心明飄遠的思緒被強硬拉回，她迅速Google相關資訊並打字獻計：「我只用過Jo Malone的香水，這是英國的老牌子，在台灣也耕耘好一陣子，頗有名氣，香味獨特吸引人，不過價格稍稍貴了點，你買30 ml即可，免得因為價格太貴又被李翩翩退貨。台中的Jo Malone櫃點有中友百貨、新光三越，你趕快趁這幾天晚上去試香。」天明立刻應允，乖乖著手計畫中。

心明猜想Jo Malone的青檸羅勒與柑橘款應該不是嗜愛花香的李翩翩所喜歡的，便沒主動向哥哥提及。這款香水一直是她的最愛，她讓香水進駐大學畢業後的生活，那是雨峰身上不曾有過的陌生氣息，卻是她堅持的芳香，以為重置新的記憶，便可以覆蓋甚至驅逐舊有的回憶，萬萬沒想到的是，自從愛上這款香水後，竟也格外想念雨峰身上由香水與煙草交融的淡淡氣息，這究竟是怎麼一回事？

新的突破口成功激化天明的作戰鬥志，隔天便向心明捎來最新軍情，他央請好友允達夫妻陪同，一起跑一趟中友百貨的Jo Malone門市試香，在兩男一女的激烈表決下，「星玉蘭」限量香水勝出。淡綠色限量款瓶身的星玉蘭香水已順利入手，問題來了，究竟要什麼時候送？又該用什麼名目送？還有，要怎麼送才不會再次被李翩翩退貨？天明幾乎想都不想，便把這個燒腦的燙手山芋全丟給心明。

「親愛的哥哥，這是你的愛情劇本，你得自己參與編劇啊！」心明完全不理會天明的眾多問句。

「這……好吧，我想想……」於是，天明繼續掛網中，心明樂得輕鬆，她不希望介入哥哥的愛情故事太多，畢竟他已經違逆本性地邁開每一個追愛的積極步伐了，現在最重要的是認真投入每一個環節，創造只屬於他倆唯一而又甜蜜的回憶。她始終相信唯有奮不顧身攪和其中，哥哥那「七天是續航極限」的週期過敏病症才能有效獲得救治，他對愛情的「不耐煩」體質方得以慢慢調養，她也才對得起那位從未謀面只看過相片的李翩翩小姐。

「我想到了！就當作提前送她端午節『香包』好了，雖然距離端午節明明還有兩個月的時間，妳說把『香水』硬說成『香包』的點子是不是很搞笑？李翩翩一向喜歡幽默的男人，我想這招應該可以試試！」

她立即附和：「聽起來，挺有意思的，頗有笑點！」

「而且我還可以打著去允達那兒送端午節粽子的名義，順理成章送李翩翩『香包』，又能趁機見她一面，累積她對我這個高大、孝順、顧家型暖男的好感度，妳覺得如何？哈哈哈哈哈哈哈哈！」天明越想越覺得自己是個天才，打了無數個哈字以示炫耀。

「好棒啊！就這麼辦吧！對了，你送她香水時應該會寫一封情書深情示愛吧？」心明立刻召喚熊大比一個讚，緊接著又抛出關鍵步驟詢問。

「一定非寫不可嗎？我已經天天寫IG純情日記，還有甲蟲馴養實境秀日記了耶……」他近乎卑微求饒地提問。

她繼續敲邊鼓：「當然非寫不可！放心，你剛剛的『香包』點子也可以寫進情書裡，代表你竭盡所能希望她不要再退你禮物。而且，我都想好情書的主題和意象啦！」

「請大師開示！」天明恭敬詢問。

「你買的那款限量香水，剛好能夠把你對她的情感進行巧妙的聯結，限量香水的意思就是『現在限量，以後絕版』，你無懼於『現在限量』的事實，執意投入這一場不被所有人看好的硬仗；你之所以堅持這麼做是因為清楚知道『以後絕版』，一旦錯過了她，你在這世間將再也找不到值得你認真追求的女子了。」敲打這些字句時，心明由衷覺得自己應該再去兼差廣告文案職位。

「天啊！這也太肉麻啦！妳很會耶！妹妹，妳真是個愛情達人，乾脆改行去當情書代筆好了，不騙妳，我現在全身起雞皮疙瘩耶！就衝著妳這個無敵浪漫的說法，我會好好寫這封情書的。」留完話，天明相當振奮地提筆寫情書去了。

心明則對著「愛情達人」四個字發愣，只有她知道，這愛情達人的真相背後，是一路磕磕絆絆的慘跌印記構築而成。

雨峰與聆安學姐的戀情，即便有一整個暑假的時間可以冷卻，大二新學期一開始，這八卦消息依舊持續在系所發燒，而且還竄長出各種甜蜜版本的故事，雨峰甚至還從「籃球達人」晉級為「愛情達人」。而當所有單身男大生紛紛向他請教追愛技巧時，卻全被他淡漠地以四兩撥千斤方式輕巧推開，心明深知他是個極重隱私的人，妥協認了籃球場上藏不住的鋒芒，也竭盡所能為團隊利益出席各種公關活動，但情感上的細節，是極私人的事，沒必要和無關緊要的人分享。

即使是和心明通信，除了那一封交代謠言是事實的信件外，他再也不曾主動提及與學姐之間的事。心明也從未想過要問，她知道自己不具任何資格，她選擇安於一個再普通不過的朋友角色，或者被他定位在無足輕重的同學位置也行。

只是，雨峰似乎沒有這種「粉飾太平」的打算，要不然心明不會在十二月初的時候，收到他的「慶生會」邀約訊息，居然還不是透過書信往返，而是發布在他界定為「緊急專線」的Line上。她第一時間還以為收到詐騙訊息，直到點閱後，才確信他的手機沒被盜用：「聆安鬧著要為我辦慶生會，邀請的都是一些比較親近的朋友，妳來，好嗎？」現在的她倒寧願這是一則詐騙訊息，也好過明明看見他的軟語邀約卻還得狠心拒絕。

心明最後還是沒有給出任何答覆，當了頭一回最不喜歡當的「已讀不回」族群。但她沒能逃躲太久，雨峰生日的前一天晚上，他第一次撥打「緊急專線」的電話找她，心明猶豫了幾秒鐘才緩緩接起，還來不及發出招呼語，他已經率先開口：「心明，妳明天晚上會來吧？」仍是那令人無法自拔的魅惑聲線。

她很想直接說不，但是還沒有練就拒絕雨峰的獨門功夫，在腦中高速篩選千萬種詞句，直到猛然想起最初打造「友誼締結書」的初衷，心明決定妥協：「不會要我表演餘興節目為你祝壽吧？先說好，我什麼都不會，最會放空。」她試著讓語氣聽起來輕鬆。

「哈哈，來我家放空也是一種另類的祝壽方法！明天晚上我讓小齊過去載妳。」電話那頭的他，似乎也透露出鬆了一口氣的感覺，像是在確認什麼，也像是在揮別什麼，心明不想進一步探究。

她立即說道：「不用麻煩啦，這學期我有交通工具，你給我地址就行了。」獨立堅強的女性意識和行動，在這時候出現得剛剛好，只是萬萬沒想到雨峰這一通不滿兩分鐘的電話，竟有本事將她近半個月的猶豫未決防護罩全都擊碎，自詡獨立堅強女性的心明，開始有點瞧不起自己了。

慶生會當晚，心明準時到達，橘紅色磚牆的社區大樓前方有一大片鐵皮搭蓋的機車停車場，果然是專為大學生設計的標準宿舍配備，她停好車，按照雨峰給的地址，準確找到對的棟別、樓層。按下門鈴前，再次深呼吸，反覆告訴自己：演員之夜要開始了，無論如何都要專業演出。

開門的人是學姐許聆安，正熱情招呼：「妳就是鍾心明吧！快進來，馬上要吃火鍋了！」留有一頭俐落短髮、充滿健康膚色的學姐，簡單穿著一件亮紅色的合身長袖T恤，搭配深藍色緊身牛仔褲，便將運動員的姣好身材表露無遺，還隱隱散發出成熟女人的氣息，她熱情拉著身穿灰色連帽T搭配寬鬆單寧吊帶長褲的心明的手，彷彿遇見好久不見的自家妹妹一樣親暱。心明有些不習慣，但學姐似乎沒有察覺，仍是一路緊緊牽著她，為她張羅座位，擺好碗筷，還連聲催促待在廚房裡的慢吞吞男球員們，趕快端菜上桌。

心明趁隙張望了一下他們的租賃處，一房一廳一衛的格局，整體空間不算大，卻配備簡易式廚房，屋內布置得相當簡單、舒適。客廳外的陽台鋁門窗刻意開著，好讓徐徐冷風吹散室內濃厚的食物味道，卻也使心明猝不及防地撞見他倆人曬在外頭的衣物，她立即撇開視線，有一絲酸澀的感覺侵入心頭。

這時，聆安學姐恰巧走近坐定在心明身旁：「這火鍋湯頭是來自印尼的祖傳秘方，我熬了很久呢！妳待會兒一定要好好補補身體，要不然外雙溪隨便颳來一陣風，就能把妳吹倒，那可不行。」學姐家常叨唸著，還主動為她添飯夾菜，心明竟有一種回到鍾家餐桌上的錯覺。

「大家小心，火鍋湯要上桌囉！」雨峰一派優雅地端出湯底，心明刻意不看向他。心裡的直覺告訴她這是一對值得更多祝福的情侶，她只不過是他的其中一個朋友而已，必須更道德地謹守朋友本分，任何一絲絲逾矩的念想和行為都不該有，此時的她注意力全都「正當合理」集中在學姐聆安身上。

心明一直有默默關注、張望他人的習慣，一群人聚集時，她永遠是那個較為安靜的人，比起高調表現自我，她更善於低調觀察、聆聽別人。一頓火鍋餐宴吃下來，她慢慢發現聆安學姐有一種能瞬間卸下他人心防的神奇魅力，雨峰也是這樣被她一點一滴收服吧！學姐身上有股強大的安定力量，好像什麼都能包容、什麼都能成全，彷彿只要一遇見她，便可以什麼都不想、什麼都不怕。這恐怕是心明最欠缺的特質，她的稜角與堅持一向太多、太細、太絕對，這麼一對照，逐漸有一種釋懷的感覺，同時也明白了一件清楚且殘酷的事實：雨峰需要的，她從來都無法給。

酒足飯飽之際，聆安學姐端出一顆亮橘色籃球造型的蛋糕，眾人一起為壽星唱生日快樂歌，當雨峰配合演出許願、吹蠟燭、切蛋糕的儀式之後，小齊率先起鬨：「學姐獻吻祝壽！學姐獻吻祝壽！」其他人也跟著一起鼓譟。

一直只緊盯學姐看的心明有些不知所措，她的心理防護層次根本還沒做到這個等級，正當她猶豫要不要乾脆藉故上洗手間以避掉這令人難受的一幕時，和雨峰同坐在沙發上的學姐早已直接海派托住他的下巴，親密遞上深深的熱吻。

那一幕熱戀情侶才會有的怦然心動畫面，像無從閃躲的一列疾駛高鐵，就這麼直接而蠻橫地衝撞輾壓過心明，根本來不及逃開。當時負傷的她還不知道的是，打從踏入雨峰慶生會的那一刻起，日後來不及逃躲的事情將會一件接著一件鋪天蓋地淹沒她。

天明的「香包」情書，挾帶鋪天蓋地的浪漫肉麻文字，終於強勢撬開了李翩翩城門的一小角，送出「香包」當晚，李翩翩破天荒撥打一通Line的網路電話給天明，通話時間雖然只有短短的「一分零七秒」，卻是這場看不見盡頭與機會的絕望戰役中，至今為止傳來的最大捷報。

心明在電話那頭為天明開心不已，連聲恭喜之際，忽然瞥見消失多天的安迪‧沃荷普普狂想特展票券正攤在工作桌角落，雨峰一直不清楚她為什麼堅持再忙也一定要抽空去台北觀看這場展覽的理由，那是因為安迪‧沃荷的巨量孤寂感以及他對抗孤獨的方式，全讓她充滿好奇，她花一輩子都做不到的事，為什麼普普藝術教父安迪‧沃荷，還有她深愛了七年的雨峰卻可以輕易做到？

慎重將使用過的票券收好後，心明再一次為哥哥天明感到高興，他果真是上天特別眷顧的寵兒，第一次認真投入戀愛，便得到了驚人的回應，他是A，幸運遇見被他感動的B，唯一的B。

5 平行世界

2019 年 5 月 4 日

我們都沒想到在台北 Home Hotel 舉辦的「13 個房間／平行宇宙」展覽，竟有這麼多人前來朝聖。你說上回我帶你認識美國的安迪 ・ 沃荷普普藝術，這回換你帶我認識台灣的飯店文創藝術，你強調「有來有往」，這樣才公平。

當你脫口而出「公平」二字時，我眼底不由自主纏上一抹從過往飄來的黯影，你敏銳察覺，立即將我的手握得更緊，低啞抗議：「不准想起我的黑歷史，那些都過去了，重要的是現在，妳得對我公平一些，好嗎？」我點點頭，仰起臉回你一彎清淺笑容，你眉頭間緊皺的結，這才絲絲舒緩開來。

趁排隊的空檔，你開始向我訴說 Home Hotel 執行長王念秋的故事，她花了八年的時間堅持做同一件事情，讓旗下飯店展示台灣不容小覷的軟實力，從大廳的家具挑選、房間內的裝置擺設、沐浴備品細項，全都 MIT，她讓飯店不再只是一個旅客短暫停留過的住宿空間，而是一處能深刻感受台灣文化的最美起點。

今天看的「13 個房間／平行宇宙」特展，也是 Home Hotel 讓世界看見台灣的立體活動，他們和孩在手作平台合作推出這個藝術展覽，為此特地空出一整個樓層的飯店房間作為布展空間，由孩在慎重邀請台灣具有特色的文創工作者自由布置專屬的藝術房間，為期五天的展期，居然還很勇敢地辦在日本及中國放長假的五月初黃金時段！

「一定是衝著五四文藝節而來，好浪漫啊！」一向喜歡聽你說故事的我，由衷感動極了。

「是啊！當初我接手老爸留下來的房子打造成民宿時，就是想朝著讓台灣的山水及文化之美能被更多人看見的願景前進。因此，無論如何今年一定要抽空帶妳來參觀，尤其我們都算是文創工作者，更應該要見識見識。」此刻你的眼眸燦亮亮地注視我，我看見自己正走入你的人生藍圖裡，有一種莫名安心的幸福感。

「謝謝你，從現在開始，我最大的願望就是能夠受邀成為『13 個房間／平行宇宙』展覽的布展人，看來我得更加努力了！」一想到被你牢牢惦記，便覺得自己擁有無限力量。

「一定沒問題，妳啊一直擁有無比堅強的意志力和行動力！」你像是預言神準的算命師，言之鑿鑿。

我們上樓參觀遊蕩，很難想像這裡曾是再平凡不過的住宿空間，依然看得見床、梳妝台、衣櫃、浴室，卻都不是原本的面目，它們拼貼出全新的藝術語言，我們皆有一種來到平行世界的奇異感覺，這既魔幻又寫實的空間氛圍，令人印象深刻！

3

一個小時後，我們來到「孢子培育室」房間，看到門牌介紹，我的眼睛瞬間一亮，這是台南頗有名氣的個性金工品牌「臍加厝」耶！我忍不住驚呼，她們可是我相當崇拜的偶像啊！

對我會心一笑的你，拉緊我的手設法穿越重重人海，來到正在解說孢子芽與鹿角蕨作品構想的金工藝術家面前，綁著馬尾的她一眼瞧見了你和我，卻一點也不意外地熱情呼喚她的另一位工作夥伴：「隱藏版驚喜出現啦，交給妳囉！」還處於狀況外的我，就這麼莫名其妙被帶進一間灑落金黃陽光的透亮浴室，浴室門上也有一塊門牌，上頭寫著我們倆都不陌生的「馴養手冊」，那位留有輕盈短髮的金工藝術家離開之前對我們調皮眨眼叮嚀:「好好玩吧！」你和她點了個頭慎重道謝，門再度關上，喧囂的世界瞬間被隔絕在外。

將雙手搭在我肩上，你眼底有滿溢的期待：「你是這個展覽的驚喜隱藏版第十四個房間，我們的『馴養手冊』，今天是唯一展期，上工吧！」

「啊？你究竟施了什麼魔法？我們剛剛是不是不小心穿越了蟲洞，竟從現實世界躍入夢想世界？我的願望怎麼能這麼迅速實現？」又驚又喜的我發出一連串的問句，一顆心急促跳動，彷彿想強烈證明這當下發生的一切都再寫實不過。

「『臍加厝』的兩位金工藝術家是我的房客，之前有過一些合作，這回得知她們又再次受邀參與『13 個房間／平行宇宙』展覽，特別厚著臉皮央求她們擠出第十四個房間，讓妳展出銀黏土飾品，她們一聽妳是初出茅廬的圈內人，基於提攜後輩的信念與責任感，便毫不猶豫答應了！」

你一面從容解釋，還一面從黑色後背包裡拿出一盒透明收納盒及一條黑色絨布，説道：「想給妳一個驚喜，故意什麼都不説，這兩天住在新竹時，偷偷收了一些妳擺在工作桌上的銀黏土成品，還自做主張挑了這塊黑色絨布，又順手拿了些應該用得上的小擺飾，還有包裝銀飾的禮物盒和紙袋，我應該沒漏掉什麼吧？就算真漏掉什麼沒關係，我相信妳隨機應變的能力！」你有些不安地向我確認，卻又無賴似地對我眨眨眼。

「我該怎麼謝謝你？」眼眶有一滴感動的淚珠生成、打轉，這才明白原來人被幸福感漲滿時也會很想哭。我伸出雙手緊緊環抱住你，任由那一滴眼淚悄悄攀附在你的黑襯衫上，以你的體溫和味道打樣、縫製它。

你輕柔抬起我依偎在你胸膛的下巴，以炙熱的深邃眼眸凝視我還蕩漾水光的眼睛低聲提議：「一輩子和我在一起，如何？」

我沒有接話，只是墊起腳尖，主動吻上你那溫潤且散發迷魅氣息的唇，你先是微愣，隨即俯身繾綣熱烈回應著……

#微雨山城 # Q 版蟲洞 #銀黏土項鍊 #惦記

從雨峰的慶生會現場離開後，心明嚴厲告誡自己永遠不許越界，即便她依舊無可救藥暗戀他，卻也由衷喜歡率直開朗的聆安學姐，他們是天作之合，是她眼中最令人嫉妒卻也最完美的絕配。至於那些一時無法完整收回的情感，以及它所帶來的副作用，她選擇默默藏匿，只敢在日記本裡誠實坦露，連好友范宜家都不知道。畢竟，面對這樣一段根本還沒開始便早早夭折的感情，該從何說起才算得上是一個成形的故事？

大二這一年，他們倆的信件往返明顯較大一下學期少了一些，她為這樣的變化感到慶幸。雨峰單身時，她渴望能成功破敵，每一個進攻與拆彈步伐都相當積極，即使依舊挾帶天性裡的小心謹慎習慣，心卻總是盈滿各種層次的快樂，即便兩人意見相左也是歡喜的，因為他的世界對口很單純，唯有她。

而當雨峰不再單身後，她只想守住自己單薄且貧瘠的城池，僅交流朋友可以言說的感覺和想法，不容許一點點的歧出與糾葛竄生。於是，和他通信不再擁有單純的快樂，更多時候是刻意清醒的精密計算與衡量，她不想失去這個特別的朋友，卻也不願讓他任性劫掠一切。

即使某些時刻，心明會因為雨峰書信裡給予的幾個曖昧不明的句子而反覆推敲考據，從中曲折燃生出一絲絲希望，但那微渺希望往往維持不到一天的時間，很快又會被更多毫無生路可走的現實處境，以及對於聆安學姐的莫名愧疚，或是雨峰突如其來的冷漠姿態，而全數被圍剿覆滅。

漸漸地，心明的小宇宙無可避免裂解成兩個，一個是持續絕望暗戀雨峰的自虐耽溺世界，另一個則是無論如何都得斷絕雨峰的逞強自欺世界，它們成為平行世界，同時俱存，一併折磨耗損著她，而聯結這兩個世界的關鍵蟲洞，正是誰也沒放棄的書信往返。

心明花了一整年，在給自己的及給他的文字中做各種調適和實驗，直到終於可以逐步戒斷雨峰時，他卻在升上大三那一年，開啟另一種撩撥意味十足的馴養方式，心明根本措手不及，她進化的速度始終追不上他出招的速度。

那一天，雨峰在打完工回到家的深夜，撥打「緊急專線」給她，距離上一次使用它已是去年十二月中的慶生會前。心明拿起手機準備要接聽時，還對著赫然跳出他名字的螢幕嚇了好大一跳，任由它響了幾聲才勉強鎮定接起。以為兩人之間會有一小段尷尬的沉默時刻，他卻彷彿打開話匣子，聊得興致高昂，接連告訴她一則又一則的打工趣事，生動的敘述語彙，以及時而清朗時而逗趣的嗓音表現，讓她一時聽得入迷，完全忘了該保有戒心或者啟動偵察模式，竟很是入戲地回應、提問、打岔、大笑。掛上電話已是一個小時後，心明這才發現居然忘記問他為什麼有空打電話來？難道僅僅只是為了逗她笑？

就算剛剛的事件再重來一遍，心明依然會什麼都不追問，她不確定現在的自己究竟想不想知道原因，就算知道了也無能改變什麼，更何況雨峰一開始沒打算解釋的事情，再多的問句都無法撬開他的心防。

她以為那一晚的電話像是一年才有一次的跨年煙火秀，萬萬沒料到的是，之後的每一個深夜，都接到他撥打的「緊急專線」電話，原以為不可能再複製的絕美煙火，竟成為每晚抬頭就能望見的尋常月光，她非常不能適應。儘管心明的心情是飛揚的、雀躍的，卻也隱隱約約覺得對不起聆安學姐，她知道他們還在一起，但始終不敢開口問雨峰為什麼要天天打電話給自己？聆安學姐難道不介意嗎？好像這一問，連仰頭可見的月光都會瞬間被黑雲覆蓋吞噬，或者癱瘓成破破碎碎的流光，隱沒在過於張揚的城市燈火中。

連幾個室友都開始懷疑她是不是偷偷交男朋友，怎麼每晚接起電話就會消失至少一個小時的時間？回寢室的時候還能揚起嘴角，似乎有傾倒不完的幸福？任何人問心明，她總有各種理由搪塞，像是「同學打來問報告怎麼寫」、「小組討論發現有一些問題要解決」、「學長姐敲定家聚時間和地點，順便聊聊近況」、「社團臨時有些狀況要處理」，就是絕口不提雨峰這個人及其相關議題。她特別感謝同班室友千茉，自從那一次的狗尾草事件後，千茉像是什麼都瞭然於心，悄悄替自己安置一個祕密，不追問也不八卦，也始終附和心明的說法，不讓室友們有任何猜疑的縫隙。

心明很需要這樣的隱匿空間，她知道兩個平行世界的需求感正在失衡，暫時還找不到應對的方法，只能消極躲藏、逃避。現在的她只想任性地、安逸地隱身在和雨峰共有的緊急專線裡頭，汲取每晚一點點和他在一起的相依相隨時光。

直到那一天，雨峰一整晚都沒打電話來，心明有些坐立難安，時不時留意手機狀態，還神經兮兮以為手機故障，甚至打了通電話回台中以娛親之名作為測試。靜不下來的她索性離開狹窄窒悶的宿舍，來到相對寬闊許多的校園散步，外頭微飄細雨，乾脆不帶傘，正好讓雨水澆澆過於焦躁浮動的心緒，一邊隨意亂走，一邊抬頭張望，今晚看不見任何月光，連星光也都集體逃逸，僅剩無邊無涯的黑沉沉雲翳張狂氾濫，她心想：怎麼連老天都要和她作對，竟完全不留予她一點點希望？

掏出電話，畫面卻始終只敢停格在雨峰的名字上，無法再更進一步，收起，拿出，又重新收回，一整夜反反覆覆無數次，向來好睡的她第一次失眠，哀傷感知到雨峰再一次以不同的形式可惡至極地馴養了她。

隔天深夜，心明已不抱任何希望，明白那些不該屬於自己的，總有一天得全數歸還，一切終將恢復原貌，她早該做好心理準備的，是昨天的自己太過癡傻、貪婪。正這樣自我譴責的時候，雨峰的電話悠悠響起，關於昨晚的消失事件，他壓根沒提，她也倔強不問，彷彿昨晚只是最平凡無奇的一夜，不值得討論，他還是之前那個多話的雨峰，她照例是個無法自拔的入戲者。

心明這才恍然驚覺，昔日以為的尋常月光，原來全都為了馴養、制約那些入夜必須亮起的路燈而存在，無論燈下是否有行人經過，路燈唯有持續點亮，為那一絲始終潛藏且無從證明的微渺可能而傻傻亮著。雨峰根本不讓她淡出他的世界，更糟糕的是，大三這一整年，她也始終找不到任何可以阻止月光蠻橫入境的方法。

大三下學期快結束前，雨峰曾在電話那頭輕鬆順口提及：「心明，一起去碧溪橋下玩水，好嗎？」她的耳朵只能笨拙地將他的音量無限放大，轟轟隆隆來回震盪衝撞薄薄的耳膜，這又是一場所為何來的邀約？她又該如何反應才好？自從和雨峰、聆安學姐他們一起參與318太陽花學運靜坐抗議後，心明反覆告誡自己與雨峰的聯結僅能透過電話，她不想也不能再那麼自私了。

像是接收到她的猶豫似的，他繼續補充：「聆安找了一群人玩水，想趁暑假到來前搶先消暑，妳一定也沒看過學校以外的外雙溪模樣吧？來嗎？」他的問句總像不小心失手而傾倒太多的蜂蜜，讓她不知所措，直到聽見聆安的名字時，一顆心才瞬間安定，彷彿獲贈一張蓋過檢驗合格標章的通行證，代表前方路線安全無虞。大概從318太陽花學運過後，在有雨峰的地方看見聆安學姐，已經不再令心明感到刺痛，反而還會覺得放心，每多看他們倆一眼，私心就會多枯死一分，會有更多的理由和力量將自己牢牢捆綁在最適宜的朋友圈子中，不做任何逾矩的非分之想。

一群人浩浩蕩蕩出發，來到碧溪橋下時，所有人都被那格外沁涼、清新的外雙溪空氣安撫，一個個全都放下背包、脫掉鞋子，將腳丫子澈底放牧至及膝的河水中。冰冰涼涼的觸感讓心明覺得連日來的矛盾心緒終於暫時被冰凍住了，河面清澈如鏡，還有小魚小蝦來回穿梭，好多人連連驚呼尖叫，一向和大自然不太親近的都市孩子心明更是開心得不得了。

當一夥人深入水域中央，沉浸感受恬淡、幽靜的溪流陣陣溫柔撫觸時，站在最前頭的聆安學姐居然率先玩起打水仗遊戲，她捧起滿手的水潑向正專心遠眺山景的雨峰，他也不甘示弱，立刻精準回擊聆安，以他們倆為中心，水仗規模如層層漣漪擴散開來，連在最外圍的心明也遭受波及，無辜捲入這一場戰爭，她被激得玩興大發，為了不讓別人小看自己，連忙展開潑水攻勢，一群人就這麼不分彼此地亂鬥一場，沒有人能倖存，大家全都像剛從洗衣機撈出來的濕綢衣服，狼狽不堪。

偏偏天空不作美，把剛剛的大好陽光一一狠心收攏，厚重雲層趁機欺近，全身濕透的心明覺得身體微微發抖，她決定慢慢走回岸邊拿背包裡的薄外套穿上，但河底的石頭太過濕滑，她走得巍巍顫顫，幾次差點跌倒。剛剛還站在前方的聆安學姐，似乎發現更好玩的事，正帶領學弟妹們往河的上游走去，唯獨運動細胞極差的心明還持續被圍困在河中央，進退失據。

「拉著我的手，我帶妳回岸上拿衣服。」是雨峰的聲音，他從心明的斜前方穩穩走來，也不等她回應，長手一伸便拉緊她的左手臂，一面叮嚀她注意腳下的步伐，一面專注為她開路，一道根本不該出現的小電流正透過左手臂毫無遮攔地往心頭奔竄，她試圖發出理智的聲音：「我可以自己走，學姐和其他人都往上游去玩耍了，你還不快跟上……」

「妳都凍成這樣了，還有心思管我應該先做什麼選擇？」他口氣有點不悅地打斷她。心明沒再說話，任由他牽，一步步往岸邊靠近。沒想到，還沒靠岸，他反而選了一顆座落在溪河中較大的石塊，要她坐著，帶上不容置疑的權威眼神，語調卻是極其放鬆的：「我去幫妳拿外套，水還是要玩個盡興！」

心明聽了忍不住想笑：「你倒是很稱職扮演活動發起人的角色嘛！」

他坦然回應：「那當然！」目送他頎長挺拔的背影漸漸遠離時，她突然想起他根本不知道自己的背包是哪個？正準備張口大喊時，發現他已經精確找到自己的灰色背包，並從中掏出那件灰色薄外套朝她前來，心明簡直懷疑他該不會生了一張緝毒犬的鼻子吧？是不是在雨峰面前，什麼祕密都躲逃不過呢？

「還冷嗎？」他問，順勢坐在她身旁，兩個人的腳丫子齊齊踩在澄澈冰涼的水底。

「不冷了，謝謝。哇！你的腳好大啊！」她像是發現河裡有玉石般發出誇張的讚嘆。他則把一隻長腿挨近她的，比劃了好一陣：「妳的腳可真小，這樣能站得穩嗎？」他宛如突然看見河裡竟有稀有魚種似的好奇。

「我的手才小，以前不覺得這有什麼問題，剛剛打水仗時才發現吃大虧了，別人潑我一下，我得回潑至少五下才有同等效果。」她伸出左手掌在空中翻飛，他則探出左手抓住她飛個不停的手掌，這突如其來的舉動讓她嚇了一跳，心臟猛地狠狠撞擊胸口，正猶豫該不該抽回時，他已將空著的右手靠近她的，此時，她的左掌心正覆在他的右掌心上，心明臉頰瞬間一熱，雨峰倒是認真測量中：「妳的手真的好小，我的整整大你兩倍耶……」他彷彿目睹溪底有閃閃發亮的沙金。

「好啊，你這就叫做輕敵，看我怎麼收拾你！」她順勢巧妙收回左手，雙手探下溪河捧起冰涼的水，朝他瘋狂潑灑，試圖以這舉動掩護剛剛快令她窒息的肢體碰觸片刻，哪怕只是單純的手掌丈量，只要是雨峰的，都令她無法招架。

眼看河水急急潑了過來，他也不躲，一雙幽深的眼睛正牢牢地、若有所思地凝視心明：「看來，妳已經不冷了。」

心明被他的眼眸燒燙得不知如何是好時，雨峰猛然低頭，抓起河中的一顆小石頭，以相當漂亮的斜切角度送它一小段飛翔旅程，並低聲偷渡一句話：「我前天和聆安吵架了。」

這是雨峰第一次提及和聆安學姐吵架的事，但她聽不出他話裡的真實情緒。總是這樣，每每從他口中說出來的語句，剛抵達她的耳朵便已是過時的訊息。心明覺得自己壓根不如眼前那顆被雨峰拋擲出去的小石頭，它不但輕觸水面，掀起一陣陣小水花，還能繼續騰空飛行。

「還好嗎？」她輕聲問，卻刻意不看他，也學他俯身撿起溪底的小石子，向遠處拋去，只不過那顆石子沒能飛多遠，便迅速沒入水中，只剩綻開的漣漪一圈一圈有氣無力申訴著。

「還好。」依舊是包裹得密不透風的嗓音，雨峰這次從水裡撈起一把石頭，站起身，模仿棒球投手的誇張姿勢一顆顆扔擲它們：「妳一定很少玩打水漂，才會丟成這樣。我小時候最喜歡玩這個遊戲，雖然都是一個人玩，沒有對照組可以比較，但也玩得挺有心得的，要不要我教教妳？」他投來詢問的眼光，澄淨到看不見前天遺留的任何雜質。

「你老是小看我，我也是有童年歲月的人好嗎？我們來比賽吧，說不定你會輸給我。」她正眼回視他，眼底有一種不想被輕蔑的堅決神色。兩個人像玩開的孩子，不斷較勁比拼，一會兒齜牙咧嘴叫囂，一會兒又因為為對方的奇怪姿勢或詭異的石子墜落法而笑得直不起腰來……

心明想：幸好這一刻他是開心的，那些過時的訊息，至少還有此起彼落的笑聲作為打包繩暫時安頓。

直到山邊傳來轟轟雷聲，斗大的雨滴應聲而下時，雨峰才迅速拉住心明的左手臂走往岸邊躲雨。有那麼一刻，她希望這條躲雨的路徑永遠沒有盡頭，可以這樣緊緊挨近他一直一直走下去。奈何遠方，聆安學姐也已經帶領學弟妹們探險回來了，心明知道她必須再一次從短暫的美好夢境中掙扎醒來。

有時，那醒來後的真實處境太過荒涼孤寂，逼使她很想直接攤牌，追問雨峰是不是從來都無須掙扎？面對她時，是不是永遠都那麼清醒？為什麼他做得到？而她卻萬萬不能？

耐心快被磨光的天明也很想對李翩翩攤牌，尤其經過妹妹這將近五個月天天操練催逼的「文青特訓」後，他真心覺得香包情書已締造出李翩翩的極致友好回應，那「一分零七秒」的電話，簡直堪比不可思議的神蹟！而如果李翩翩對他毫無感覺又何必費心勞神打這一通電話？接下來的他應該要好好把握時機，趕快把她約出來吃飯、看電影，然後直接攤牌表達愛意，這樣勝算才大。

只可惜計畫才一脫口，立刻被人在巨城購物中心正和朋友熱鬧聚餐的心明無情否決，電話裡的天明有些受傷，她聽得出來，但無法分身安慰他，只得先拋出個引子，轉移哥哥放大傷口的注意力：「在見面之前，一定要用更強烈的方式馴養天性浪漫的李翩翩，讓即使有男友的李翩翩也無法自拔地被你吸引，你們的見面才有可能成行。親愛的哥哥，你先想一下馴養方法，晚一點告訴我。」

那天晚上，心明收到天明的進攻策略，他打算用新添購的鋼筆寫一些在網路上看到的罐頭愛情金句，每天傳給李翩翩，讓她感受到被熱烈追求、被反覆惦念的甜蜜情意。心明立刻在「偏偏是妳」群組稱讚：「哥，這是很好的點子，你可以先傳張抄寫好的句子給我看看嗎？」

他秒讀後，迅速傳上一張寫有「真正愛妳的人，身上總備著糖，而不是嘴上的大道理。他知道人生艱難，只想好好疼妳、照顧妳。」的鋼筆手寫照片，還三八捎來台灣黑熊驕傲翹臂的討賞貼圖。

心明差點沒從椅子上摔下來，打字已不足以填平兩人的認知鴻溝，乾脆直接撥打電話給他：「哥，你抄寫的這個句子很長輩貼文耶！拜託，這太說教了，李翩翩要的不是一個會說教的爸爸，而是一個會甜言蜜語的情人。」

「這很說教嗎？我覺得它說得很有道理耶！」他頗不以為然。

「這種有道理的長輩文交給長輩們轉發就好了，你這個年輕貴族不需要去湊長輩圈的熱鬧吧！」她再一次嚴正聲明，深怕哥哥搞不清楚狀況先行發文，鑄下無可挽回的、摧毀自我形象的大錯。

天明沮喪回答：「好吧，那我還真的沒招了。」

「這樣好了，你來抄寫情詩，一天抄一首傳給她，她一定會很感動的！而且，你之前不是還抱怨每晚的IG純情日記越來越難找到新的材料嗎？現在你可以針對每一天抄寫的情詩，提出你想對李翩翩說的話，如此一來便可以一魚兩吃喔！」軍師再次出新招。

將軍忐忑發問：「可是，我大學念的是經濟系耶，會不會看不懂情詩？」

「哥，你放心，有我在，情詩由我幫你挑選，我也會負責為你解說詩的意境，讓你能夠好好發揮，別擔心！」軍師一向很清楚將軍沒有配備挑詩的眼光與讀詩的心眼。天明聞言，總算稍稍放心，這幾個月為了追李翩翩，工作量瞬間暴增，這輩子作夢也沒想到下班竟然比上班還疲累。

有一陣子沒看現代詩的心明，開始大量添購、閱讀、標記新銳詩人寫的現代詩，她故意不碰經典詩作，它們對哥哥來說必定是無字天書，就算為他詳盡解釋，恐怕也還是一知半解。加上新銳詩人的優點是年輕，這是哥哥急需補充的青春氣息，他身上的長輩味道太過濃烈，明明才大她五歲，怎麼可以活得這麼「不合時宜」？

心明也是在閱讀這些新詩後，才赫然發現真正適用於哥哥和李翩翩情況的曖昧情詩相當少，既不能太露骨，又不能太絕望，還不可以太艱澀難解，想當初自己竟膽敢誇下海口下達「一天抄寫一首情詩」的命令，實在太不知天高地厚了！或許就是憑藉這樣一股莫名強大的傻勁，她才能一直在無望的愛情絕境裡奇蹟似地活下來吧……

她慎重挑選每一首詩，並根據哥哥和李翩翩的每日劇情發展而調動選詩的順序，連著兩天的使用效果很不錯，天明寫的IG純情日記也越來越自然、鮮活。心明進一步追問：「哥，你到底有沒有將鋼筆手抄情詩照片傳給李翩翩啊？畢竟她現在『應該』不知道你每天都寫IG日記給她，你們的聯結也只限於Line……」

「傳了，但妳應該會罵我！」天明發出很少見的心虛回應，接著便把他和李翩翩的對話截圖傳給她。心明一看，頭頂簡直快噴發岩漿了，這等蠢事果然只有宇宙無敵天兵做得出來！

天明先是趁著和李翩翩聊甲蟲的今日新鮮事空檔，突然丟出手抄情詩照片，且僅附上「抄了一首詩。」的極簡文字說明，沒頭沒尾沒重點也就算了，還被懂得避重就輕的李翩翩煞有其事建議：「天明哥要練鋼筆字啊！那應該要改抄寫《心經》，不僅字數多，又能修身養性，多好！現代詩字數太少，效果太慢了。」

更令人噴飯的是，天明居然還乖巧回應：「好喔，那我趕快來去練寫《心經》嘿！」沒多久，便立刻上傳鋼筆手抄《心經》相片給李翩翩共賞……這……這都是些什麼亂七八糟的鬧劇啊？

心明真覺得這些天來認真收集的情詩全都被白白辜負了，按照哥哥那種一擲千金的耗損方式，庫存很快會坐吃山空，她火速撥電話給哥哥，並刻意開啟溫婉勸慰模式提點他，最後語重心長拜託：「哥，算我求你了，你可以好好傳情詩給她嗎？這些情詩都是精挑細選、萬中選一的，一本詩集扣掉不適合你們倆使用的、以及你完全看不懂的，往往只剩下六、七首可用，很珍貴耶……」

「沒關係，妳可以跟我請款購買詩集。」天明還挺闊綽地想方法解決問題。

「哥，這不是錢的問題，是適用的情詩非常稀有啊！」心明發出近乎哀嚎的口吻，天明總算發現這樣暴殄天「詩」好像真的很不妙，這才稍稍進入狀況。

她再次苦口婆心叮嚀：「哥，請你記住：開頭一定要強調『這是我特別抄寫給妳的情詩』。傳情詩時，千萬不要故意塞在特殊話題的縫隙間，我知道你是因為害羞，但是這樣傳一點效果也沒有，還製造了讓李翩翩可以完全不用理會的反效果，她也絕對感受不到你的浪漫和用心。」

「我知道了，既然都要送情詩，那就得完全豁出去，是吧？我會改進，妳等著看我改頭換面吧！」天明信誓旦旦承諾，她決定勉為其難再相信他一次，儘管多數時刻兄妹倆一直活在截然不同的平行世界裡。

心明準備將手上那些已閱讀標記過的幾本新詩集，暫時放回書櫃上歸位，只留下目前最適用於天明情境的一本在手邊，而那所剩無幾的藏書空間，著實讓她費了一番蠻力才勉強把詩集都歸位。正覺得自己頗擅長收納藏物而有些小小得意時，一本色彩鮮豔斑斕的書偏偏不給面子，依仗剛剛心明製造的強烈地震，乘著搖搖盪盪的餘震理直氣壯飛撲墜地，只發出一聲乾脆巨響要她搭救。

她緩緩撿拾起攤倒在地的《暴民画報：島國青年俱樂部》，那是大三升大四那年暑假出版的書籍，記錄那一年春天在台灣島嶼上發生的「太陽花學運」，突然崛起的學運如平地一聲雷，澈底撼動整座島國子民，尤其是莘莘學子們，其中也包括大三的心明和雨峰。

318那天，當學生們成功佔領立法院的消息傳遍各個網路社群、電視新聞頻道後，心明立刻被雨峰拉進名為「島嶼大事」的Line群組中，裡頭成員幾乎都是和他相熟的球友、同學。雨峰更以迅雷不及掩耳的速度組織靜坐班底、公布靜坐地點及排班表，希望群組裡的大家能持續號召更多有時間的親朋好友投入靜坐行列，務必做到每天每個時段都有人到場支援。

打開排班表觀看時，心明嚇了好大一跳，雨峰的名字佔了每一個日期，白天出現的時間不固定，但凌晨的夜班必定有他，他已經做好睡在街頭的打算，以此聲援立法院內正艱困奮戰的將士們，而聆安學姐也不遑多讓，只要有雨峰在的地方，就一定有她的身影。

也想盡一分心力的心明，當下趕緊詢問室友們的意願，平常最忙的千茉倒是答應得俐落；另外三位室友小鳳、勳兒、慧慧都願意加入，不過時間還不是很確定；遠在淡江大學的宜家，則和心明相約只要假日有空，必定全程奉陪到底，總算，她也動員了一小隊的微薄力量。心明和千茉紛紛停掉手上的打工，由於兩人的課程幾乎重疊，因此，總是相約一起出現在青島東路的靜坐現場，沒課的晚上也必定待到末班捷運發車前才離開。

來到靜坐現場，並不總是看得到雨峰和聆安學姐，心明內心百般矛盾，渴盼看見雨峰，好像在那混亂不安的世界裡，只要他一來，世界即便傾刻崩塌毀壞，她也可以不用害怕。心明還會自私地希望聆安學姐別一起出現，一旦瞧見了，她的自動屏蔽設備只得再次開啟，反覆叮囑自己盡量不看他們、不與他們互動，奈何聆安學姐總會親切和她打招呼，雨峰也會以眼神追蹤她並點頭示意。

這時，心明內心便會油然生起一股尷尬的愧疚感撻伐自己，明明他們倆都以朋友情誼熱烈相待，她卻像個小鼻子小眼睛的人，斤斤計較著一分一寸的友誼距離該如何拿捏才好。明明此刻國難當前，大夥兒都為了反對黑箱服貿強行闖關而同舟共濟，她為什麼還有這些白花花的空暇時間去釐清戰友之間該保有什麼樣的界線較為妥當？心明好厭棄這樣自溺自虐的自己，卻怎麼也維修不了這樣的自己。

幸好還有千茉的陪伴，靜坐的時候，她們會一起討論網路上關於318學運的最新動態新聞、評論文章，並在各自的臉書上思索該如何轉發分享這些精采觀點，或張貼親眼目睹的現場感人畫面和動人故事，好讓這把學運之火燃燒得更加熾烈；而有時，她們也會趁著靜坐人群稍多的時候，離開崗位一陣子，一路觀摩並聽取相關的公民議題課程，心明最喜歡這樣的時光，雖然現場氣氛仍然緊繃，但是每當看見各領域專業人士即席開講授課時，總覺得這裡進行的更像是一場共享民主自由的嘉年華會；也有些時刻，他們這路「島嶼大事」團，會集結起來唱唱歌、打打氣，或者各自帶上在學校做好的小海報、小廣告拿到靜坐現場發放，期望有更多撥冗前來的民眾，能將立法院內外的信念和堅持，推往更遠的遠方，形成全台遍地開花的強大力量。每當做這些有意義的事情時，心明那一顆只依隨雨峰身影上下起伏的心才算鎮定下來，而那不斷制裁自己小心眼的聲音也才會稍稍止息，暫時放過她。

心明和千茉天天都到青島東路報到，唯獨3月22日當天，心明必須趕回台中為鍾爸慶生，臨行前，千茉向她保證：「妳放心回家祝壽吧，我們沒事的！」

她心中浮起罪惡感，總覺得自己像在戰場上臨陣脫逃的士兵，卻又無法向鍾家二老告假，只得反覆叮嚀千茉一切小心，切勿逞強，千茉笑道：「明明就是妳比較愛逞強！居然還敢向我說教？」

千茉的話像一把突如其來的鑰匙，輕易開啟一個隱蔽的時光抽屜，拖拉出一句雨峰曾經形容過自己的話：「愛逞強同學！」哪天她一定要向雨峰好好反駁一下，其實最愛逞強的正是他本人，夜夜泡在青島東路街頭餐風露宿，也不見他有絲毫的退卻之意，眼眶下的黑眼圈明明疲態盡顯，但聲音仍舊元氣飽滿，天天積極鼓舞士氣，率領大家持續熱血挺進，天曉得他究竟是怎麼做到的！

3月23日當晚7點30分，那時，心明一家人剛大啖完鍾爸最愛的精緻鐵板燒盛宴，圓滿完成祝壽儀式後，她慶幸家人準時將自己送入火車站，即使一臉燦燦笑意說再見，一顆心卻莫名驚恐懸吊著……

稍早7點時，群組訊息比往常還要熱絡，大夥兒正討論進攻行政院的方案，據說有團體強力主張這個方法，一旦攻下行政院，加上已被佔領的立法院，兩者加起來的力量必定能逼迫政府正面回應學運團隊的訴求。這消息一出，有人贊成，認為這是個很好的突破點，至少能盡速打破現階段看似永無止盡延續下去的僵局；也有人反對，他們認為突如其來進攻行政院，將引起不好的社會觀感，連帶影響立法院內學運夥伴們發言的正當性與影響力。心明注意到雨峰一反常態，遲遲沒在群組發言表態，她直覺這是暴風雨肆虐前的恐怖寧靜時刻。

果然，7點35分左右，群組又捎來訊息，抗議群眾已強行突破行政院正門進入，現場陷入一片混亂，抗議群眾與警方發生流血衝突，好像有人受傷了！更詭異的是，雨峰、聆安學姐及球隊的一些人全都不在青島東路靜坐現場，沒人知道他們究竟去哪裡？是不是已經加入強攻行政院的行列中？人在青島東路的千茉及其他夥伴們正積極聯絡尋找，並設法瞭解行政院那邊的狀況。

心明已搭上前往台北的自強號火車，她一直和千茉保持聯繫，卻也無從得知雨峰他們的下落，她一整路了無睡意，反覆滑著手機一再確認，持續刷新Line、臉書及各大新聞頭條頁面，只想從中過濾出雨峰和聆安學姐究竟好不好的訊息？只可惜，他們渺小得像螻蟻一樣，就算消失了，也不會驚動眼前那片車窗外靜謐晦暗偶有橘亮燈光點綴的深沉夜色，那一丁點的黑在動亂的時代中，向來只有被漠視的命運。

下火車已經晚上10點多，心明沒有回宿舍，直接奔赴青島東路，千茉還在那裡，給了心明一個沮喪的搖頭表情，驚慌說道：「現在消息很亂，北平東路那邊很危險，根本靠近不了，聽說鎮暴警察都進去了，我們只能在這裡等待……」心明沒搭話，將原本還有血色的唇抿咬得無比蒼白，隨即緊緊抱住發抖的千茉，終究還是來晚一步了！但至少她還可以留守在這裡隨時提供支援，至少明天早上仍然要有人靜坐青島東路，繼續聲援立法院內的太陽花青年，無論如何，她相信留下來總能有些用處的……

凌晨4點多，雨峰和聆安學姐及球隊的人，終於平安回到青島東路靜坐現場，他們臉上、身上都掛了彩，還好皆是輕傷，由於被鎮暴水車強行驅離，導致全身濕淋淋的，人人腳下拖曳一條條怵目驚心的水路印痕，在肅殺的深夜裡尤其悚然。幸運的是還能夠全身而退，多虧雨峰及時拉住想跟著挺進圍攻行政院的夥伴，選擇一起站在場外觀望並守護場內的民眾，打算以眾多的抗議聲勢力量，壓制且攔阻警方想強行攻堅的企圖。直到警方接連展開幾波強勢的攻堅行動後，雨峰已然瘖啞的聲線，硬是迸發出無比堅定的嘶吼：「我們必須長期抗戰，絕不能倒在這裡！」他迅速果斷帶領激憤情緒幾乎潰堤的大家緊急撤退。

遠遠瞧見濕透的雨峰與聆安學姐互相攙扶走回稍微安全的前線時，心明一顆焦慮不安的心終於靜定下來，知道他沒事，知道他一直有聆安學姐陪伴，她覺得這便是最好的結局，畢竟她始終只能提供自以為是的陪伴，連一丁點和他並肩作戰的機會與能力都沒有。

心明打開《暴民画報：島國青年俱樂部》書中唯一以N字貼標記過的文章，那是作家朱宥勳撰寫的〈舌的背面〉一文，當時的她喜歡得不得了，裡頭的字字句句都深刻擊中她。即便隔了近五年再重讀這篇文章，仍然感到心有餘悸，她和朱宥勳一樣，都在那一晚成為既焦慮又懊悔的不在場者，深愛的人都在戰場上瀕臨恐怖的惡意攻擊，他們卻只能被無從施力的巨量挫敗感狠狠碾壓。

唯一截然不同的地方是，朱宥勳能在社群網站上為摯愛的女友C理直氣壯催逼出更多援助318學運的文字力量；而她鍾心明，只不過是個彆腳且憋屈的暗戀者，什麼都提供不了，也成就不了任何，就連僅剩的陪伴能力也只可以是遙遙遠遠的……

即便和雨峰做什麼都得隔著遙遙遠遠的距離，心明相信雨峰的程度卻像是一種天生練就的本能，無論他說些什麼、寫些什麼，她從來都沒有任何的懷疑。那麼聆安學姐呢？她是不是也這樣本能相信雨峰？所以連同心明的奇詭存在也一併包容？

不只是那一場驚心動魄的318太陽花學運的靜坐聲援活動，雨峰和聆安學姐還經常在一大群人同歡的時刻，叫上心明一起湊熱鬧，偶爾也會在分明可以兩人行動的聚會呼喚心明參與。和他們同行，她得時時刻刻戒慎恐懼丈量出最恰當的朋友距離，以嚴格謹守界線，他們倆卻彷彿毫不在意，究竟是真的不需要在意？還是即使在意也無能施力？

算一算他們倆交往至今已邁入第三年，聆安學姐為了留下來陪伴雨峰，先延畢一年，接著又休學一年，直到雨峰升上大四的此刻，她才復學，準備將當初特別保留的學分修完，明年六月他們倆將會一起畢業。

一起畢業，然後呢？心明根本無法想像失去聆安學姐的雨峰會變得如何？而自己又該站在什麼立場陪伴他？她還擁有什麼資格？依然是朋友嗎？如果她不想只是個朋友呢？他能否接受？而那個接受只可以是朋友關係的雨峰，她還會繼續愛著他嗎？究竟還能這樣愛多久？這些不會立刻有答案的問題像攔不住的野獸，全在升上大四的這一年一個接一個惡狠狠撲向她，她狼狽竄逃，卻也清楚再怎麼逃都只是徒勞。

或許想奔逃的人從來不只是心明。

大四這一年，心明和雨峰的「緊急專線」使用次數急遽減少，她一開始非常不適應，總是賭氣計算他未打來的天數，卻始終沒有催逼出主動撥打電話給他的勇氣，好像誰先撥電話，誰就在這場「馴養角力賽」輸了。而有時，即便兩人順利講了電話，沉默的時間也往往比對話還要久，久到她很想直接掛斷電話，澈底切斷那些不乾不淨的藕斷絲連，與一直看不見盡頭的情感呆帳。畢竟，獨自擁抱冰冷的靜默，遠比兩個人一起還要來得更自由些、也更尊嚴些。

每一次當心明已經狠下心做好離開雨峰的決定時，他的電話又會倏地倉皇響起，一觸及他的聲音，她甚至無須問他理由，便用力推翻剛剛想離開他的抉擇。雨峰卻從不解釋任何，當心明有些失控告訴他：「我一直在想到底要不要打電話給你？還反覆斟酌什麼時候打給你比較好？想著想著也就過了特別想打電話給你的時間點。」

他唯有淡漠回應：「我現在都不太想這些了，想打就打，不想打就拉倒。」心明直覺認為，這些變化都是暴風雨前的細微徵兆，都是因為聆安學姐即將離開台灣回到印尼的緣故。

幸好，還有信件。現在的她更習慣透過文字把那些無法在電話中裸裎的完整思緒，以精密且自制的冷靜字句層層包裝，無論雨峰懂或不懂，她只想讓他明白一件事：她一直都在，不會消失。

心明決定在還有聆安學姐陪伴雨峰的倒數日子裡，展開珍惜與感謝的具體行動。基於他們這兩年多來無論去哪都熱情拎上她的心意，她主動邀約他們在大學的最後一年一起看果陀劇場的舞台劇《淡水小鎮》跨年，那彷彿是場華麗的歡送會，告別與迎接的意義同時俱在，她和聆安學姐的告別與迎接內容可能不盡相同，但大抵都是繞著雨峰旋轉的，心明一直知曉。

二〇一四年的最後一天，他們三人相約一起坐捷運到國父紀念館看戲，沒想到聆安學姐在一個星期前得了重感冒，雨峰也隨後中招，此刻他們都戴上口罩，拖著病懨懨的身體出現在心明眼前，大有一種捨「命」陪君子跨年的堅強狂歡意志。三個人一上捷運車廂，立刻被洶湧的人潮衝散，誰也看不見誰，心明心想這樣很好，大家可以暫時躲在自己的世界裡安靜。

下車後，心明突然覺得後背包變得沉重，正要回頭一探究竟時，後頭傳來雨峰沙啞的聲音：「我這樣拉住妳，妳就不會和我們走散了。」他拉的是前幾天她在屈臣氏買的99元吊飾——穿著深綠色軍服卻綁著兩條長辮子的可愛娃娃，連沒什麼精神的聆安學姐也瞬間眼睛發亮直說：「這娃娃好可愛，很像心明耶！」

「謝謝學姐的誇獎！」她向聆安學姐投以燦爛的笑容，且不忘嚇嚇雨峰：「要是拉壞了娃娃，你可得負責縫喔！」

「那有什麼問題，我最會縫衣服了！」他的笑聲低低啞啞的，她卻聽得如坐針氈，內心焦躁吶喊：可不可以不要這麼溫柔？明明赴約之前已經許下新年願望，好不容易接受了他打的五十分，並設法把自己多出來的三十分盡速銷毀，和他單單純純只當朋友就好。就連那反差萌娃娃也是一個星期前為了堅定這個願望而買的，她相信自己一定可以用軍人的堅韌意志，強悍固守這個承諾。

什麼都不知道的雨峰一手親暱牽緊聆安學姐的手，一手則拉住心明繫在後背包的娃娃吊飾，三個人在擁擠的人群中開發出一種奇怪的行進方式，總算曲曲折折抵達國父紀念館。

《淡水小鎮》是果陀劇場相當著名的代表作，這齣代表作劇本翻譯自美國桑頓．懷爾德於一九三八年獲普利茲文學獎的著作《Our Town》，今年的這一場是果陀為了慶祝演出該劇25週年而推出的紀念版本，也是《淡水小鎮》的第七版，加上跨年的「除舊布新」意象，深深吸引心明，她相信用一部提醒世人試著「張望平凡生活裡的美好」的戲劇，為一段終將走向盡頭的苦澀單戀歷史打光，是很絕美的事。同時，她也深信，這一部戲應該能帶給雨峰及聆安學姐繼續往前走的安定力量，縱使離別在即，只要試圖讓日子慢慢往前推進，相信平凡無奇的生活裡一定躲藏著一些可以觸碰的幸福，即使只有一丁點，也好。

看戲時，心明不用側頭窺看，也感受得到坐在隔壁的雨峰與聆安學姐貼得很近的模樣，他們時而親密交頭接耳，時而緊緊依偎彼此，她的心也只是像一片尖銳的指甲劃過黑板，發出一陣刺耳聒噪的聲音而已，不再像最初幾次出遊時那般彆扭、疼痛了。她想，原來人的耐痛指數是可以透過一次次的訓練有效提升的。

倒數時刻來臨，當眾人起身狂吼嘶喊「5、4、3、2、1」時，心明也是瘋狂的，她把平常沒有耗盡的真實聲量藉由誰也分不清楚誰的喧嘩聲浪掩護下，一個勁兒地澈底釋放。剛吶喊完的心明正感到暢快淋漓時，台上主持人大喊：「Happy New Year 2015，大家一起擁抱身邊陪伴自己的人並互道祝福吧！」

還處於歡快狀態的心明立刻冰凍成一尊雕像，她在心裡暗咒自己：可惡！竟然忽略了跨年活動必然舉行的「擁抱」儀式，早知道，她就不該衝動邀約雨峰和聆安學姐，和好友宜家或者室友千茉前來豈不是更好？

身旁的人全都熱烈進行擁抱儀式，雨峰和聆安學姐也是。落單的心明眼巴巴看向舞台上的主持人只覺得度日如年，多希望他趕快開個金口結束這段令人無比尷尬的時間。這時，聆安學姐已鬆開和雨峰緊貼的身體，朝向她張開臂膀，熱呼呼喊著：「心明，我們一起抱抱吧，新年快樂！」那一刻，心明好感謝聆安學姐，謝謝她總是這樣看顧自己。

聆安學姐一放開心明後，順道熱情指揮：「雨峰，你也抱抱心明吧，謝謝她經常在學校罩你！」心明聞言瞪大眼睛，正打算推辭時，雨峰已大步向前，伸出兩隻長手示意要抱她。她不知道他口罩下的嘴形是什麼，可以確定的是他的雙眼有微微的笑意，她感到極其荒謬，他難道患有失憶症？竟忘記一個星期前兩人在電話中的那場哀傷對談了嗎？

那晚，雨峰喝了點酒，有點微醺的他，話變得比平常還要多，細細描繪自己正坐在最鍾愛的陽台上打電話給她，抬頭可以看見幽微的月光、閃爍的星光，還有彷若漂泊在墨色海洋上的城市燈火。早在大三那年兩人密集通話的最初，心明便知道雨峰都在租賃處的陽台撥電話給她，但這是第一次，聽他鉅細靡遺形容落在眼底的每一處景致，那嗓音與句子都帶著迷離的詩意，魅惑得不得了，話鋒一轉，他突然神祕探問：「心明，我有個問題想問妳，妳可以回答，也可以拒答。」

她嚇了一大跳，隱隱約約知道該來的總是會來，只是沒想到率先攤牌的那個人，竟然是看起來不曾有過波瀾起伏的雨峰。

「零到一百分，妳喜歡我的分數有多少？」他終究還是問了那個她最不想正視的問題，但現在會是適合回答的時機嗎？她清楚知道不是，乾脆反問：「那你呢？你對我的分數又是多少？」

「嘿！是我先問妳的，妳得先回答，我才要說出我的答案。」他一向喜歡撩撥、挑弄人心，她太熟悉擅長這種操作模式的他。

「你為什麼想知道？」她小心翼翼詢問。

「只是純粹好奇，這理由妳能接受嗎？沒關係，妳可以拒答，我不介意。」很誠實卻也很殘酷的回答，她寧可他醉得再澈底一點，也許還有那麼一點機會，把這麼曖昧的問句說得更柔軟、更帶情感一些。

心明忽然隨興提問：「你那邊看得到幾顆星星？」

「我數數看……」他當真老實數了，在他巡邏夜空，努力指認出每一顆星星的位置告訴她時，她明白自己根本無法拒答他的問題，尤其那問題裡，也有她一直以來渴望得知的訊息。

「一共七顆，送妳，我家陽台才有的限量版星星。」他說，像個大方給出玩具的孩子。

「收到！」心明在電話裡輕輕笑著，而後慢慢斂起笑容，以刻意包裝過的平靜口吻告訴他：

「八十分。你呢？」

「五十分。」雨峰再一次誠實而殘酷地回應。

「好慘！完全不及格的分數……那……請問何老師，這有辦法靠補習加分嗎？」她故作輕鬆發問，即使心已經涼冷得說不出話來。

「沒辦法，只能這樣了。我也很慘，少了一個可以好好擁抱的人。」他的語氣中似乎吐露著些許落寞感，她是不是聽錯了？不及格的分數是他打的，為何還會有落寞感？是因為曾經期待過嗎？既然有所期待，為什麼從來都要她猜測、要她追逐？為什麼分數不能再提高一點？為什麼他們之間的落差這麼大？過多的問號像尖銳的錐子鑽刺過她涼冷的心，無數的裂痕正繁複交錯，破碎的聲音迅速生成，彷彿逼近支離破碎的臨界點……

既然最糟糕的答案都已出現，心明反而一無所懼，以為這世上再也沒有其他的句子能傷害自己了，她繼續追問：「所以，在你的世界中，我到底佔了什麼位置？」

「我把妳放在很重要的位置，卻不是名為愛情的地方。心明，我真的難以歸類妳啊！」雨峰在電話那頭失聲笑了，她卻怎麼也笑不出來，如果可以，她只想遠遠躲起來，一輩子消失在有他的世界。

但她終究做不到澈底消失，也萬萬沒想到此時此刻自己居然要和雨峰進行一場跨年擁抱。直到一個星期前，它還是一場永遠不會發生在他們之間的神祕儀式，最後，竟荒謬地被一張1200元的戲票成全？她這算是好心有好報嗎？或許是吧，如果兩人終將走向告別彼此的路途，那麼，至少在離開前，她還能夠保有一個像樣的擁抱以供日後追憶，即使那感覺像是拿到一張戲票的收據證明般滑稽荒誕，她還是決定敞開雙手迎向他，畢竟這是他倆人生第一次也是最後一次的體驗，為什麼不把握？

和雨峰進行大約三秒不到的擁抱過程，不帶任何情慾色彩，是很朋友式的肢體語言。雖然抱得輕輕淺淺，但是心明會牢牢記得，因為那是她此生僅能反覆在記憶裡惦念與溫習的，一場不知道該如何命名、歸類的戲。

6 不刻意遺忘

2019 年 6 月 25 日

刻意不打電話知會你，一大早跳上前往宜蘭的火車，再轉搭計程車來到壯圍。站在你家門口前，我深吸一口氣，無論此刻你在或不在，都要強拉你去看醫生，再也不想忍受感冒的你在電話裡咳個不停，五臟六腑彷彿都快被咳出來似的驚天巨響，一聲聲都讓人坐立難安。

拿著你為我打的備份鑰匙開啟門扉，籃球聞聲立刻奔向門口，興奮飛撲在我身上，根本攔不住牠的開心叫聲，你房間裡的燈突然亮起，我隨即大喊：「是我。」

「怎麼不事先通知我，我可以去車站載妳……」你虛弱而沙啞的一連串聲音試圖向外傳送，我急急走向房間將它接個正著。

看見你蒼白的臉，與正急欲撐起身體的吃力模樣，我既心疼又生氣地投訴：「我來這裡，就是為了要帶你去醫院，誰叫你都不聽話，一個星期前早叫你去看醫生的，你偏偏愛逞強。」

「咳咳……我哪……咳……妳是……咳」你似乎還想辯駁些什麼，那要命的咳嗽卻凶猛攪局，把你打算要說出口的話剪得破破碎碎的。我馬上從後背包裡拿出多帶的醫療口罩，迅速為你戴上，封住你的嘴以及那些我不愛聽的抗議，並在很短的時間內，把我們一起送上計程車，前往鄰近的醫院就診。

醫生一副責難的口氣：「再晚點來，就肺炎啦！」我轉頭嚴肅瞪視你，你卻向我拋出無辜的眼神討饒，假裝不領情，處罰你任由我的心狠狠懸吊一個星期之久。

下午一點回到家，儘管你疲累虛弱，卻仍不斷強打精神找機會討好我：「別生氣好嗎？我下次不敢了。」你從背後輕柔圈抱住我，並把頭輕倚在我的頸項間磨蹭。忙著備餐的手不由自主停下來，說好要繼續處罰你的決心瞬間變得不再堅定：「好吧，一言為定，你不准再讓我這麼擔心。」

「我以籃球起誓，妳放心。」你隔著口罩輕啄一下我的臉頰。這樣煮粥很難不分心，我柔聲哄你：「好啦，你先去房間躺著休息，等等煮好粥端進去給你吃，然後，我們一起看下午兩點半的台視直播，福衛七號要在美國甘迺迪太空中心發射升空囉！這一天，我盼了很久耶！」

「生病可真不好，不能任意親吻妳，幸好，還可以吃妳煮的粥，一起迎接台灣年度盛事。」你刻意加重雙手的擁抱力道，最後卻因為一陣劇咳而不得不把我放開，無奈走回房間乖乖躺平。我終於可以專心下廚了。

3

飽餐一頓的你，看起來氣色似乎比早上好些，為了讓你舒服半躺臥在客廳的沙發上休息，我拿出較厚的棉被為你蓋上。我們倆連同籃球，正和全台灣及美國甘迺迪太空中心的人們一起屏息倒數「5、4、3、2、1」，當地的夜空瞬間綻放烈焰火光，我們完全看不清 SpaceX 的獵鷹重型火箭輪廓，只能目送那道熾熱火球升空，將台灣與美國合作製造的、號稱地表最強溫度計的福衛七號，順利送上太空執行任務。

整場直播過程中，最讓我大感驚奇的莫過於獵鷹重型火箭的「火箭回收」技術：「天啊，這實在是太不可思議的發明了，馬斯克真是個狂人，昂貴的太空技術居然被他磨得如此親民！」

你輕輕搓揉我的頭，沙啞補充：「狂人的這個研究差點搞到 SpaceX 破產，幸好最後終於成功，雖然火箭推進器的回收率目前還沒辦法達到百分百啦，但是已經很了不起！咳咳……」

「真的耶，那兩枚側推進器都順利分離且回收成功，偏偏就這個主推進器的回收任務失敗，沒能精準降落在那個海上回收平台，竟那麼不講理地直接墜毀入海中，好可惜……」我連聲驚呼、哀嘆。

「狂人連海上回收平台的命名都很講究！今天失敗的這個海上回收平台是第二代，名字叫做『Of Course I Still Love You』，大有一種無論火箭推進器領不領情，他都會一直在原地守候的堅持，是不是很癡情？咳咳……咳……」你乾脆停下，想一次將肺裡面的不乾不脆全咳個乾淨，我連忙輕拍你的背，希望能多少緩和你的不適感。

隔了好一會兒，你才又繼續嘶啞說道：「第一代則命名為『Just Read the Instructions』，頗有發明者對產品的小心翼翼呵護姿態，絕不允許任何意外發生，是不是挺傻的？這世上哪有什麼都管用的使用說明書？即使是與精密機器的互動關係，也會有無法控制的意外狀況啊……咳咳……」你又不可遏止地劇咳著。

趕緊拍拍你的背，為你遞上一杯溫熱的開水，但願能緩解那令我們都難受的可怕症狀。直到你漸漸停止咳嗽時，我才回應你剛剛說的故事：「那第一代回收平台彷彿是大學時期暗戀你的我，心裡一直有一本《和你維持朋友距離》的使用說明書，我拼了命想壓抑愛上你的衝動，不允許任何超友誼的歧出意外發生，卻好像一點也沒用，我們還是會鬧彆扭，還是會不愉快。最後，我只能演化出第二代回收平台的名字，告訴自己無論你是不是只將我當成朋友，我都可以不在乎，我會一直這樣默默愛著，直到愛慢慢被年歲磨光為止……」我的聲音越變越小，至今和你說起這些往事，仍然會感到難為情，那些傷口彷彿還歷歷在目。

你伸出雙手將坐在一旁的我緊緊環抱，頭則親暱倚靠在我的頸項間，心疼詢問：「我該做些什麼好讓妳想起我們的過去時，多一點快樂？」

「我想起我們的過去時，必然帶著快樂，卻也無可避免地帶有疼痛，這不算是需要醫治的毛病吧？你的感冒才是真正需要醫治的病！」我故意伸出手指戳你的胸口輕笑，試圖緩和突然變得有些感傷的氣氛。

5

「好啊，在這麼浪漫的時刻竟然還有餘力調侃我！等我病好了，會讓妳知道不該這樣調戲男朋友的……」你再一次隔著口罩輕啄我的臉頰、脖頸，表示你甜蜜的抗議。

＃微雨山城 ＃海上回收平台 ＃銀黏土項鍊 ＃傻愛

升上大四這一年，心明決定報考研究所，打定天天到圖書館全力備考的主意，一方面是為了替媽寶自立計畫爭取多一點時空與機會，另一方面也是希望能藉由高速旋轉的忙碌狀態，一點一滴麻痺對雨峰的情感。

她萬萬沒想到的是，向來不是乖乖牌好學生的雨峰居然也想考研究所，還很積極有為在元旦隔天和她相約每天到圖書館唸書：「我是夜貓子，妳生活作息一向規律，幫我佔佔那即使卯足全力起床衝刺到學校，也永遠佔不到的寶貴自習室位置，好嗎？」幾乎是撒嬌的耍賴語氣，她完全無法拒絕。

於是，兩人繼318太陽花學運靜坐聲援活動之後，再一次成為「作戰盟友」的關係。心明壓根兒不知道該如何看待這突然遽增的、只有她與他的見面時間，彷彿從一級貧戶瞬間翻身為暴發戶，這究竟是該珍惜的天大福分？還是另一道可怕永世詛咒的甜美偽裝？而無論心思如何翻攪運作，就是拒絕不了雨峰的任何提議，這才是最最令她感到無能為力的地方。

這一天下起綿綿細雨，依傍東吳校園的山形，輪廓不再清晰，被薄薄的煙嵐雲氣淺淺繞著圍著，仍有一絲絲收不住的灰綠色毛邊，正悄悄穿過警戒不夠森嚴的雲霧縫隙，細細滲透，緩緩擴散，逐漸蔓延至她的眼前……

心明正急急踩踏通往圖書館的層層階梯，卻被這一早東吳山城裡的濛濛微雨景致給深深震盪，竟有些捨不得移開目光，忍不住貪看了幾眼，這才悲涼發現自己終究只能遙遙凝視它，始終沒有資格收攬、擁有它。即便習慣性拿出手機拍照又如何？留住的也只是複製品，是完全沒有溫度與觸感的平面圖像而已。

順利佔得自習室的一角位置，心還靜不下來，索性拿出隨身攜帶的小筆記本，寫下剛剛洶湧的感觸：

和你名字相遇的剎那，先是撞見了美，
是怎樣的一種絕美，讓人捨得忘卻本能，
只想反覆融進山形煙嵐裡？
即使這一世只能是一滴再微渺不過的露珠，
即使明知滲透美的同時，也將被絕望滲透。
今日記憶裡這一座微雨山城，
日後真能有褪色、斑駁、頹圮、湮滅的機會嗎？
而你名字藏有的千纏萬繞氤氳山嵐，
能否感受甚至惦記那一滴早已乾涸過無數次的倔強露珠？

心明把寫好的隨筆撕下，摺成方方正正的紙條斜斜塞進深灰色筆袋，她不確定這張紙條是否該送給雨峰，正因為他的名字，她才會捨不得那片微雨山城景致，甚至有感而發寫下這些文字。但送給他之後呢？她究竟還想從他那裡得到什麼樣的回應？根本不該再有任何期待他回應的執念與妄想。

雨峰今天倒是提早到了，悠哉悠哉坐在她的正對面，見到他來後，心明總算可以專注唸書，總是這樣，只要和他相約，非得等到他本尊出現，一顆心才能真正放下。這兩個多月的圖書館備戰，他幾乎都十一點才現身，她老覺得早晨的時光特別漫長、煎熬，也是最沒有效率的備戰時段。

她抬頭對剛入座的他淡淡一笑，隨即進入嚴肅的備考狀態，雨峰也攤開一本書，正準備閱讀，眼眸卻被心明筆袋裡一張折得規矩的小紙條給吸引，他好奇拿起，專心唸書的她被一陣細碎聲響嚇了一跳，眼一抬差點沒暈倒，心想：糟糕，剛剛居然忘了把筆袋拉鍊拉上！

心明伸手急欲拿回紙條，雨峰卻故意把紙條舉得高高的，讓她完全搆不著，她只得輕聲發話：「還我，這是我的東西。」

「明明主題寫的是我的名字，是妳給我的禮物啊！」他輕挑濃眉，深邃的眸光精準探進她的眼底，一副沒得商量的餘地。

一時竟無話反駁，心明揮向空中的手瞬間停擺，周遭的冷空氣彷彿也跟著靜止不動。

「來，簽個作者名吧！」他把紙條遞向她，臉上揚起無敵陽光的笑容，快被融化的她只得乖乖拿起一枝筆，簽上自己的名字。

「我一直很喜歡妳的名字，心明，心明，唸著看著想著，一顆再紊亂的心彷彿都能被洗得透亮、純淨。」只一段品評名字的話，又擾得她心驚膽顫，導致簽名的手有些發抖，心明從不知道他是這樣看待自己的名字，幾乎是直覺式回應：「聆安學姐的名字，才是讓你真正安定下來的力量。」

「心明，妳明明知道我從來沒有混淆過妳和聆安。」他拿回簽有她名字的紙條，投給她意味深長的眸光，沒再發話。

心明相信他從未混淆過，但她之於他而言究竟是怎樣的存在？她和聆安學姐又是如何的不一樣？是異質性的天壤之別？還是同質性的略微不同？是不是正因為這個不一樣，她才能這麼突兀而詭異地持續存在於他們倆的世界裡？而如果她真的對雨峰有那麼一點點特別，為什麼，他可以完全無視於和她之間的約定，甚至還粗疏地以為她永遠不會受傷？

就在半個月前的清晨，心明一樣早早到圖書館佔了位置，卻怎麼也等不到雨峰，熬到十一點半，她不放心地撥了電話給他，始終無人接聽，她傳訊息問他今天是否會出現，訊息一直停在未讀取狀態。心明甚至連午餐都不敢去吃，深怕他突然現身卻找不到她，頭開始犯疼，也因為肚子餓使得頭痛症狀更加明顯，苦撐熬到下午四點半，雨峰仍像是人間蒸發似的無消無息。她不懂，如果真有急事不能來，回個訊息很難嗎？該不會真的出事了？他住在內湖，自強隧道那邊很常出現交通事故……心明一想到這裡更是坐不住了，最後決定騎摩托車去他的住處一探究竟。

忍著劇烈的頭痛與極度的飢餓感，她狼狽騎到他租賃的社區前，視線往鐵皮搭蓋的停車場一掃，赫然發現他的黑色摩托車還安安穩穩停靠著，殘酷的答案已然揭曉，他分明在家，卻吝於捎給她一則「今天不去圖書館」的訊息。

毫不猶豫地以前所未有的高速飆車衝回宿舍，回程的心明像一顆引燃的炸彈，她竟愚笨到讓自己當了半天的傻子，她在安全帽裡大聲咒罵癡傻的自己、咒罵邪惡的雨峰，不明白為什麼他可以這樣冰冷無感地對待她？更加荒謬不堪的是，都是她慷慨大方送給他這樣恣意糟蹋的機會。心明忘了自己是如何披掛一路的硝煙彈雨回到學校，又是如何支離殘破地跛癱進宿舍，她唯有反覆嚴厲警告自己，再也不許把他的事放在心上。

當天深夜，雨峰的電話來了，頭痛加上胃痛的她冷冷接起，直接將問候語句省略。

「對不起，我今天沒去學校，應該先告訴妳一聲的。」他難得的低姿態，她則罕見地沉默以對。

「妳等我很久嗎？」他小心翼翼詢問。

「你究竟想聽我說什麼？」心明終於開口，卻是前所未有的犀利問句。

他再次表達歉意：「沒，抱歉，讓妳白等一場。」

「嗯，我累了，先這樣。」她淡漠回應，一併將下午發生的事情和難堪的情緒刻意抹除，不想讓他再握有一分一毫她牽掛他的證據。

從此，雨峰沒再爽約，心明也絕口不提當天的任何細節，兩人的互動一如往常，唯獨心明已下定決心不再縱容自己對他有一絲絲的企盼，她深知這每一絲的企盼只會換得一場徒勞無功的人間極刑罷了。

隔了一陣子，雨峰打電話給她，剛聊完相關的考試資訊後，鮮少插入兩人話題的聆安學姐突然現聲，慎重問道：「心明，七月一日我回印尼，妳要不要來送機？」

「學姐，饒了我吧，我才不想當超級電燈泡。」想都沒想便一口回絕，心明知道那是相當隱私的情人送別時刻，她沒有任何理由與資格把自己擺進那個不倫不類的場景。

「妳真的不來嗎？我擔心……」不知怎麼的，聆安學姐說到一半的話被突兀截斷，硬生生改口成：「OK，既然妳都這麼說，也只好這樣了。」心明在話筒這端思索這奇怪的「斷片」，她心想：難不成學姐想「託孤」？那學姐恐怕比自己還要狀況外，學姐難道不知道愛情是不能交接、轉讓的嗎？尤其對無法將心明歸類的雨峰而言更是難上加難。雨峰曾說她和聆安學姐不一樣，所謂的「不一樣」應該就是異質性的天差地別吧，於是，學姐成為他的戀人，她只是朋友，而且還是個無論如何戮力以赴也無法走到超過五十分區域的那種普通朋友，即便她一直深愛他，也無能為力扭轉這個如鐵一般不可撼動的事實。

福將天明則終於熬到了能夠扭轉如鐵一般不可撼動事實的關鍵時刻，他眉開眼笑向心明報告最新軍情：「今天允達告訴我一個天大的好消息，一個月前，李翩翩已經和那個甜品鋪男友分手啦！」

「哇！恭喜哥哥啊，你的出手機會終於到了！」心明大感驚喜祝賀。

天明畢恭畢敬問道：「接下來，我該怎麼做？請英明軍師獻策。」

「每天中午呼叫外送平台到允達哥的店裡送上好吃好喝的飲料和甜點，每天下班時到允達哥的店裡站崗，邀約大家一起吃晚餐，一夥人吃個七天後，你就可以單獨約她一起下班吃晚餐、看電影了。」

「就這麼簡單？」這半年來大概被妹妹虐待慣了，天明很不適應。

軍師不忘補充：「是啊！但是，你的文字作業仍然要每天持續進行，直到她答應成為你的女朋友時，你再把這陣子以來寫IG純情日記的事告訴她，就說這是你送給她的交往紀念日禮物。」

「哎！我就知道妳會這樣說，什麼時候我才可以逃離下班寫作文的煉獄啊？不過，這個交往紀念日禮物的點子挺好的，天性浪漫的李翩翩應該會感到很驚喜！」天明哀嚎歸哀嚎，還是忍不住褒揚了軍師的計謀。

「加油！哥哥，你離追愛成功的終點線只差最後一哩路啦，好好做吧。喔，對了，記得跟允達哥調查一下李翩翩喜愛的食物、偏愛的電影類型，以免誤踩地雷，留下不夠體貼的印象。」她繼續耐心鼓勵並仔細叮嚀。

「沒問題，妳等著聽我的好消息吧！」天明自信滿滿回話。和哥哥通完電話的心明只覺得不可思議，這一場最不被看好的戰役，居然打著磨著纏著繞著也能有這樣奇蹟似的大逆轉發展，哥哥上輩子一定燒了很多好香，事情才會進行得那麼順利。

沒想到一切就像妹妹預測的一樣無比順利，天明真覺得自己上輩子一定做了很多好事、燒了許多好香，才能如此心想事成。和李翩翩單獨吃飯的第七晚，天明終於鼓起勇氣告白，雖然語句有點破碎、錯亂，但大抵意思還算是清楚交代了。

李翩翩當場先是掩嘴頻頻笑著，最後點點頭詢問：「天明哥，你該不會是第一次告白吧？天啊！我居然要跟一個第一次談戀愛的人交往耶！」

「不不不……翩翩，妳是我的第二任女朋友，呃，我是說……如果妳答應和我交往的話啦……在妳之前，我其實有過一段……戀情。因為妳對我來說……太過美好，所以我才會那麼緊張，妳看……我講話都大……大舌頭了……」把話說得吞吞吐吐、結結巴巴的天明，由於不想在情場上顯得素質太遜，硬是臨時杜撰了一個假的愛情履歷版本。

「天明哥，我很喜歡你單純的個性，連結巴告白也是加分喔！上一段感情讓我太疲累了，我現在很怕總是把話說得天花亂墜的人。」李翩翩真誠說道，一雙漂亮的大眼睛真切注視天明。

天明怯生生將大手伸向前握住她暖暖的小手，再次結結巴巴說道：「翩翩，妳……放……心，我會給……妳幸……幸福。」

「所以，你們倆在一起了？」心明聽到這段鉅細靡遺的告白實況轉播時，忍不住焦急問道。

「是的，最後她答應和我交往了，你哥哥我已經擺脫黃金單身漢的身分啦！」天明相當驕傲的宣布。

「天啊！天啊！簡直是神蹟降臨啊！哥，你太幸運啦！」心明在電話那頭興奮吶喊！

「幸好妳每天都監督我寫文章，練著練著我好像真的變成文青了，妳相信嗎？原來翩翩在還沒和前男友分手前，每天都有追看我寫的IG純情日記耶！向她告白後，聽她開心分享喜歡的片段文字時，我居然一時想不開自己跳入火坑，承諾交往的每一天都會繼續寫IG日記給她。」他邊說邊笑，果然是沉浸在愛情海裡的幸福男人了，即使下班寫作真的很疲憊，也不再引以為苦。

「哥，你變了！我相信你一定是個值得李翩翩愛上的情人。」心明由衷稱讚，很難想像半年前，哥哥還是一個動不動就想在情場上棄甲脫逃的男人。

半年的時間算長嗎？但它足夠促成一段不被看好的戀情修成正果，也讓愛情心理素質低落的哥哥蛻變為有自信、有擔當的情人。

一年的時間很長吧？至少在時空異變的沃壤下，應該能夠孵育忘掉雨峰的種子。但，心明發現即使考上研究所，逃離至天遙地遠沒有雨峰蹤影的新竹，她依舊受困，始終動彈不得，彷彿他拿了一條看不見的繩索緊緊拉扯她所有的步伐。

那段將他們倆緊緊綑綁在一起的圖書館盟友日子，一共只進行了近三個月，當心明忙忙碌碌奔走各大學考場赴考時，雨峰總共只任性丟下一句：「我不想考了。」便瀟灑消失。她沒再過問什麼，他所做的每一個決定向來都有他的理由，可以隨時開始些什麼，也可以輕易終止些什麼，旁人無權參與也無須了解。

就在心明忙得昏天暗地的應考時間裡，她和雨峰的交集也變得越來越少，偏偏在偶有電話或信件往返的時刻，兩人還經常陷溺在無來由的沉默，與奇怪的小彆扭、小衝突中……

最讓她倍感心力交瘁的是，雨峰一直是個把話說得凌厲狠絕的人，他是不是覺得她有刀槍不入的非凡體質？自從五十分與八十分的懸殊差距事實曝光後，心明覺得他們之間的失衡情況更變本加厲。她還是愛著雨峰的心明，且成為一個更容易動輒得咎的心明；而他也依然是那個不愛心明的雨峰，只不過他逐漸演化為渾身是刺的雨峰，偶爾在她透過文字及電話關心、靠近他的時刻，以極其冷酷的聲音無預警喊出：「妳越線了！」

弔詭的是，心明一直弄不清雨峰劃上的那一條友誼界線到底位在何處，在和他交集相處的世界裡，她覺得自己是一個無比笨拙的盲人，獨自對著由友情與愛情混生而成的畸形巨象，深感茫然頹喪。

她確信自己是個還算自律的單戀者，從來不過問他與聆安學姐的事，也未曾主動參與他們的生活，一直只敢安於朋友的位置上瞭望他、關切他。每每心明試圖以這樣理性的方式緩慢地、持續地拉開彼此的距離時，雨峰總會為了垂釣某一個懸念而突然現身，並以一種迫人的曖昧姿態和撩撥問句讓她情不自禁地頻頻回頭淪陷其中，當她為此而不小心拖曳出只能在夢境中逗留的不當囈語或奢望時，他又會嚴峻斥責她不該越線，並為此刻意疏冷她好一陣子。

心明有時甚至以為雨峰心中根本沒有那條界線的存在，才能任意彈性伸縮；而有時那界線卻又無比分明地拴套在她的脖頸上，讓她怎麼做都不對。進退失據的心明，簡直不知道該站在哪個位置才是恰當的、安全的，這時，只有文字寬厚收容她，而且從來不曾設下任何警戒線，她常常在給自己的日記隨筆中自虐式地喃喃自語：

也許有那麼一天，
直到你真正意識到我離開的那一天，
你才會看見我，
存在的必要。

然而當我能這樣決絕的陳述時，
一場早早注定我卻偏不相信的
悲劇式愛戀，
已經成了無可更動的定局。

我不懂別人的愛情是怎麼一回事，
我只知道我的特別艱難與不堪。
真有那麼一天，
我能夠自那混淆所有界線的詭譎迷離世界抽身時，
波瀾不再，

完整不再，
未來亦不再。
愛，原只是一再重蹈覆轍的
荒蕪與更荒蕪。

心明無數次在日記隨筆中裁決和雨峰的各式結局，然後悲哀地發現，結局只有一種，是她最不想要的那一種，卻也清楚知曉唯有那一種才能澈底救贖自己，以及她和他越來越岌岌可危的友情。即使這一段日子明明過得既難堪又煎熬，心明倒寧願最近的相互耗損模式得以持續著，如果她怎麼也忘不了雨峰，那麼就讓雨峰忘了她吧，至少他做起這件事來會比她容易千百萬倍。

順利考上研究所的心明，踏進清華大學校園的第一瞬間，她知道自己暫時獲得自由了。這裡沒有那條蜿蜒倚靠外雙溪流且必然狹路相逢的長長「冤家路」，也沒有那一抹再熟悉不過卻致命如毒藥的墨色身影圈圈繞繞，是個絕佳的安全屋場所，她可以把自己隱密藏匿，重新杜撰一個身世名姓，展開簇新的第二人生。只是前往校園的腳步明明輕盈，心卻還是沉甸甸的，是因為開學前的那一通電話嗎？

千不該萬不該在開學前夕撥打電話給搬回宜蘭老家的雨峰，距離他們上次的通話已經是一個月以前的事了，這是自從大三密集通話以來，第一次那麼長的時間沒有彼此的消息。那時心明心想聆安學姐離開台灣已經一個月，應該是能夠問候他的時刻，但他冷冷淡淡、惜字如金：「一切如常，沒什麼好說的。」

她只得把考上研究所的相關雜記搬弄得搞笑些，試圖逗他笑，不過效果很有限，他像是極地的冰原，對什麼話題都不感興趣。

到了即將前往新竹唸書的八月底，帶著不想留下任何遺憾的決心，心明再次撥打電話給雨峰，這回他連場面話都懶得說，逕自沉默著，她只好不斷用各種問題打探他的近況，最後，他整個炸裂，衝口粗暴狂吼：「我不想講，行不行？妳可以假裝這個月的『請安』電話已經講完了嗎？為什麼我要這樣忍受並且回答妳的這些問句？」

瞬間被雨峰轟得體無完膚的心明，最後還是故作鎮靜，彷彿剛剛那顆扔來的炸彈是落在遙遠的他處：「知道了，以後，你不必忍受，我也不用假裝。」頭一次不等他的回應，她主動掛斷電話，也把這些年來的愛恨糾纏一併狠狠掐斷。心明的左手還緊緊捏握著已經解除任務的手機，她想：也許，對雨峰而言，這真是一次罪不可赦的大越線吧，儘管她不認為自己犯了什麼滔天大罪。

心明終於無所顧忌兌現她在日記呢喃裡反覆推演的唯一結局，萬萬沒預料到的是，竟連和雨峰的友誼都保不住。

從此，那個被雨峰喻為「緊急專線」的Line，不再有過任何通知聲響。大一那年她與他第一次使用Line通訊軟體時，心明曾向他保證：「請放心，我不會沒事亂傳訊息給你，免得成為放羊的孩子！」但她後來未能遵守這個承諾，而雨峰也不像他自己形容的那樣只在緊急時刻撥打專線。

雨峰曾說過和她講電話很快樂，因為會快樂，所以才馴養了天天通話的癮。於是，這些年他們倆一起串通當了放羊的孩子，在各自應該堅守的友誼分際上，爭取遊走在模糊灰色地帶的小小欣喜。現在，報應終於上門了，會不會從此以後，她說的話再也沒有任何值得被想念、被期待的力道？但，為什麼已經走到這樣的窘促境地，她還是會不可遏止地想念他、期盼他？

直到現在，緊急專線才真正恢復它名符其實的樣貌，幾乎不會響起，時間一久，甚至還會忘記撥接它的方式，而這樣的正常狀態，卻發生在最不該發生的時期，雨峰應該需要她吧？他究竟知不知道她一直都在？

太多的問句將好不容易得到自由時空的心明再度層層綑綁，她很喜歡清大研究所的生活、老師、同學，也過得比從前更加活躍開朗。但一回到宿舍有機會獨處時，白日裡緊緊包紮的繃帶立刻鬆脫，心的缺口再次迸裂，齜牙嚙咬啃噬她。

決定不再主動聯繫雨峰的日子裡，心明因為逛竹北新瓦屋文創市集而意外迷上金工，主動報名相關課程，就這麼一頭栽進金工世界。也唯有在捏塑、雕鑿、敲打、烘烤、拋光、上色銀黏土的過程中，她才有力氣堵上那一個心的缺口，讓它暫時靜止不動，不撕扯那明顯存在的縫隙，這是對抗雨峰如幽魂般纏擾不休的唯一辦法。

那天，和嫁到新竹、已育有一歲女兒的好友宜家，相約在南寮海邊一家著名的窯烤披薩店吃飯，心明第一次向宜家吐露這個掩藏近四年的自虐式單戀祕密，宜家靜靜傾聽，臉上的表情卻越來越凝重，好不容易捱到心明告解完畢，她開始臭罵心明，連珠砲似地停不下來：「妳傻啊！這種人擺明了就是喜歡撩撥、挑逗、玩弄所有愛上他的笨女人，是個只想盡情享受曖昧快感，卻完全不願意負責，也不想給出一丁點承諾的渣男，妳根本不是他的對手，妳也玩不起這樣的愛情遊戲好嗎？」

心明何嘗沒有興起過這樣殘忍的想法，但是她相信雨峰絕不是這樣的人，他們的互動是如此的自然，如此的柏拉圖式，他們從未逾矩越線，他們沒有那麼的汙穢不堪。宜家仍繼續滔滔不絕、惡狠狠地叨唸，要心明趕緊了斷這個人，趁著現在沒有音訊的時候澈底斷絕，效果最好。

她的一顆心比剛赴約的時候更涼冷了，她不懂為什麼自己那麼認真、慎重愛著的一個人，在宜家面前卻是個可怕的妖魔鬼怪、甚至像是避之唯恐不及的骯髒垃圾？平常不太哭泣的她，一滴滴眼淚正靜悄悄滑落，她哽咽哀求宜家：「妳饒了我吧！妳不是應該要安慰我嗎？現在的我最不需要的就是更多的責備與分析，我只需要妳的聆聽和陪伴。」

向來心直口快的宜家這才發現自己罵得太過火了，趕緊為心明遞上手帕，伸出雙手抱抱她：「好啦！我不念啦，我只是太生氣了，生氣妳這樣糟蹋自己。從現在開始，遺忘他吧！妳值得遇見更好的人，幸好我們現在住得近，我會好好幫妳把關的。」這一番話或許發揮了一點點安撫效果，儘管對心明而言仍是微微渺渺的……

也是在這一瞬間，她有點明白雨峰那天在電話裡失控咆哮的理由，會不會她的電話與提問根本就不是他需要的？她從來就沒有真正弄懂他需要的究竟是什麼？一如他對她的，於是，他們注定只能一再折磨彼此，且一再徒勞錯過。

時序進入十一月，心明和室友趙穎樂及研究所同學們在外頭提前慶生，才剛踏入宿舍，手機忽然突兀響起一聲隨即掛斷，她掏出手機檢查，幾乎不敢相信自己的眼睛，竟是雨峰的「緊急專線」復甦了！像是被電擊心臟似的，但那心電圖只劇烈波動三秒後又自制停止，她心想：也許是不小心按壓到了吧，一定是這樣。

心明拿出一塊新的銀黏土，彷彿這儀式能穩穩鎮壓住剛剛過於激動的心情，她準備做一枚草莓蛋糕送給自己，唯有沉浸在金工的手作世界裡，她可以暫時不去想關於雨峰的任何事情，儘管今晚連這個向來療癒人心的工程似乎即將失靈，她還是繼續埋頭捏塑、專注雕鑿。

十一點的時候，心明的手機又響了幾聲，在她匆忙放下手中的工具，緊急擦拭雙手準備接起時，對方早已掛斷，還是雨峰！這一次，是不是代表他真的想找她了？會是一通求救電話嗎？她的心又無可避免地動搖，即便千百次想把他推拒於門外，卻也千百次張大耳朵傾聽門外他的聲息，深怕錯過。

不想讓自己顯得急切失態，心明還是決定先把草莓蛋糕做一個段落，得空時已經午夜十二點半，她才回撥電話給他，一顆心幾乎快失控跳出胸口，她不清楚接起電話的他將會說出什麼句子，但她就是做不到漠視他的呼喚，響了好久，電話終究沒被接起，她總算鬆一口氣，心想這樣也好，他們倆的關係已經禁不起再一次的言語耗損，至少他會知道，她從來沒有消失，只是變得沉默而已。

這一晚，雨峰第一次走入心明的夢境，明明知道他在觸手可及的地方，卻怎麼也不回頭看她，雨峰的墨黑背影如此冷峻、孤獨，她頭一次在自己的夢境裡哭得狼狽、絕望，那巨量的悲涼哀傷感，延續至醒後真相分明的白天，她還是無能驅散一分一毫。心明對於夢裡全然崩潰的自己感到無比訝異，畢竟夢外的世界，她幾乎不哭，唯有好友宜家看見她因雨峰而流的眼淚，哭的慾望向來只敢在相似的小說與電影情節裡偷渡釋放一下，這一次究竟是怎麼了？

也許，是潛意識在抗議了，抗議她對雨峰的逞強與漠然，然而他是個根本不給出口的人，她則是個拚命尋找出口活下來的人，所以兩人只能隔著遙遙遠遠的蒹葭蒼蒼水岸，作著各自不被瞭解的夢。有時候心明甚至想，也許雨峰真的怪她了，怪她的在，同時怪她的不在；而有時她又會強烈否認這樣的念頭，或許他早已遺忘她，怪與不怪從來都不存在。

再一次得知雨峰的相關訊息，已是碩一課程即將結束的暑假前，兩人失聯將近一年，帶來消息的人是大學同系室友千茉：「心明，那位狗尾草同學發群組訊息，熱情邀請大家到他在宜蘭壯圍鄉開設的民宿聚聚，當作是同學會，同時也是民宿的開幕誌慶，妳去不去啊？」

由於太久太久沒有雨峰的任何音訊，使得心明有那麼一刻誤以為自己還置身在夢境中，當那些只敢在不清醒世界裡囈語的真實渴望和情緒，竟突然在亮晃晃的大白天搬演時，錯亂的她趕緊下意識搖搖頭，一定是太想念雨峰而產生幻覺了……

「心明，妳還在嗎？」千茉出聲呼喚、確認。

「……在，我只是一時閃神而已，妳剛剛說什麼來著？群組訊息？同學會？民宿誌慶？」她試圖更有秩序拼組那些太過意外的字詞，激動的情緒卻強行阻撓。

「妳啊，中了狗尾草同學的毒太深啦！怎麼樣，去還是不去？」千茉再次詢問。

「千茉，我沒收到他給的群組訊息，也許他根本不想邀我。」她一一撿回剛剛散佚的理智，無奈回答。

「妳放心，他只是找不到開口邀請妳的立場而已。」千茉給出相當肯定的口吻。

換心明一驚：「妳怎麼好像什麼都知道，我明明什麼都沒告訴妳啊！難不成妳最近還練了讀心術？」

「妳雖然什麼都沒說，但是光看妳大學四年守護那根狗尾草的姿態，已經變相得什麼都招認了，更別說在青島東路靜坐的那些日子，我可是看得一清二楚，再根據妳剛剛電話中的反應，我稍稍推理一下就能得出前因後果，還需要開口問妳嗎？」千茉一派輕鬆論定，完全不需要心明補充或修正。

她一直很欣賞千茉遙遙站在對岸默默關注卻不刻意介入的體貼態度，也一直很感激千茉在大學時期為她守住愛戀雨峰的祕密，心明迅速做出決定：「妳去，我就去。」

「那我們一起去囉！」千茉俐落回應後，繼續交代：「對了，提醒妳一聲，這是兩天一夜的同學會，狗尾草同學說要讓大家第一手體驗嶄新且美好的民宿生活。」千茉曾經等待過那麼一個人，也被幾個人這樣漫長等待著，她著實不捨心明，再怎麼樣也會陪她去一趟同學會。

兩人約好時間、地點、前往的交通方式後，又叨叨絮絮聊了好一會兒才結束電話。掛上電話後的心明，一顆動盪不止的心總算逐漸靜定下來，千茉從來不會評斷她該做什麼、不該做什麼，好像她做什麼都好、都對，和千茉一起去宜蘭，她感到十分放心。

心明抬頭看向宿舍窗邊那株綁著泛黃字條、從台北隨她搬遷至新竹的狗尾草，正臨風搖曳，不知道他送她第一封信件時的初衷是否還在呢？

同學會當天，心明和千茉準時抵達雨峰位於宜蘭壯圍鄉的民宿「山嵐的畫布」。第一次踏進這兒，萬分緊張的心明突然感到無比親切，也許是因為從前他常跟她提起這座夢幻宅邸吧！當年把傳統燈籠改造事業做得小有成就的何爸爸，因緣際會看上剛搬回宜蘭的年輕建築師黃聲遠的宜蘭厝設計圖，特別聘請當時還名不見經傳的黃聲遠以及他的田中央工作團隊，在這放眼望去盡是綿延水田與山巒的自家土地上，蓋了這棟只有一層樓高的宜蘭厝。它由紅磚、白牆、清水模、實木混搭構築而成，房屋整體結構呈現「回」字型，將各個房間親密串連起來，且屋內的每一個空間、角落都能被日光巧妙穿透，使人能夠與屋外的自然生息一起共振共感。而那滿是綠色植物蔓生、有蜿蜒水池潺潺流過的寬闊庭院，更是聊天、放空的絕佳場域，彷彿隨處坐下就是一個絕妙的賞景地點。最棒的是，據說還可以爬上屋頂飽覽周遭的田園山光風景！

同學們一邊寒暄、一邊讚嘆，有拍照打卡的、有詢問住宿細節的，也有好奇請教民宿經營方法的，一屋子瀰漫相當熱鬧的歡聚氣氛。男主人雨峰忙得不可開交，時而進進出出招呼大家茶點，時而被其他同學們包圍簇擁採訪，有時還得分身訓誡今年才開始養的一歲白色雪納瑞犬「籃球」，只為避免牠過於人來瘋，或者嘴饞偷吃人類甜食。

心明和千茉當場成了自由行旅客，一直保持低調的賞遊姿態，也始終和雨峰隔著一段安全距離，偶爾遠遠看見他熟悉的身影，心明也不敢多瞧，隨即走得更遠一些，縱使和他沒有任何交集對談，至少得知他這一年過得還算充實，連事業都起步了，也已經足夠。

入夜，大夥兒酒足飯飽後，千茉拉著心明到屋外散散步，兩人聊了這半天的民宿觀察，真覺得雨峰把「山嵐的畫布」布置得挺有特色，而黃聲遠現在也成為享譽國際的台灣建築師，他早期的民宅作品必定會吸引許多國內外旅人前來朝聖，看來這民宿相當具有發展的潛力與遠景！

兩人聊著笑著竟在下一個田埂轉彎處，遇見雨峰，即使只有一盞不那麼明亮的路燈閃閃爍爍，心明還是看得分明，她嚇了好大一跳，下意識想往回走，千茉卻及時拉住她，豪氣說道：「怕什麼？真正的同學會現在才要開始。」緊接著又悄悄在她耳邊輕聲低語：「妳放心，這一回的狗尾草同學，絕對無害！」

千茉隨即朝向走過來的雨峰大喊：「何雨峰，人我帶來了，到時候記得兌現那一疊住宿優惠券啊！」語畢，千茉立即將心明推向前，給她一個「好好面對」的篤定眼神，便悠哉悠哉離開現場。心明有一種上當的感覺，莫非這夜間散步是他倆老早安排好的橋段？虧她還真心覺得有千茉陪伴最放心，這下可好了……

「心明，妳還是不敢跟我單獨相處嗎？今天刻意躲我躲了大半天……」雨峰的口氣相當溫和，已不似一年前那般尖銳，甚至還有那麼一點無奈。

「我只是沒料到會在這種情況下和你撞個正著，有點不知所措而已。」這一幕能再度對話的日子分明已經盼了無數次，當它真正發生時，心明還是不知道該如何開始比較好。

「如果不是我去拜託程千茉幫忙，估計妳永遠都不想再理我了，對嗎？」他靠近她，兩人的距離足夠看清彼此臉上的表情，雨峰的眼神清澈逼人，心明則迅速垂下頭，不看他，也沒有回話。

雨峰輕嘆一口氣，一隻長手越過她低垂的頭，輕拉她那垂吊於灰色後背包旁穿著軍裝且綁上兩條辮子的反差萌娃娃說道：「我們一起散散步，好嗎？」她點點頭，他則自然牽起她的左手腕，像是深怕她反悔似的，筆直朝著與民宿反方向的田間小路走去。

被他緊緊拽住的心明，心跳得很快，即使分隔了一年，她還是無能免疫雨峰所製造的任何影響，只能任由左手腕傳來的電流肆無忌憚地奔竄、衝撞。兩人緩慢走了一段沉默的路程後，雨峰確定她沒有逃開的意圖，柔聲開口：「心明，我們和好吧。」完全沒有詢問的意思，只是徵求她附和的聲音。

「雨峰，我從來沒有和你決裂的念頭，我只是不知道還可以怎麼恰如其分地關心你，最後只好選擇沉默消失……」她誠實說出失聯近一年的猶豫和擺盪。

他停下行走的步伐，轉身以深邃的眸光探問她：「妳就這麼自信以為妳的沉默消失，不會對我產生任何影響嗎？」

「不是還有你的五十分作為證明嗎？」這一回她沒有躲避他的眼光。

「心明，無論有沒有那五十分的證明，妳都會是我的一個特別朋友。」他沉聲提醒她，還故意以輕佻的語氣撩撥她：「再說，妳怎麼知道這五十分不會有所更動？」

她的嘴角隨即閃現一抹淒涼的笑，心明一點都不相信這問句發生的可能性，卻還是執意追問：「會有這樣的一天嗎？」話才一說出口，便立刻後悔了，為什麼一遇見雨峰，就什麼話都把持不住了？

「妳知道的，我……一直沒辦法定位妳。」他眼神分明閃過一絲晦暗，不似剛剛那樣燦亮，是因為夜變得更深沉的關係嗎？心明不確定是不是自己的錯覺，她分明捕捉到那僅僅維持一秒的截然不同差異，但這一秒又能代表什麼？而為什麼經過近一整年的沉潛修煉，她還是會因為雨峰的一秒異變而慌亂心的節奏？

心明尤其不能理解的是，定位自己，對雨峰而言真有那麼困難嗎？他的定位系統難不成是天生的故障品？是不是像她對他的那個情感開關一樣，唯有開啟，卻沒有停止的荒謬設定？

紛亂的思緒伴隨她跳動得過快的心音鬧騰一番後，心明最後選擇屏蔽他那句過於曖昧的問句，她不想再墜入類似的無底深淵陷阱，輕聲妥協回應：「我想，你說對了一句話，無論有沒有那五十分的證明，我們都是彼此特別的朋友，不該如此失聯的。但，那時候的你渾身是刺，我真的不知道該怎麼繼續……和你當朋友。」

「謝謝妳，直到現在都還願意把我當成一個特別的朋友。」他好聽的聲線裡藏匿許多壓抑過的情緒，她感覺得出來，他轉身繼續拽著她的左手腕前進。

「雨峰，你真的不用謝我，因為如果把你從我的記憶抽離，我會不知道我大學四年的歲月究竟還剩下哪些內容？具有哪些意義？其實在這段失去彼此音訊的日子裡，我什麼都做不了，我只能選擇不刻意遺忘你。」心明有感而發吐露心聲，要刻意遺忘雨峰實在太難太痛，必須先把自己割裂成碎碎片片，直到看不見得以黏合的一丁點可能性為止。

而她當下沒敢說出口的話還有：也唯有不刻意遺忘你，才能在和大多數人相比起來還不算差的現實生活裡，盡量試著持久且無動於衷面對終於失去你的現在與未來。她太過清楚，只要對上雨峰，她從來就沒有闊綽的選項或備案。

「心明，無論將來我們倆變得如何，妳都不可以忘了我。」他感性說道，並再次停下腳步轉身探看她，依憑微弱、搖曳的路燈，凝視她一向認真、清麗的臉顏。

被雨峰瞧得心慌意亂的心明，索性低頭看著兩人拉得長長的影子，是那樣親密交疊的暗影，卻永遠缺少些什麼。但她也不曾在大學的歲月裡目睹他這麼顯露真實情緒的要求，這究竟意味什麼？他們是最好的朋友？還是她已經成功打破不可更動的五十分？可是他剛剛還親口證實一直無法將她歸類、定位的事實呀！

不願再繼續深想，心明只想珍惜此時此刻和雨峰終於破冰和解的短暫幸福，她將聲量稍稍放大一些：「你以為忘記你有那麼容易啊？對我而言，簡直比登天還難！」邊說邊故意擺弄誇張的表情。陳述這句子的口吻雖戲劇化，心明其實寧願自己可以不要那麼誠實，這看似浮誇的宣示，一直是她無能藏匿的真相。

雨峰被心明的話語逗笑了，很是得意地提醒她：「原來我這麼難以擺脫啊！那妳可得小心了……」兩個人的笑聲掩蓋了一路的蟬鳴、蛙鳴、鳥叫聲，連夜空的星星都紛紛探出頭來尋奇一番。

三年後的心明想起這一晚的破冰關鍵對談時，才赫然發現無論自己或雨峰，他們都曾經是SpaceX的海上回收平台，竭盡所能想接住那些渴望射向彼此的烈焰情感。

7 離開你的每一次準備

2019 年 7 月 10 日

大學畢業後的我們，因為各自記憶帶來的陰鬱窒息感，不曾再回去士林。四年後的這一天，和你相約在台北捷運車站內的誠品書店，準備搭上前往士林的捷運，再一起步行至拉近我們倆距離的麥當勞，而後緩緩散步到東吳大學校園，進行一場青春巡禮約會。你説因為有我，那些自以為不能更動的曾經，都已逐一瓦解；我則因為有你，得以讓過往從未癒合的傷口長出密實的痂。

和你相約，我總是習慣提早到，喜歡以最從容不迫的姿態迎接、欣賞你前來赴約的每一個幽微細節。一踏進誠品，目光立刻被一疊馬奎斯的《愛在瘟疫蔓延時》著作深深吸引，記得我們在大學的課堂上曾討論過這本書，現在居然有譯自西班牙原文的全新中文版本，沒想到它竟比出版社預告得還要提早半個月上市，真是令人驚喜啊！

正當我認真閱讀它的封面、書腰、封底時，一名站在我對面的男子突然繞到身旁，也順手拿了一本《愛在瘟疫蔓延時》，但他並沒有沉入文字的世界，反而積極對陌生人的我開口：「小姐，妳也喜歡馬奎斯啊，太好了！我不只喜歡他的小說作品，還對他做過一番研究，寫過不少篇的文本分析文章，也常和朋友一起開馬奎斯的讀書會，不知道妳有沒有興趣加入？今天能在這兒遇見妳，實在太幸運了，我們要不要交換一下 Line 來互通馬奎斯訊息？」

心中的警報器迅速響起，又是一個街頭搭訕的無聊男子，基於一向不喜歡給人模稜兩可空間的原則，也不想留下冷傲的高姿態印象，幾乎不到一秒的思考時間，我自然望向那名男子，溫煦微笑回答：「你好，真的太巧了，我男朋友剛好也很喜歡馬奎斯，他才是超級馬奎斯迷，我算是剛剛入門的新生而已。啊！說曹操曹操就到，他來了，你要跟他聊聊嗎？」我高高舉起手招呼正筆直走來的你，那人臉色瞬間一變連頭也不敢回，便訕訕走掉了。

「這位迷人的小姐，該怎麼感謝我救駕及時啊？」你一副討賞的口吻，長手一伸，順勢將我擁入懷中，還不忘入戲演出：「這樣，夠宣示主權了吧？要不要再追加個法式深吻？」

我只得正經提醒你：「那個人都走遠啦！這裡可是公眾場合……」

「妳知道我百無禁忌！」即便是你使壞的眼神也魅力十足，我喪失大半的接招能力，趕緊把手上的新書遞給你看：「出版社提早半個月上市耶，簡直是為了慶祝我們今天的青春巡禮約會！」

3

你一手接過書，另一手則仍緊摟住我，仔細掃描一番後，不甚滿意提問：「這算是個什麼樣的預言？難不成妳捨得讓我像阿里薩一樣，癡癡等待費米娜五十一年九個月又四天嗎？」

「明明一直等待你的人是我耶！不過，阿里薩確實比我更瘋狂、更纏人，我的七年在他面前只是一個微不足道的小數字。也難怪馬奎斯在寫完這本書之後，有一種完全被掏空的感覺……」我再一次糾正你竄改史實的意圖，同時也為《愛在瘟疫蔓延時》那場那超越半世紀的愛戀糾葛牽纏故事，感到極為不可思議！堅持一直愛著的阿里薩真的會得到幸福嗎？被愛的費米娜又會有什麼樣的感受？而當幸福只能長期建立在這樣單向式的愛戀時，幸福難道不會變形、毀壞嗎？

或許，當我們深愛一個人卻又愛而不得時，一場破壞性猶如核災等級的愛情瘟疫便已成形，無論是停在原地的癡愛者，或是早已遠走天涯的離愛者，全都無能倖免這場愛情疫病的波及。

「為什麼妳願意停在原地等我？」你突然正經的口吻與一雙專注凝視我的眼神，將思緒逐漸飄遠的我拉回現實。

我不假思索回答：「因為是你，也只能是你。」

「即使是我和別人交往的時候？即使是我們失聯的時候？」你繼續追問，眼底閃過一抹複雜難言的暗影色澤。

「是啊，就非你不可。我無法像阿里薩一樣，心裡深愛著得不到的費米娜，卻依然能夠自由無礙地與無數個女人交往。」依舊是無庸置疑的語氣，除了你，我再無別的選項，我是個在愛情上十分缺乏想像力的人。

已把書暫時放下的你，再次將我拉進懷裡，那兒有令人依戀的氣息與熟悉的心跳聲，你忍不住呢喃：「真傻！」

「對啊，其實我還真該學學阿里薩，等待你的這些年或許就不會那麼漫長而難熬了。難不成這就是《愛在瘟疫蔓延時》向我吐露的最佳建議？」我忍不住開了個玩笑。

你舉起一隻手摀住我的嘴巴，像是將我的玩笑話做了精準的攔截與銷毀處理，並慎重說道：「放心，妳絕對沒有那個機會的，我會好好看緊妳，再也不放手。」

#微雨山城 #忠誠號輪船 #銀黏土項鍊 #等待

心明和雨峰重新恢復邦交後，倆人之間的緊急專線也再次啟動，幾次通話下來，她發現他正為暑假旅遊旺季的住宿熱潮而忙得人仰馬翻，每回他打電話來，往往已是很深的夜。

感覺得出來雨峰急需人手幫忙，也隱約感受得到他想見她的渴望，心明乾脆大膽毛遂自薦：「要不要我去宜蘭幫你一陣子？反正現在是暑假，我不用修課，只要帶上一台筆記型電腦和幾本書，就可以為下個學年度的課程還有將來的論文方向做準備，完全不會影響我的課業，如何？」

「心明，真是求之不得啊！但是，現階段的我還沒有辦法付工資給妳……」他精神為之一振的聲音，讓她放心不少。

「我就當作是打工換宿囉，你只要給我一個住宿的空間，並且讓我三餐有著落就行啦！」她輕鬆建議。

「這簡單，『山嵐的畫布』附近還有一間三房兩廳格局的老房子，我就住在那裡，妳來，一定給妳一間專屬房間。不過，妳可得多擔待我家的籃球，牠很人來瘋的！」他開心承諾。

於是，心明和雨峰展開「非情侶關係」的同居生活，將近兩個月的時間，他們倆因為民宿工作而緊緊綑綁在一起，這是她從未有過的體驗，作夢也沒想到竟有那麼一天，她和雨峰能住在同一個屋簷下朝夕相對，這是何等奢侈的幸福時光，儘管是以打工名義悄悄偷渡來的。

雖是打工換宿，心明卻慚愧覺得她是來跟雨峰學習脫離媽寶生活的自立特訓，她很難想像籃球之神雨峰，竟然還是家事料理達人，她是不是太自不量力了？從小就是媽寶的她會不會因此搞砸「山嵐的畫布」的民宿聲譽？唯一讓雨峰不必皺眉煩惱的地方大概就是她天生配備小狗、小貓雷達，雖然沒有養寵物的經驗，但她本能喜歡籃球，籃球也很本能喜歡她，一人一狗相處十分和樂融洽。雨峰將她對家事的笨拙無知盡收眼底，一樣一樣從頭耐心教她、帶著她做，只偶爾趁隙打趣調侃，兩個星期下來，好強的心明幾乎可以獨立作業所有的民宿房務與維護細節。

雨峰除了按時準備民宿客人享用的在地特色早餐外，平常必須忙碌經營民宿網頁，並不斷透過各種管道曝光民宿的相關消息，還得常常走訪宜蘭各鄉鎮，和各行各業交換各種可用的觀光點子與創意構思。他經常和她聊起「民宿不該只是民宿」的構想，殷切期待透過「山嵐的畫布」，串連在地的傳統手工藝業者、農漁業者、現代文創業者……等，一起行銷鮮為人知的宜蘭壯圍鄉——這塊在清領時期被視為最難開墾的土地，且直到今日還未有吸睛景點能被旅客牢牢惦記的蠻荒濱海地域。

心明認真聆聽且打從心底佩服雨峰，她看見另一面的他也是陌生的他，但這和打籃球的他、帶領大家在青島東路靜坐的他一樣，拼卻一切只想做到最好，全力引領團隊往更好的願景前進，這樣的他之於她而言，無疑散發致命的吸引力。

兩人忙忙碌碌了一陣子，因為一位包棟的旅客臨時更改住宿日期的關係，突然有兩天一夜的時間空閒下來，雨峰大方邀約心明入住「山嵐的畫布」民宿：「就當作是我犒賞上進員工的禮物吧！上一回同學會，妳應該住得毫無滋味吧？白天光是躲我都來不及了，晚上還被我硬拖著散步到很晚才回房間……」

「謝謝慷慨的何老闆，那我就不客氣囉！」現在回想起同學會的事，明明才剛過一個月，卻有一種恍如隔世之感，是因為這陣子他們幾乎形影不離嗎？就連往昔曾有過的忐忑與疼痛全都變得模模糊糊的。那麼，現在的他們究竟是像工作夥伴多一些？還是像好朋友多一些？又或是像戀人多一些？心明全弄混了，像突然打翻的調色盤混和成模稜兩可卻異常詭麗的顏色。雨峰一直是特殊的存在，無論放在那個位置，都不夠精確，而她最期待的那個位置，對他來說卻偏偏是最不可能動用的顏料禁區，她低頭無奈地笑。

「怎麼啦？笑得這麼勉強？需要再調高犒賞額度嗎？」雨峰一連串的提問，喚醒神思胡亂遊走的她。

「當然要加碼犒賞額度，今晚我想爬上屋頂欣賞夜景，上回同學會沒有玩到這一項實在太可惜了，你可以陪我嗎？」心明朝他甜甜淺笑，還頻頻拱手拜求。他一時竟看得有些癡，她很少大方坦露自己的願望，從來都是溫順配合他的，雨峰遂柔聲應允：「好，那地方也一直是我最喜歡的角落。」

當晚，雨峰特地拎上一瓶CHOYA梅子酒及兩個高腳酒杯，輕鬆俐落走上屋外的水泥階梯來到屋頂，把手中的酒瓶與杯子安放好後，才對樓下的心明呼喊：「妳啊，和小時候的我一樣，偏愛夜色中的屋頂，當年我爸為了我這任性的嗜好，只得在屋頂加裝幾盞小夜燈。現在，請上樓吧！」小時候的雨峰究竟是什麼模樣？心明一直感到好奇，但她不敢分心，這座網美最愛拍照特寫的水泥階梯，間距有點大……

他伸出一隻手，穩穩拉住剛上來的她，還不忘提醒她小心腳下的步伐，她則乖乖跟緊他，找到一塊可以席地而坐的水泥地。藉由暈黃微亮的夜燈光源，看得見周遭屋頂構造的模糊邊界，前方則有因晚風而微微搖晃的水田稻浪，與幾盞彷彿鑲嵌在稻田間的閃爍路燈相互唱和，抬頭遠眺，山形輪廓已辨識不清，月亮和星群則清晰可見，為群山精巧打光，心明忍不住讚嘆：「好美的夜景，只是一層樓高的距離，便能一覽無疑，好素樸、療癒的鄉間生活啊！」

「梅子酒的酒精濃度只有15%，妳慢慢喝，會有很放鬆的飄飄然感覺。」滿臉笑意的雨峰為她斟上半杯的梅子酒。心明不會喝酒也不愛喝，但她決定好好放鬆一下，才對得起眼前的綺麗夜色，以及這陣子勞碌奔波的自己。

雨峰一喝酒，話匣子就打開了：「小時候的我，最愛躲在這裡窩著，想看看誰會先找到我，我媽不常在家，只要她在家，一定是她先找到我，她總會問：『抓到幾顆星星啦？要不要送給媽媽？』我爸則會對我說：『小心點，別受傷。』很奇怪，我們三個卻從來不曾一起坐在這個屋頂上……」

「難怪，你會抓星星送我，原來是小時候培養的浪漫習慣啊！」漸漸感到身體飄飄然的她，忽忽想起大四那一晚他在租賃處的陽台上撥打電話給她，也是這樣的微醺時刻，他先是大方送她七顆星星，然後又無比苛刻給她打了五十分的不及格分數，那見光死的攤牌時刻，沒能真正嚇走她，卻好像把彼此的距離推得更遠了。

「心明，那一晚妳要我數星星時，我嚇了一跳，還以為……」雨峰沒再說下去。她知道他隱藏的句子可能是什麼，必然是一段傷心的往事，是他最痛楚且至今可能還無解的傷口，雖然心明不是很清楚詳情，但懂得他此刻的沉默，只是因為無能為力卻又無所遁逃的莫名想念吧！

也許是微醺的緣故，心明伸出手主動拍拍他的背、摸摸他的頭，輕聲告訴他：「雨峰，這個屋頂還在啊，所有的記憶早已被書寫下來，沒人能更動它，你什麼都沒失去，你甚至還積極守護了這座宅邸，讓記憶繼續生根。」

他微微傾身，將頭輕輕枕靠在她纖細的肩膀上，心明倏地一陣錯愕，有一種原本不屬於自己的幸福感，突然轉身正眼瞧見了自己，那強行流過心頭的又驚又喜感覺，讓她明白原來自己也可以暫時成為他的小小灣岸，原來他需要她，她沒那麼微不足道……

雨峰低聲問道：「所有的人都離開了，心明，為什麼妳還在這裡？」

「你明知道原因。」她沒有多說，只是繼續倒了一杯酒，如果可以喝得夠醉，也許就可以更任性、放肆地怪罪他並質問他，為什麼要一直把她放在無法歸類的位置？是不是代表她從此就不得動彈？

伸手擋下心明即將灌入喉中的那杯酒，他搖頭說道：「心明，妳喝太多了，再喝下去，我可得揹妳下樓，妳該不會是想趁機虐待老闆吧？」

「我沒醉，我還很清醒！為什麼不能喝？」心明有些激動地辯駁。

「相信我，妳再喝下去，待會兒走路雙腳一定會打結，搞不好還會招來宿醉，吐得一塌糊塗……」雨峰乾脆將她手中的酒杯搶奪過來，看也沒看便就著她啜飲過的地方將酒一飲而盡，剎那間，她有一種兩人間接接吻的遐想，這曖昧的詭譎氛圍，反倒讓她什麼話都說不出口了。

身體輕飄飄的兩個人乾脆躺臥在涼涼的水泥地上，讓美麗的夜空在眼睛作畫，並繼續有一搭沒一搭地聊天……也不知道過了多久，月亮越升越高，睡意越來越濃，雨峰牽起走路還不協調的心明，緩緩下樓，把她護送到景觀最美的那間臥房後，才轉身離開。

第二天一早，他們倆又開始進入備戰狀態，準備迎接三組入住的旅客，就這麼一路忙到九月初，兩人像合作多年、默契絕佳的事業夥伴，成功打響「山嵐的畫布」的名聲，逐漸吸引網路部落客的關注，也開始有零星的雜誌媒體登門採訪。

直到心明即將回新竹的前兩天，雨峰才停下所有民宿業務放兩個人大假，他開著黑色LUXGEN，載了心明到幾個宜蘭特有的私房景點參觀遊玩，等到月亮再次高高升起時，他們才回到住處。被冷落一天的籃球根本懶得搭理他們，只緩慢擺動白色短尾巴表示打過招呼，便窩在角落不理人了，兩人被牠那罕見的孤僻邊緣人模樣逗得哭笑不得。

心明梳洗完畢、整理好行李箱後，一個人呆呆坐在老房子門口的台階上，夏夜的風開始透著沁涼的氣息，秋天將近了。一顆心被這乍然竄入的涼意攪動得有些發慌，而那不安的慌亂將心的縫隙一點一滴撐大，心明多麼渴望能擁有更多和雨峰在一起的記憶，好填滿那一直感到空空蕩蕩的心，她一點也不想離開有他在的地方。

「居然還有精神發呆，可見這近兩個月的魔鬼訓練營把妳鍛鍊得更強大了！」雨峰剛洗完澡，整個人散發沐浴乳的清新香味，也沒經過心明的邀請，就這麼大喇喇坐在她隔壁，他難道不知道他渾身上下都浸透著致命的公害特質嗎？

「只是有些捨不得，宜蘭好山好水，這裡的土地和寵物都特別會黏人啊！」她刻意略過「人」，因為不想再對他示弱。

「心明，謝謝妳這陣子以來的幫忙，以後妳放假有空時，還是可以回來這裡轉轉，順便幫幫我啊！」他真心誠意感謝。

她挑眉瞪他：「所以，你謝我的方式就是送我一疊住宿優惠券，像你當初答謝千茉一樣？」

「哈哈，天蠍座是不是都像妳這樣錙銖必較？說吧，妳還有什麼願望？我可以為妳赴湯蹈火。」他收起笑容，認真回看她，神色堅定。

「當真……什麼願望都可以？」她小心翼翼確認，狡黠的眼眸晶亮流轉，像是打算進行一個見不得光的勾當。

「當然。」他淡淡笑著，鼓勵她大方許下願望。

「那既然我的家事本領是你嚴格調教的，是不是也可以請你……示範……情侶之間會做的事……我是指單純的……親吻之類的……事。呃……我不想……以後和別人談戀愛時很像……不諳世事的……菜鳥……」心明迅速別過頭，把一個願望說得結結巴巴，聲音也越來越小。

雨峰先是爆出一陣誇張的笑聲，隨後才好奇問道：「妳就這麼相信我的人格？萬一不小心擦槍走火，這裡唯一能救妳的只有正在耍孤僻的籃球唷！」

她仍筆直望向前方庭院，聲量倒比剛剛來得大些：「何老師，我不是只考了五十分嘛，你就好人做到底，當做『示範教學』囉，我也可以……長長見識！如果你覺得這很難傳授，那就算了，當我沒說。」大概是雨峰那無所懼怕的笑聲，壯大心明的膽子，她越來越能合理化這場偽情侶「示範教學」的存在必要，她想瞭解伴隨愛情必然發生的那些事，以免以後遇上卻完全措手不及。

「現在，妳還可以反悔。」雨峰好心提醒，心明依舊不動卻也不敢看他。

「心明，為什麼還不走？」他輕聲質問，身體卻慢慢傾靠向她，一手攬住她細細的腰，另一手則輕拂她黑亮的長髮，將它們全都撥到耳後，他先以俊挺的鼻尖輕點她的臉頰，撩撥意味十足的魅惑氣息被順勢挾帶，瞬間撲襲她，她感到一股足以令人窒息的力量正強烈壓境。她還來不及消化、反應那些酥麻迷離的感覺，他微微冰冷的唇已輕輕覆上她的側臉，由上而下緩慢遊走，細細密密地，極其挑逗地灑落在她的臉上、耳廓、耳垂、脖頸、鎖骨，兩人的距離比剛剛更加貼近……他的雙手蠻橫地將她箍得更緊更牢，心明整個人已然沒入他結實發燙的懷抱裡，也許他連她的靈魂重量都想一併蒸發吧！彼此的細微喘息聲聽得格外分明，心明的理智迅速散佚中，即便隱隱約約知曉該適時喊出停止，卻完全做不到……

突然，角落傳來一陣又一陣的嘔吐聲，兩人身體隨即一僵，雨峰立刻停下親吻的動作，頭輕抵著心明的頭，雙手還緊摟她的腰，沒有說話。太過親暱的距離，讓心明無法冷靜分析剛剛那場「示範教學」意味著什麼，倒是他再次爆出低啞的笑聲：「看來我的示範教學得暫時停止了……籃球大人正急急召喚啊！」

心明聞言率先抽身站起，卻鬆軟地邁不出步伐，雨峰隨後從容找到籃球並簡單清理現場，抱起病懨懨的牠說道：「籃球大概是吃壞肚子或感冒了，我們得趕快送牠去動物醫院。」剛剛一室親密的情慾氛圍，傾刻褪散。

雨峰從容開車，心明則如臨大敵抱著籃球，一手還緊緊捏著塑膠袋，深怕籃球又來個奇襲，那副全面備戰的誇張模樣，讓一旁的他忍俊不住。

她打抱不平：「你這樣還算是有良心的主人嗎？籃球生病已經很不舒服了。」

「妳敢說我沒良心？至少我是個有良心的老師。」他意有所指。

「是是是，有良心的老師養了一隻有良心的狗，讓沒有良心的學生受教了。」她順勢下結論讓他放心，保證自己一點也沒有胡思亂想。

其實，心明給出的不胡思亂想結論，都是為了做好每一次離開雨峰的準備，她不清楚這場示範教學對他而言的意義，卻明白它之於自己的意義，它是即將分離的紀念品，即便是因為一整個暑假的血汗打工付出而被成全，她也會好好珍藏，一如大四跨年的那一場被1200元戲票意外出賣的友誼式擁抱。

心明忽然覺得人生荒謬至極，怎麼所有她和雨峰之間的親密接觸，都非得有一個被安全包裝的理由才能夠允許發生？帶著無法回答的磨人問句，她睡得斷斷續續，一整夜，屋外的雨聲將耳朵灌得冷冷、滿滿的。

那纏人的雨聲直到清晨才肯止住，沒睡好的心明忽忽想起昨晚忘記收進屋內的球鞋，幸虧有屋簷的保護而逃過被雨水洗劫的命運。看見雨峰已將她的行李搬上後車廂，她趕緊套上灰色ＮＢ球鞋出門，卻發現左腳踩進的鞋子似乎有點擠，莫非難眠的一夜讓她的腳水腫了？完全不想將就，索性把腳拔出再穿一次，結果還是一樣，直覺伸手向鞋裡探，卻意外撞上一種軟黏滑溜的陌生觸感，她還來不及思考，一隻咖啡色的黏乎乎小蟾蜍就這樣跳出球鞋外，逃之夭夭。向來最怕蠕動濕滑黏軟動物的心明當場尖叫一聲，隨即重心不穩往後跌倒，被一旁趕來關切的雨峰接個正著。

也許是這隻可惡小蟾蜍帶來的驚駭觸感和恐懼，也許是即將分離的巨量感傷與無奈，也許是過往累積的、幾乎無處可去的層層委屈，也許是他終於給得及時的溫熱擁抱，心明的眼淚開始窸窸窣窣流淌，根本停不下來。

從背後接住她的雨峰察覺到異狀，連忙出聲安慰：「心明，沒事，沒事了。」而這一聲聲沒事，卻正巧是她最不能夠相信的保證，經過暑假這一段日子的緊密相處，怎麼可能一切都沒事？她的肩膀顫抖地更劇烈，眼淚也不斷密密流下。

雨峰索性扳過心明的身體，真正瞧見她哭得傷心的模樣時，一顆心被隱隱扯得刺痛，他捧起她那張細緻清秀的蒼白臉顏，緩緩低下頭輕輕吻去她的每一滴眼淚，最後緩緩移往她的雙唇，吻得溫柔、纏綿，而且逐漸變得危險……

這時，心明忽然推開他，以一種令他更加難受的質疑表情，哽咽問道：「你這……也算是……示範教學嗎？」

「隨妳怎麼定義，我只是……」雨峰淡淡丟出沒有說完的句子，隨即蹲下身撿起她丟掉的球鞋擺好，顧左右而言他：「天氣突然變得有些濕冷，妳的球鞋對牠而言剛好是個溫暖的窩。」算是合理解釋了壯圍鄉活躍的大自然異象。心明知道雨峰不想合理定義剛剛那個吻，她也不願繼續追問，畢竟有些事情不宜立即作答，一旦給出答案，就有了拚命想得到的懸念，或者注定得不到的痛苦。

天明是個一拿到考卷必定快速作答或者火速放棄的人，他不擅長拐彎抹角，一向直來直往，不過自從和李翩翩正式成為男女朋友後，他也有那麼一點不一樣了。

當心明還相當珍惜晚上終於不用再埋首修改哥哥的作文時，天明卻有另一層煩惱，他支支吾吾、欲言又止的模樣，讓她完全摸不著頭緒：「哥，難不成你和翩翩姐吵架啦？不會吧？我這才享個幾天清福而已，你沒這麼遜吧？」

「沒，我們沒吵架，我們感情好得很，只是……我有一個未來的……呃……隱憂……」天明仍然吞吞吐吐。

「你想和我分享你的隱憂嗎？妹妹我也許可以為你分憂解勞喔。」她耐心循循善誘。

「這問題好像只能和妳討論，我怕和允達討論，我這輩子的名聲就完了……」他的口氣無奈至極。

「哥，你放心，我絕對會為你保守祕密，無論你今天要跟我討論的是什麼話題。」她繼續循循善誘。

「妳知道我……其實沒交過任何一個女朋友，但是那天和翩翩告白時，我不想讓她覺得我很阿宅，所以順口撒了一個小謊，我說她是我的第二任女朋友……」

「我記得這件事，所以，你現在還擔心什麼？」心明的平靜語氣，讓天明有種可以安全豁出去的感覺，反正這場愛情戰役也是妹妹幫忙打贏的，他決定開誠布公：「哎呀！我的意思就是我對男女性事完全沒有經驗。但，我牛都吹了，到時候萬一我和翩翩在燈光美、氣氛佳的情況下擦槍走火，該怎麼辦？她是個萬人迷，交往過三個男朋友，她會不會因為我沒有經驗而感到失望甚至幻滅？我是不是該繼續騙她說我很有經驗，然後再自己偷偷上網找片子、找書單學習？」

「哥，我勸你還是實話實說，第一個女友的謊倒是可以繼續保留，你就推說交往的時間很短，還沒深刻到可以進一步有肌膚之親的關係，單純而浪漫的她一定會相信的。」心明相當鎮定且專業地回答。

「這樣真的好嗎？畢竟年過三十還是處男的人，在地球上應該絕種了吧！」天明依然抱持高度懷疑。

她則再次語重心長提醒：「哥，你千萬不要在男女性事上說謊，畢竟，菜鳥還是會有菜鳥的樣子，那是任何高明的化妝或偽裝技術都無法掩蓋的事實。」

「天啊，妳講話好毒辣喔！當妳說『菜鳥還是會有菜鳥的樣子』時，簡直像電視上的兩性權威專家耶！格言，真是驚天動地的格言啊！」電話那頭不斷傳來天明的巨響笑聲。

「總之，男女性事還是要雙方互相坦承、溝通，不吹噓、不欺瞞，誠實分享自己的感受，一起找到解決問題的辦法，才能真正享受魚水之歡。」心明邊進行政令宣導邊大吐舌頭，她作夢也沒想到自己居然還得負責開導哥哥那方面的事。

「感謝軍師教導！對了，妳的願望許好了沒？我得提早做準備啊！」天明像是突然撥雲見日似的，口氣變得輕鬆許多。

她甜甜回應：「親愛的哥哥，太感謝你了，我的願望是這樣的……」

掛上電話的心明，突然感慨萬千，她發現人生中，有一些願望即使無須怎麼追逐，也會順遂達成；而有一些願望，無論如何火裡來水裡去地拼搏，終究只能落空。

正這樣想的時候，雨峰撥打電話給她，電話中的他刻意裝出可憐兮兮的聲音：「心明，籃球想妳了，牠問妳究竟什麼時候見面啊？妳聽……」籃球還相當配合地汪汪叫了兩聲，果然是隻天生得人疼的聰明伶俐狗兒。

「這星期比較忙耶……等過幾天一定見面，好嗎？」心明無法拒絕撒嬌的籃球，更無法拒絕撒嬌的雨峰。一如那一年結束宜蘭民宿打工之旅，回到新竹清華校園後的近兩個月生活，幾乎每個夜晚都和雨峰還有籃球在緊急專線上講電話，他們是她最深切的惦念，彷彿時光從未被割裂出將近一年的空白，兩人什麼都能聊，唯獨不再談聆安學姐，也不碰那一晚的示範教學，以及隔天一早他給她的猝不及防深吻。

心明一直記得大四那年雨峰在打出五十分後不久，曾在信件上提醒她：「心明，妳不該太早掀底牌的。」那時，她不懂，如果真愛上了，為什麼不能誠實以對？為什麼必須彎彎繞繞藏著、躲著、搬演著？

直到在雨峰的民宿打工之後，她總算明白他當年寫那句話的深意。是的，太早亮出底牌，將使得這場愛戀遊戲少了揣測、試探、撩撥、較勁的角力與樂趣，情況注定只能一面倒，她只會成為他的籠中物，這是一場不可能再有公平的競賽。雨峰無須前進，因為他已擁有最佳位置；心明不得趨前，因為他始終無法歸類她。

升上碩二，心明唯一能夠選擇的方式便是不再去宜蘭找雨峰，即便他經常熱情邀約，就算籃球嗷嗷呼喚，她也總是以課業繁重為由委婉拒絕。如果她再無底牌可掀，至少還能保有進出他真實世界的選擇權，只單純在電話裡交集，當個遙遙遠遠張望與關切彼此的朋友，便已足夠。除非雨峰肯認真界定她，願意將她歸類、定位，這場漫長而煎熬的拉鋸戰才會畫下終點。

豈料，十月底，她再次無預警遭逢雨峰颶風的暴烈襲擊，那一晚，各家電視台爭相報導中生代成熟美豔女星潘子妍在自家賓士吉普車上，被狗仔隊拍到她與宜蘭壯圍民宿主人約會激吻的火辣照片，那抹墨黑色的男身側影就算燒成灰燼心明也認得。這一次，她感覺自己被澈澈底底擊垮，已然碎裂崩解成千千萬萬粒的微塵，散落於蒼茫四野，怎麼樣也找不到一塊堪稱完整的鍾心明。

一個月前，雨峰曾興奮與她分享一則喜訊，有台灣偶像劇組挑選「山嵐的畫布」作為拍攝場景之一，將沒日沒夜搭棚拍戲兩個星期，潘子妍正巧是該劇的女主角，也是兩人都很欣賞的女演員，心明還特別懇請雨峰幫她要張簽名照片留念……

完全不知道自己是如何度過那一晚的心明，將手機、電腦全都關機，回到原始人時代，拿起一枝筆不停地寫啊寫啊，把所有的憤怒、怨懟、苦痛、辛酸、不甘、委屈，以及許許多多不及細細分類的疼楚全一一化為狠厲的文字，咆哮於日記本上，直到天亮才能夠沉沉睡去，一整天的研究所課程全翹掉了，連室友趙穎樂都不知道她癱倒在床上整整一天。

醒後的世界依然如常，時間沒有因為心明的巨大悲傷而靜止不動，她恍惚想起這一晚和宜家夫妻有約，要為兩歲的乾女兒晴晴慶生，這才急急忙忙梳洗出門。騎摩托車前往竹北的路上，她才終於有一種雨峰已經澈底消失的真實感，是的，這裡是新竹，一個與宜蘭遙遙隔著中央山脈的相對之地，她可以安全療傷、隱逸。

一踏進宜家的家，心明立刻被質問：「妳昨天怎麼搞的，一整天都不開手機？像是人間蒸發一樣？正想問妳有沒有特別想吃的食物，要做給妳吃耶！」

宜家還等不到心明的回答，便先瞧見她浮腫的雙眼，加上這兩天電視台輪番放送女星潘子妍與宜蘭壯圍民宿主人打得火熱的緋聞，不祥的預感果然成真，宜家主動抱抱心明：「晴晴正在等妳，定邦今晚得臨時加班，很晚才會回來，我們先吃吧！」

晴晴牙牙學語，話多得不得了，宜家尤其有說不盡的育兒奇聞和笑話，這一餐三人笑聲不斷，心明很感謝，她們母女倆像是老天爺派來安慰她的大天使與小天使，陪她度過「與君生別離」的最艱難時刻。

心明在飯後拿出送給晴晴的生日禮物——一套粉紅色的澎澎裙洋裝，這可是晴晴在各式童裝目錄裡親眼認定的一件衣服，晴晴以嫩嫩憨憨的聲音向乾媽道謝，然後相當珍惜地抱緊那套洋裝和媽媽進房間試穿。

才幾秒鐘，房間內竟傳來一聲巨響，心明嚇了一跳，趕忙一探究竟，沒想到宜家居然還能笑得前俯後仰，根本無暇安撫正委屈哭泣的晴晴，她趕緊將晴晴抱起，輕聲安慰幾句，宜家這才稍稍止住誇張的笑聲，還原現場：「晴晴因為太喜歡妳送她的洋裝，光顧著看洋裝偏不看路，好像得到全世界最珍貴的寶貝似的，一個勁兒傻傻笑著、望著、居然還沿路轉圈圈耶，結果要轉進房間時，她的頭就撞到門了，哈哈哈！」

這下子，連心明也被逗笑了，本來還哭泣的晴晴被大人們的笑聲感染也瞬間破涕為笑，當宜家接過晴晴將她「安全」帶進房間內換裝時，心明隨即浮起悲涼的哀思：多麼單純的小孩兒，喜歡一件衣服，就一直熱烈喜歡著，喜歡到只看得見它、只想抱緊它、只為了它而不要命旋轉著……自己也曾經有過那樣單純喜歡一個人的顛狂癡烈時刻，如今，都結束了……

此後，心明更加專注投入學業與金工世界，簡單規律的生活步調讓失魂落魄的心逐漸安定下來，雖然她清楚撕裂的傷口還在，疼痛也虎視眈眈潛伏，但她慢慢能夠調適自如。

偶爾拗不過室友穎樂的邀約，陪著參加過幾次聯誼，心明永遠是現場最安靜的一位，卻總有接不完的試探訊息，她一概婉轉回絕，如果心裡還住著一個人，任何的承諾都是折磨彼此，她禁不起這樣的消耗，也不想自私耗損他人。

升上碩三這一年，她開始著手寫論文，不像其他人的憂懼、哀嚎，心明很享受其中，她深知這是自己唯一能做得好，且一定可以得到回饋的事，她相當珍惜，僅有的閒暇時刻，則戮力把玩金工，並開始萌生以它為創業根本的念頭。

難免會想起又一次失聯的雨峰，她還是選擇不刻意遺忘，讓時間一點一滴沖淡他遺留下的大片情感底色。

直到那天，她在寢室的書桌上瞧見一個包裹，她拿起細看時，猛然一驚，全身瞬間僵住，上面只簡單寫了學校系所名稱以及她的名字，看不見寄件者的資訊，但她知道那是雨峰的字跡，是室友穎樂幫她拎回來的包裹吧。

又整整過了一年，他們不曾互通任何音訊，這一回他要藉由包裹復活嗎？心明小心翼翼打開它，是一條絨布材質、上頭點綴奶白星點繡花的咖啡色氣質圍巾，再無其他隻字片語了，而她知曉這是他靜悄悄提前送來的生日禮物，難道破冰的日期將近了嗎？而破冰後的世界真的會比現狀好嗎？心明頭一次不知道面對雨峰捎來的訊息時，她是否該像昔日一樣懷抱深切的期待。

而雨峰從來不讓心明有選擇的機會，當他想回頭找她時，必然會霸道蠻橫地鑽天入地，硬生生在絕境中開鑿出一條道路來。碩三下學期開始的一個月後，幾乎已經死絕的緊急專線再次復甦，一年多的失聯，心明以為自己積蓄好足夠的力氣不向他妥協。但是當那個久違不見的名字不停在她眼底閃爍映現時，一顆心還是暴漲過量的擔憂、不捨，以及無法計數的想念，傾刻間全化為洶湧氾濫的洪水輕而易舉衝破她設下的層層堤防，終究只猶豫了幾秒便接起電話。

「心明，是我。」他的聲音依舊充滿蠱惑她的力量，心明開始後悔按下通話鍵的魯莽決定，略顯生硬地回了一聲：「嗯。」她當然知道是他。

「妳該不會已經成功遺忘了我吧？」仍是一貫開玩笑的口吻，卻多了一點緊繃的聲線。

「謝謝你，去年的生日禮物收到了。」她刻意節制紛亂躁動的情緒，選擇最安全的話題。

他緊繃的聲線立即消失，溫柔問起：「妳喜歡嗎？」

「喜歡。」她從沒想過喜不喜歡的問題，只要是他送的，一直都有特殊的重量。

「那下回見面時，圍上它吧！」他雲淡風輕下指令，好像他們昨天才通過電話似的。

她還是毫不猶豫回答：「好。」天知道，下次見面會是什麼時候，她是絕對不會去宜蘭找他的。

「我下星期日去清大找妳好嗎？我家籃球要暫時請妳收養一陣子……」雨峰終於出招了，只一招便讓她措手不及。

「啊？」心明整個腦子像被轟炸似的，無法立即反應。

雨峰在電話那頭開始娓娓道來，原來，他已積極著手進行「民宿不只是民宿」的計畫，勤勞奔走壯圍鄉各地，串聯當地返鄉繼承家業的青年、一身絕學的傳統藝術家、熱血且極有創意的年輕人、汲汲關注生態的保育學者……等，大張旗鼓成立工作室，以「地方創生」作為主要目標，設法回復地方活力，好提高壯圍鄉的能見度及觀光價值。為此，雨峰和幾個主事者決定組團去二〇一四年率先提出「地方創生」構想的日本取經，他們選定和壯圍同樣臨海，位於岡山縣的瀨戶內市作為主要的研究對象，他們不靠政府補助，全都是自費深造，打算在那裡考察一個月。

「何必捨近求遠？請潘子妍代為照顧不是更方便嗎？何況籃球應該早忘記我了，我和牠還得重新磨合。」聽完他的請託緣由後，心明試圖提出更好的建議，卻還是藏不住語氣裡的一根尖刺。

「心明，我和她分手了。」雨峰說得很淡，好像那是遠古的傳說故事，對她而言卻從來不是遙遠的疼痛。

最後仍舊應允他，她總是找不到拒絕他的理由，掛上電話後才赫然發現宿舍根本不能養狗，就在幾秒鐘前她竟堂而皇之違反校規，怎麼一遇見雨峰，不可能犯的錯誤全都會不自覺犯上？

兩人見面的那一天，心明穿著淺灰色法蘭絨長版襯衫，搭一件線條簡單的深藍色窄版布褲，圍上他送的奶白星點繡花的咖啡色氣質圍巾，那圍巾把她的黑直長髮包裹得密實，四月的冷風怎麼也吹透不過。雨峰則照舊一件墨黑色襯衫，套上一件薄而有型的長版深黑風衣外套，著一條淺藍色牛仔褲，將他的頎長堅實身型襯托得出眾。遠遠就瞧見他的心明，每往前一步，便在心上拾起一塊磚瓦砌一面牆，嚴厲告誡自己無論如何再也不能洩漏任何真實的、超越友誼的情緒或妄想。

被雨峰用深紅色狗繩繫住的籃球，一看見心明，立刻本能抬起兩隻前腳熱情撲上她，牠開心咧嘴而笑的表情以及親暱撒嬌的嗷嗷叫聲，迅速融化心明剛剛武裝好的心，她一面蹲下身甜甜呼喊籃球的名字，將牠抱個滿懷，一面還得手忙腳亂閃躲籃球表示親暱的舔吻攻擊。

「就說籃球最喜歡妳了，一年多沒見，牠還是記得妳啊。」雨峰索性將繩索放開，他知道籃球見到她便不會亂跑。

「是啊，籃球一向比籃球的主人有心多了！」心明就是忍不住要拿話裡的針刺他一下。

雨峰一反常態，沒有接話，只是訕訕陪笑。

心明帶雨峰和籃球前往校園私房景點「相思湖」，她特別喜歡那裡的幽靜氣氛，湖上停泊的小竹筏船屋很有戲，一隻資深住戶白天鵝與兩隻資淺房客黑天鵝優雅划行水面的風景，是她平日的紓壓良藥。

籃球一來到湖畔，便對著湖中央的白天鵝猛打招呼，彷彿看見同類似的，那逗趣的模樣，讓情緒稍稍緗緊的心明笑開了。

「看來，我家籃球比我還有魅力，能逗妳開心！」雨峰那口吻聽起來似乎有一點點吃味，心明覺得應該是自己的錯覺，只要一待在他身旁，就容易讓過多的錯覺匍匐突擊。她立即收拾那些胡思亂想，開始向他介紹相思湖上天鵝房客們的故事。

感到頗為驚奇的雨峰立即點評：「清華大學的校長真浪漫，還天遙地遠向中正大學校長要一對黑天鵝！」

心明沒有附和，反而感慨：「我常想，如果白天鵝有發話權，牠會不會投下反對票，表達不讓這一對黑天鵝入住的心聲？人給出的一片美意，會不會往往只是自己的一廂情願而已？」

「我倒認為無論那對黑天鵝有多愛放閃，牠們的確為白天鵝平靜無波瀾的生活帶來起伏和樂趣，這樣活著才有意思啊！」他總有一套何式歪理企圖說服她，雨峰繼續舉證：「妳瞧，連籃球也玩得格外開心，妳不也常來這兒消磨時光，如果只有一隻白天鵝，妳肯定懶得來。」

「才不會，我就愛那隻落單、孤獨的白天鵝！」心明不是賭氣，她說的都是實話，那隻白天鵝一直在感情世界裡落單，特別讓人心疼。

「這條圍巾很適合妳，很好看。」他突然轉移話題，讚許的眼神牢牢停在她和那條圍巾上。

「謝謝，你很有眼光。」她依舊將目光留在那隻白天鵝上，自動屏蔽他的注視。

他迅速自信回答：「那當然，我挑了很久。」只短短一句話，心明心裡的防備又卸下無數層。

她討厭雨峰這樣屢次將她拋遠卻又忽然回頭拾起她，又或者其實她厭惡的是始終反反覆覆的自己，明明無數次對他感到絕望，卻還是能對他燃生根本不該有的一絲絲奢望。

雨峰當天離開新竹返家後，心明也開始著手她的違反校規大作戰計畫，她先是動之以情收買室友穎樂的心，沒想到籃球一現身，穎樂一整個玩得開心，根本就是道道地地的忠誠狗友一枚，她那誇張逗弄籃球的行徑，連心明看了都嘆為觀止！

於是，籃球就這麼光明正大入住她和穎樂的雙人宿舍。籃球彷彿聽得懂人話似的，在寢室內不敢隨意吼叫，必定等到心明以大旅行袋裝好牠，帶牠出宿舍解放、奔跑時，才會恢復狗狗本色，盡情地又蹦又跳又叫。有時，穎樂也會向心明預約參與早晚兩次的遛狗行程，她常無賴慫恿心明：「沒辦法，籃球太療癒系了，妳要不要乾脆幫籃球悄悄辦理過戶，我簡直捨不得離開牠啦！」

心明只是恬淡笑著，當籃球那一團雪白飛揚的蓬蓬細毛盡入眼底時，她總不由自主想起長期佔據記憶磁碟區的那一抹頎長倨傲深沉的黯黑，雨峰究竟是怎麼生養出這麼人見人愛的狗呢？

人見人愛的籃球一加入，逼使趕工論文的心明和穎樂，必須更加有效率地做好時間分配，她們不但有紀律地如期完成每天的論文進度，甚至還能奢侈騰出一天的悠閒時光出遊。心明決定帶穎樂和籃球前往十八尖山，讓年輕好動的籃球練練肺活量，她和穎樂也可以趁機活動活動鎮日趴在電腦桌前的僵硬身軀。這一天，心明後座載著個頭高大卻不會騎摩托車的穎樂，腳踏板則裝載籃球，摩托車雖小，她卻覺得自己的平衡感維持得挺好的，兩人一狗在相當親民的十八尖山玩了大半天，無比快活。

直到傍晚，天色忽然為之驟變，傾刻間，遲來的粗暴午後雷陣雨集體砸地，兩人手忙腳亂穿好雨衣，還得幫忙籃球遮擋雨水，總算亂中有序上了摩托車逃難似地往清大方向騎去。雨下得越來越急猛，幸好心明早早將籃球塞進自己的雨衣長擺內，再用雙腳輕輕踩壓雨衣邊角，深怕牠淋濕著涼，偏偏籃球不聽話，屢屢從雨衣探出頭來，連手啊腳啊也一併拖拉出來，整個濕淋淋的身體筆直朝向後座穿著雨衣且狼狽不堪的穎樂吠叫個不停。心明有一種快脫離地心引力的大不妙感，身材嬌小的她，前有一隻動盪不定還狂吠不已的狗，後有一個比她還高大的穎樂，雙雙夾擊之下，這一台摩托車在市區馬路上頻頻蛇行，究竟能不能順利抵達清大校園，已變成一個不可測的未知數。

心明只能連聲安撫籃球：「籃球，你乖啊！快躲回雨衣下，好嗎？」但，籃球根本不管，一個勁兒想探頭往後看，一人一狗僵持大概有十分鐘之久吧，心明真覺得蛇行的摩托車快失衡解體了，直到穎樂微微傾身向前，急急大喊：「籃球，乖乖，穎樂阿姨在這裡啊！沒有不見！」說也奇怪，籃球像被施了魔法似的，立刻靜定下來，乖乖蜷縮進雨衣長擺內靜靜趴坐。

「天啊！心明，我剛剛嚇到心中都在默唸佛號了，好危險！原來，籃球是在找我啊！不枉我平常那麼寵牠了。」神探穎樂歡愉大喊。

「穎樂，真是謝天謝地，我剛剛真有一種世界末日到來的感覺！」整張臉被雨潑得全濕的心明總算鬆了口氣，慶幸內憂總算解決，接下來只要專注對付外患即可。

那一晚，心明也顧不得自己淋得濕答答的，先火速護送籃球進寵物美容院做緊急處理，她和穎樂才回去宿舍洗熱水澡。好不容易得了個舒適的短暫空檔，穎樂若有所思發問：「籃球的主人是妳很重要的朋友吧？」

「怎麼突然說起這個？」端起熱奶茶的心明反問她。

「極不尋常啊！妳從來不提籃球的主人，但，妳愛護籃球的模樣直逼母愛指數。我剛剛坐在摩托車後面除了狂念佛號之外，還有一種深刻的感覺：『心明真是為母則強啊！』託籃球的福，我也一起被母愛了一下！」穎樂睜大一雙晶亮美麗的鳳眼，圓潤的白皙臉頰堆滿幸福的笑意。心明則專心啜飲溫熱的奶茶，還真沒想過自己也有「為母則強」的一面，嘴角勾起一絲淺淺的苦笑。

穎樂八卦追問：「你們沒在一起嗎？」

心明搖搖頭，雙手捧握冒著熱氣的馬克杯，想汲取更多溫暖。

瞪大雙眼的穎樂，不可思議驚叫：「太神了！沒在一起都幫成這樣了，要是在一起，妳還會是我認識的鍾心明嗎？」

是啊，從什麼時候開始，她已經不再是心明專屬的心明，而任由那個從來不願將她歸類的雨峰越權控管？她還有機會拿回自己的主控權嗎？究竟還要等待多久？

一個月後，雨峰回台，他直奔宜蘭安頓個幾天後，才在五月中旬的星期天開車到新竹迎接籃球。籃球一看見雨峰便瘋狂地撲前撲後，興奮得不得了。他和心明兩人一前一後費了一番功夫才將牠哄騙上車，帶往附近的寵物美容院洗個美容澡，世界才終於安靜、緩慢下來。

雨峰率先開口誠摯道謝：「心明，妳把籃球照顧得真好，謝謝妳。走，我請妳吃飯，推薦個新竹必去的景點吧！」

「有你的認證，我總算放心了！我們去巨城吧，它可是全台灣最大、最吸金的購物中心，吃的選項尤其多。」完成養狗任務的她輕鬆提議。

前往巨城的路上以及等待停車位的空檔，他熱烈分享這一趟日本取經之旅的奇聞軼事，車上滿滿驚嘆聲與歡笑聲，心明幾乎有一種他們又回到往昔密集聯繫時的錯覺。

而當雨峰分享完日本之旅後，兩人瞬間沒了對話，一小段的沉默空白顯得格外突兀，像極了滿頭黑髮的年輕女子，訝然發現一根莫名竄長、銀亮如尖刀的白髮。就在他們一同從B2停車場搭上手扶梯，準備前往美食樓層用餐時，雨峰再次開口，問了他上次見面想問卻一直擱在心上沒問的事：

「心明，這一年多來，妳過得如何？」

「老樣子，一直是單純的學生生活。」她說得簡簡單單，澈底將那些因他而起的疼痛抹除得一乾二淨。心明隨即好奇問他：「那民宿老闆過得如何啊？應該比單純學生的我精采萬分吧？」

「我啊，民宿事業經營得還不賴，感情狀況卻與民宿事業形成強烈對比。和潘子妍交往三個月，因為很多因素最終分手了；沒多久，與工作室裡的一位攝影師曖昧了好一陣子，在一起大概一個多月左右吧，沒想到她竟什麼音訊都沒留下就神祕消失，連工作室也不顧了；再後來，被小齊拉著陪相親，誤打誤撞和一位室內設計師談了快二個月的戀愛，不過因為個性不合，終究還是散了；然後……」究竟後來雨峰花了多久的時間、說了多少個曾在一起而後又分手的女子案例，她全沒聽進去。

她唯一記得的是那不斷將他們推往更高樓層的手扶梯，還持續無感地一階一階往上，她的心卻被他每一句話所煉製成的奪命繩索向下狠狠拽拉，一層層滾落跌墜至深不見底的地獄，偏偏手扶梯還是冷冰冰地、機械式地將她的軀體往上輸送，心明的身與心不斷狠厲拉扯彼此，一種比撕心裂肺的疼痛還要難受千百倍的酷刑正施加於她……

而雨峰的嘴巴還滔滔不停敘說著，兩人比肩而立的距離，竟已是誰也感受不到誰的殘酷平行世界。

直到這一刻，心明才猛然驚覺原來她的存在對他而言是如此的微不足道，他可以接連愛上一名又一名的女子，卻獨獨無法愛上她。心明總算明白和雨峰兜兜轉轉的這些年，自己從來就不特別，因為不特別所以無法被他歸類也無從定位，這才是最赤裸的真相，亦是最殘暴的事實，雨峰之所以遲遲不直接告訴她，大概是基於多年的……友誼吧！這一回見面，他才選擇用這種朋友間最自然不過的寒暄方式敲打她，間接讓她知難而退，他難道不知道看似愈是道德體貼的手段，往往也愈是最嗜血兇狠的凌遲嗎？

手扶梯還持續往上攀升，雨峰那豐富的愛情史事一段又一段彷彿沒有終止的句點可畫，用餐的地點卻遲遲還沒到，心明覺得那一條一廂情願只通往他的愛情之路已經一截一截崩塌、壞死，永遠沒有抵達的可能了。

恍惚之間，心明想起大一時雨峰給自己的第一封信，她突然笑得悽惻寒涼，原來，打從一開始，她對〈馴養手冊〉的解讀就是錯誤的，從頭至尾雨峰都是一路闊步向前、不曾為誰而停留的人，而那個執拗癡傻、坐困原地的人則一直是心明自己，怎麼這一錯竟錯了這麼多年而不自知，甚至連最基本的自保、逃躲能力都沒有？

為什麼要傻傻浪擲這些年的歲月，任由雨峰變成一枝令人感到絕望的鋼筆，無論沾染過多少墨水，都能活得宛如沒有前世記憶的羈絆？為什麼非得要讓自己淪落為一塊不起眼的愚癡水泥地，直到被連根刨除的瞬間才懂得那曾經全力捍衛的稀世珍寶，只是一枚不經意踩踏過的粗魯腳印？那些她從前不敢細想深究的質問排山倒海而來，以凌厲的狠勁鞭笞她、拷問她……

心明還憶及大學時期曾在課堂上討論過的經典文學名著《愛在瘟疫蔓延時》，或許，大文豪馬奎斯才是仁慈寬厚的大好人，他賜予阿里薩一條更人性的愛情生路往下走，讓他接連愛上一個又一個的女人，等到那五十一年九個月又四天的關鍵時刻到來時，他還能保有源源不絕的浪漫精神和氣力，將半輩子求而不得的摯愛費米娜迂迂迴迴兜攬進名為忠誠號的河輪裡，再以眾人避之唯恐不及的瘟疫之名，偷渡一段靜好歲月，圓成彼此遲暮相知相守的願望。

就在巨城手扶梯上粉身碎骨的那一刻，心明深深明瞭自己永遠成為不了擅長等待的阿里薩，雨峰從今而後將不再是她甘願傾心執著一輩子的費米娜了。

然而令心明最最倍感哀絕無奈的是，即使大學歲月再重來一遍，她還是會情不自禁喜歡上雨峰，也依舊會用同樣的方式無法自拔愛戀雨峰，她始終找不到更好的方式愛他或者不愛他，她只會也只能這樣傻傻且絕望地癡愛著。

心明不怪雨峰，始作俑者從來都是自己，是她任由這場愛而不得的愛情瘟疫徹底失控，導致她和雨峰遭逢一次次的錯過與決裂，而離開他的每一次準備也都成了徒勞。心明必定在這場已然全境擴散的愛情瘟疫裡，不斷崩壞傾頹腐朽，直到她的心化為比灰燼更卑微的微塵，直到那微塵被層層疊疊的厚重冰雪緊密覆蓋住，再也擦撞不出任何足以燎原的零星火花為止。

8

還能給的擁抱

八月初，連日陰雨過後，盛夏豔陽再次高照，天明與翩翩趁著好天氣出遊，兩人十指交握、親暱相依的身影，即便穿走在人群絡繹不絕的台中審計新村巷弄裡，也絲毫沒有被淹沒、忽視的可能。這兩個人太登對，男的俊俏挺拔，女的高䠷妍麗，走在一起像是拍廣告的模特兒，渾身散發吸睛的光芒，但他們完全沒注意到旁人的目光，只安定在兩人的小小世界裡，享受戀愛的甜甜幸福氛圍。

直到轉進名為「品墨良行」的店家時，翩翩這才鬆開天明的手，翻閱起陳列在主要展示櫃的筆記本，她像個發現新玩具的孩子開心嚷嚷：「這個日曬筆記本，好有趣啊！沒想到陽光也可以繪製筆記本的封面，實在太有創意啦！」

好奇接過翩翩手中那本封面彷彿印有「5/20」的筆記本瞧個仔細，天明這才發現那數字不是印上去的，也不是畫上去的，竟是由陽光曬出來的，設計師依據曝曬陽光程度的多寡製造出深淺色澤的效果，使得想要凸顯的紙面符號或圖案被鮮明映現。看懂門路之後的他立即加入讚美行列：「居然也可以這樣毫不費力做生意，真令人羨慕啊！」

翩翩只覺得天明一整個呆萌老實樣，說出的話雖不浪漫，有時還很實際，但是骨子裡透露出一種讓人著實安心的感覺，這是一向擁有許多追求者的她不曾遇過的類型，她覺得很新鮮，也很放心。

輕巧奪過他手上那本「5/20」筆記本，翩翩俏皮說道：「天明，這款日曬筆記本也是你名字的預言書耶，正是因為有了『天明』，才有陽光啊！」

他頓時笑開，溫柔地摸摸她的頭：「翩翩，妳好浪漫！」心裡不由自主浮起妹妹心明特意命名的「偏偏是妳」計畫與群組，女孩子們是不是都喜歡在名字上大做文章啊？看來他得多學學，免得淪為連這種浪漫小事都不會的菜鳥，那可不妙！

「天明，我要用這本日曬筆記本寫日記給你，謝謝你這幾個月以來持續為我寫IG日記。」翩翩軟言軟語的蜜糖口吻，瞬間把天明的心都融化了：「我太幸運了，翩翩！」他再次牽緊她的手，一雙誠摯眼眸專注凝視她，她的臉頰立刻浮現兩抹害羞的光暈。

「其實，我是被人刺激到才下定決心寫日記給你的，但是，我的文筆沒你好，你可不准笑我喔！」她很認真為天明打預防針。

「翩翩，只要是妳寫的日記，我都愛！對了，妳是受誰刺激啊？」天明深怕自己錯過任何一個變得浪漫的機會，趕緊積極打聽，以便私下模仿、跟進。

她立刻掏出手機，登入臉書汪洋，沒一會兒便把手機遞給他看：「就是這個銀飾臉書粉絲網頁，我關注好一陣子了，最特別的是從今年一月開始，小編每個月都會更新一篇像是日記的文章，搭配當月推出的銀飾項鍊新品做為行銷廣告，那簡直就是史上最甜寵的放閃日記！我越看越覺得自己不能輸給她……」

接過她的手機細看，天明對「微雨山城」四個字感到似曾相識，好像在哪聽過？當他逐一看過每月行銷文後，越來越確信那位浪漫至極的放閃小編八成是妹妹心明，這「微雨山城」應該是妹妹經營的工作室名稱吧？他進一步細問翩翩：「妳買過他們家的飾品嗎？知道店址在哪嗎？」

「他們家的銀飾既可愛又有個性，我每一款都想收集，但是，價格有些貴，我總共只買過一次，我記得地址好像是在新竹市的樣子……」

賓果！八九不離十，那絕對是妹妹心明的傑作！他萬萬沒想到全家人都以為妹妹鬧著玩的金工銀飾店，還真有模有樣地聚集粉絲群，他更意外的是妹妹竟然真的和單戀多年的何雨峰修成正果了！

天明將手機還給翩翩，認真說道：「微雨山城的臉書粉絲網頁真是我的貴人，謝謝妳，翩翩！」在沒和妹妹心明做確認時還是先低調些好，他在翩翩的額頭上輕輕一吻，彷彿有滿出來的陽光愛意與一室的日曬筆記本翩然共舞。

當天晚上，天明將翩翩送回租賃的寓所後，迫不及待在車上打電話向心明做確認，順道拷問她：「妳和何雨峰終於在一起啦！真不夠意思，居然都沒通知家人？妳該不會是想和他一起私奔到法國吧？」

心明先是微愣一秒，緊接著笑道：「哥，你說我那幾篇銀飾行銷文章是不是寫得很好？你一看完是不是就想迅速下訂單？」

「當然會馬上下訂單啊！妳那些行銷文寫得無敵甜美，我家翩翩愛得不得了，還決定效法妳天天寫IG日記給我！看來，妳的微雨山城還真是造福台灣無數情侶啊！」天明由衷讚美，一時倒忘了自己是前來拷問的。

「太好了，這代表我的行銷策略很成功囉！」心明雀躍歡呼。

「改天邀何雨峰回家裡吃飯，讓爸媽澈底放心吧！他們現在天天在我耳朵叨唸妳的未來，我躲都躲不過……」

「哥，微雨山城的那些日記都是假的，是你的天才妹妹我挖空心思想出來的浪漫行銷手法而已，不好意思，你得繼續擔待爸媽的魔音轟腦了。」她不疾不徐坦承。

「啊？假的？全部？」天明錯愕至極，連確認的問句都拖了變調的破嗓音。

心明再次強調：「是啊！你看到的文章全部是我的創作！」

「……」這下換天明啞口無言。

「哥，你嚇呆啦？文字的世界本來就是真真假假，你忘了我們也曾經一起真真假假透過文字戰役，一點一滴攻破翩翩姊的心防嗎？」她提醒天明的同時，赫然驚覺自己和雨峰這些年的信件往返不也是虛虛實實的交流與攻防，雨峰可以如此瀟灑，是因為他早就參透了吧，唯獨遲鈍的她，直到現在才明白。

「妳寫這些假的文章，難道不會更傷心嗎？我要是妳肯定難過死了……」天明不可置信地提出自己的疑問。

「我很好！哥，你放心，你的這通電話讓我更加確信自己很有商業頭腦，哈哈！」心明得意回應。

天明的聲音逐漸恢復正常：「好吧，至少妳還笑得出來，我放心多了。還有啊，妳去法國留學的費用，我已經準備好囉！」

「太棒了，謝謝哥哥的贊助！」她開開心心道謝。

掛斷電話後，持續鑲在心明臉頰旁的燦燦笑靨慢慢收回，她發現自己的演技似乎進步了，可以心平氣和與人聊起雨峰，談及那杜撰的七篇行銷日記，這是不是意味著那一顆只願癡纏不休耗費在雨峰的心，終於學會放手了？

這幾年，鍾家二老一逮到機會，必定頻頻追問心明：「妳究竟什麼時候才肯放手？」如果他們再一次問起時，現在的自己應該能夠從容給出一個明確的答案了，對嗎？

一個多月前，心明曾回台中一趟，哥哥天明因為重感冒而在家休息，鍾媽在廚房忙進忙出，一會兒張羅天明的清淡飲食，一會兒慫恿心明嚐嚐她剛鑽研出的蛋糕傑作，好不熱鬧。

吃完午餐正在閒嗑芋泥蛋糕的心明，除了追問哥哥新戀情的進度之外，不忘熱情邀約鍾媽和天明一起收看台灣福衛七號在美國升空的電視直播節目，三個人好久沒在這樣悠閒的午後時光坐在一起看電視了，扣除掉天明咳個不停的「噪音」汙染，以及鍾爸必須坐鎮工廠的小小遺憾，簡直就是一場完美的下午茶聚會。

心明善盡職責和家人介紹並補充福衛七號升空的相關小故事，一說到SpaceX的兩代海上回收平台的名字時，天明粗啞發聲放閃：「翩翩對我最好了，咳咳……即使沒有使用說明書，她也會死心塌地愛我一輩子。」

她驚奇調侃：「哇！哥，戀愛中的人果然不一樣耶，連文學意象的使用功力都增進不少！想當初，你連一首明明很白話的情詩都需要我一再解釋……」

「情詩？天明，你會做這種浪漫的事？我怎麼不記得我有把這類基因生給你？」鍾媽挑眉質疑。

「咳咳……當然是靠妹妹的幫忙啦！」天明手指軍師，姿態極為諂媚。

鍾媽當場例行性追問：「心明，妳放下那個人了嗎？」

「媽，現在最重要的事是想辦法讓哥趕快閃電結婚啊！」甜甜的撒嬌聲音響起，這幾年，她總是這樣千方百計拿天明當擋箭牌，能躲多遠就躲多遠，壓根兒不想談感情事。

面對擅長四兩撥千斤的女兒，鍾媽完全沒轍，乾脆集中火力持續「整治」兒子：「天明，你就這麼放心翩翩啊？我可比你還緊張，一聽到翩翩喜歡吃甜點，這陣子開始瘋狂學做蛋糕，她條件這麼好，我深怕沒什麼戀愛經驗的你無法拴住她的心呀！」

「媽！原來這蛋糕不是專程做給我吃的啊！我一直以為您是最愛我的……」心明一驚，假裝很受傷地抗議！被抓到小辮子的鍾媽也只得尷尬陪笑，順勢又夾了一塊芋泥蛋糕放進女兒抗議的嘴裡。

「唉呦，各位，咳咳……我真的不是菜鳥，明年，就明年，咳咳咳……我一定和翩翩閃電結婚，你們等著看吧！咳咳……」他狂妄起誓，順道夾帶一陣劇咳當作見證。

這時，廚房傳來計時器的聲響，鍾媽匆忙起身繼續忙去。天明的手機也恰巧響起，他一看手機的來電顯示，立刻笑得眉眼彎彎：「翩翩，咳咳……我很乖，早上去看過醫生拿藥了，現在正在家休息……咳咳……怎麼有空打電話給我……」他一邊向妹妹揮手示意，一邊上樓躲回房間和女友甜言蜜語去了。

心明目送哥哥的背影，一顆心卻莫名酸澀著，是了，這才是女友的正當性戲碼！大四那一年雨峰也曾這樣狂咳不止，整整持續了一個星期之久，偏偏不看醫生，那時的她好擔心，天天找各種理由打電話給他，一個勁兒拖著他閒扯，只要雨峰的恐怖咳嗽開關啟動，她便會把話題繞回：「你看醫生了沒？為什麼還不去看？」

兩三通電話累積下來，雨峰一整個不耐煩，生氣打斷她：「不要再談這個話題了，我不想聽。」心明當下沉默幾秒後，便倉促結束通話，不再主動打電話給他。

她清楚知道雨峰只差沒狠狠說出「妳越線了！」的警告，再繼續對談或者沉默，都只是自取其辱罷了。心明覺得和雨峰相處變得艱難，無論是朋友式的關心或者超越朋友式的關切，都會被他質疑、曲解。

一切只因為她太早掀開底牌，對他的愛意又太開誠布公，甚至連一絲絲善意的謊言都天真到忘了杜撰。這使得心明無論做些什麼都不夠純友誼，她給他的都能轉瞬間變成他不想要的，她無能給他的也會變成她不夠好的理由。

那一段因為越線與否問題而炸裂出的無數爭執日子，讓心明感到既無奈又哀絕，屢屢在日記本寫下無比矛盾而又分外真實的獨語字句：

你再次用廣義的友誼之愛定調我們的關係，
我唯有默許你的界定，
並允諾不再對你存有任何狹義的愛情想望。
這會不會是又一次的徒勞陷阱？
無論對你或者對我而言。

不公平的是，
我比你多了一個實踐承諾的責任，
而這責任必須落實在我對你不能狹義的盼望上，
我能愛你，必須因為我不愛你。
這種永遠不可能俱存的矛盾與衝突，
你能懂嗎？

如果你當真愛上一個人，
你就會明白，
我對自己撒了一個多天大扭曲的謊言；
而你也將會知曉，
你對我做了多麼溫厚而又殘忍的指示。

心明就這樣反覆困在「我能愛你，必須因為我不愛你」的詭譎扭曲處境裡，找不到任何出路。在進行一場場尖銳無望的自我辯證後，心明習慣將一切的紛爭歸因於她不是雨峰心心念念的女友，自然沒有任何發話的資格，從頭到尾都是她太高估自己的存在感，導致這一齣本不該登場的非女友戲碼荒謬脫稿演出。

如果兩人的沉默狀態能長期進行，也許心明便能夠早早識相撤離雨峰的世界。偏偏，當雨峰病癒後，他又會如常撥打電話給她，她也總會不爭氣繳械投降，若無其事任由這種牽纏不清的失衡日子一天天複製……

那些屢屢失衡的日子，不斷掏空瓦解心明對自我的認識，她一直以為自己很清楚想要成為什麼樣的人，想過什麼樣的生活，想交什麼類型的朋友，想談一段怎樣的戀情……。但自從遇見雨峰後，她發現那些曾經熟悉的原則和堅持全都一一崩毀，取而代之的是一遍又一遍荒誕的自圓其說，那個不停編織各種跳票理由的自己，已逐漸成為面目可憎的人，極其可惡且不知醒覺。

矛盾的是，她一次次記恨這樣沒出息的自己，卻也一再選擇原諒。這些難堪的自我厭棄風暴只敢在心裡撒野肆虐，發不出一絲求救聲，因為她深知這種心的絕症，無藥可救，也無人可醫。有時，心明寧可自虐地希冀雨峰能狠絕粗暴地給自己致命的重擊，或許她會因此而粉身碎骨、萬劫不復，也好過把她牢牢定讞在「我難以歸類妳」的無期徒刑處境裡。

回想起來，大四下學期和雨峰、聆安學姐一起逛台北美術館舉辦的「巴黎橘園館藏展」時，雨峰早已直覺做了一次無比殘酷的宣告，猝不及防賞予心明痛痛快快的一擊。

那是微雨不止的冷冽寒冬，雨峰一早打電話來熱騰騰邀約，說什麼今天是巴黎橘園館藏展最後一天，再不去參觀就得等到若干年後花大把錢專程飛到法國，才看得到那些被精心收藏的藝術品了。突然被電話擾醒的心明，已經許久沒聽見雨峰這般興奮雀躍的口吻，竟捨不得拒絕他，想也不想便直接答應，並準時出現在台北美術館門口。沒想到，平日空曠的美術館，居然被前來朝聖橘園珍貴典藏的人潮給澈底炸翻，他們三人只得相約各自觀賞，下午兩點再集合一起吃飯。

心明一向不喜歡與陌生人群太過親密接觸，眼前這種堪比萬人演唱會盛況的擁擠場景，讓她不由自主想逃離，對她而言，美得再震懾人心的畫作、再深入骨髓的細膩雕刻藝術品，只要有太多人駐足，美感將被削弱，感動也會被稀釋，她決定以走馬看花的態度草草巡視展出作品，不勉強也不遺憾。不知道是不是因為展場塞滿太多人的關係，心明一直覺得空氣變得好稀薄，整個人逐漸呈現缺氧狀態。果然沒多久，她的頭開始隱隱抽痛，已將展場大概繞了一圈的心明索性急急退出，連再次入場的印章都果斷不蓋了，只在禮品區匆匆拿了莫內的一系列睡蓮明信片結帳，便再無懸念直奔其他空曠樓層透氣。

明快退場的心明買了一杯冒著氤氳熱氣的鮮奶茶，靜靜坐在美術館角落看向窗外，仍舊微雨綿綿，是那種撐傘顯得太神經質，不撐傘又會慢慢落得濕冷黏膩下場的那種毛毛細雨。她慶幸此刻正安好端坐在美術館裡，不需要做出撐不撐傘的兩難決定，也不用為所做的決定負責到底。

一得空沉靜下來後，她開始愛上這樣悠閒的片刻時光，即便頭痛不舒服，她也可以忍受，是因為……是因為她知道在這茫茫人海的冷冬微雨中，美術館裡還有等待她的人吧。一這樣想時，心明的嘴角不免牽起一絲苦澀的笑，她知道這又是一次執拗的自圓其說，但它很美，不是嗎？一如莫內筆下的睡蓮圖，之所以迷離絕美得令人屏息，很可能只是拜他的年老病症白內障所賜。真相往往都是殘酷而荒謬的，於是，我們寧願傻傻地用美麗的溫暖色澤包裝它。

心明眼看約定吃飯的時間即將到來，雖然頭還隱隱犯疼，她仍是欣然起身前往集合地點，舉步維艱的路途上，依舊充斥著渾濁瘴氣的漆黑人海，也不知道磕磕絆絆走了多久，這時，她眼前突然一亮，視線穿越層層疊疊的人影，清楚瞧見雨峰穿著黑色長大衣的頎長不羈背影。她趕緊加快腳步、越過各種障礙、忍受所有無法避免的陌生肢體碰撞，終於跋山涉水來到雨峰背後，深怕他下一秒鐘又隱沒於茫茫人群中，她立刻伸長手輕拍他的左肩，他隨即回頭，卻砸給她一個永遠也忘不了的「怎麼是妳！」的粗暴眼神。

那眼神極粗疏冰冷，極驚詫不耐，還盛裝過量的失落。只一眼，心明猶如被貶謫至最炎涼蠻荒的世界邊陲，這就是被冷漠忽視、任意糟蹋的感覺吧！一顆暖熱的心瞬間冰凍，又開始頭痛欲裂了，原本揚起微笑的嘴角，還逞強僵著，她必須假裝若無其事，一直以來都是如此，那些有意或無意的傷害，她只能也只會這樣承接。

「我在找聆安，待會兒見。」雨峰倉促開口，旋即消失，他甚至連等待心明開口說一句話的時間也不留。

心明收回凍得冷冽的手，他那殘忍至極、把人清楚劃分等級的一眼，不過維持短短一秒，她卻打算記它一輩子，唯有牢記，她才能持續累積每一次離開他的能量。雖然面對這求之不得的狠狠重擊時，心明並不如自己想像得堅強、灑脫，但是，她仍舊謝謝雨峰，做了她絕對無法對他做出的事，謝謝他一路殘酷相逼，迫使她一步步做出斷絕所有妄想的決定和行動。

自那次一起參觀「巴黎橘園館藏展」後，心明不再和雨峰、聆安學姐相約看展，舉凡人潮擁擠的活動，只要雨峰相邀，她都設法巧妙婉拒，這是「那一眼」的恐怖後遺症，她深深驚懼從雨峰眼中拋擲出的「怎麼是妳！」訊息，她從來不覺得自己的存在是多餘累贅的，他的眼睛卻能毫不遮掩地提醒她。

對雨峰而言，她難道就是那拂了還滿、還濕、怎麼甩也甩不掉的黏膩細雨嗎？是不是只要繼續愛他，最後她可能連還有餘地可談的「我難以歸類妳」的一丁點曖昧處境，都會被強行褫奪，淪為被反覆鄙視踐踏的，比塵埃還卑微的，且絕無可能開出花朵的泥濘廢土？

雨仍綿綿無絕下著，一如幾年後心明獨自參觀安迪・沃荷普普狂想特展的那天，也是下起那樣要濕不濕、不乾不脆的微雨，整個台北城被嚴密針織成一座陰翳雨牢，誰都遁逃不了。她心想：很有定見的安迪・沃荷究竟會如何詮釋這一場微雨和他作品的關聯？自戀的他一定會有一套催眠眾人愛上微雨的奇特解讀吧！

心明特別欣賞安迪・沃荷的自戀特質，但凡他所認定的美，必定讓全世界的人都相信、膜拜。

究竟一個人的精神狀態該要多強大或者多麼目中無人，才能做到「我說了算」的狂妄境界？而這樣一個強悍的普普藝術教父，無論他多麼善於預言、創作、行銷，他那些自我肖像作品看起來總特別蕭索、疏離，眼神看似專注，其實早已遠遠飄離此時此刻，彷彿高深看透一切，卻沒有什麼能進得了他的眼底。心明猜測安迪・沃荷一定是個無比寂寞的人吧，又或許他根本無暇顧及自己的孤寂，因為他懂得用大量的藝術工作催眠每一天。

帶著許多懸念的心明回到新竹，立刻網購幾本安迪・沃荷的書，沒想到她竟然在安迪・沃荷的AB論調裡，發現雨峰也是信奉AB論的教徒，這麼一想，她突然有些釋懷了，所有愛上雨峰的人都不過是可有可無的B罷了，無論交往的時間或長或短，她們終究只是一個又一個的B，這個壞掉了，那個陣亡了，還會有一批批被雨峰吸引的B們，前仆後繼補上。

在閱讀令她感到好奇的安迪・沃荷同時，不免想起向來很喜歡的Coco Chanel，同樣是事業強人，且感情始終沒有歸處的安迪・沃荷與Coco Chanel，究竟誰比較孤獨？心明一廂情願認為Coco Chanel活得比較不悲慘一點，至少她敢於投入每一場讓自己傷痕累累的絕望烈愛中，至少每一個被她愛過的男人都一輩子忘不了她。也許安迪・沃荷會舉牌抗議心明這樣自虐的偏頗論點，為什麼人一定得把自己攪和進注定絕望的愛情裡，不愛或者不專注愛，難道不是更聰明的選擇？更遊刃有餘的狡猾伎倆嗎？

從前，心明一直以為聆安學姐是獨特的，是唯一能夠收服雨峰的真愛，直到大三升上大四的那年暑假，她才發現，他們倆的愛情樣貌或許並非如此。

那年暑假，心明為了考研究所而向鍾家二老告假，留在台北補習讀書外加打工。由於那些日子太過相似，她忘了確切是哪一晚，只記得自己剛從南陽街的補習班下課，回到宿舍還沒坐下休息便接到學姐聆安的電話，心明心跳當場漏跳一拍，平常不曾主動聯繫自己的聆安學姐，竟然破天荒打電話來，該不會是雨峰出了什麼事吧？只一兩秒的遲疑，腦中便已閃過無數個可怕的災難畫面，她猛烈搖搖頭，趕緊接起電話。

「心明，我是聆安，雨峰今天有跟你聯絡嗎？」聆安學姐掩不住的焦急口吻探問著。

「啊？沒有耶，學姐，怎麼了嗎？」心明試圖冷靜詢問。

聆安學姐的語氣既焦灼又無奈：「我和他起了些爭執，他就乾脆一整天不見人影，到現在都還沒有回來，打電話給他也不接，我有點擔心，想說也許妳會知道他在哪裡……」

「學姐，那我打打看他的電話，如果有找到他，會請他趕緊跟妳報平安。」心明看似泰然若定，心裡卻不覺得雨峰肯接自己的電話，她太清楚雨峰一拗起來，可以憑空消失在世界上一整個星期甚至一個月之久。

「謝謝妳，心明。如果雨峰有回家，我也會告訴妳一聲。」掛上電話後，心明陷入擔憂狀態，她趕緊撥打緊急專線給雨峰，鈴聲悶響許久，終究未被他接起，即使在意料之中，她還是有些悵然若失。

這一晚反正是泡湯了，根本做不了其他正經事，心明乾脆攤開私密日記本，記錄聆安學姐主動撥打電話給自己的事件。究竟他們是為了什麼事而起爭執？聆安學姐又是懷著什麼樣的心思撥打電話給她？萬一雨峰真的和自己有聯繫呢？假設雨峰一整天都和自己在一起呢？聆安學姐又會如何面對？他們兩人間進行的會是更火爆的口角？還是更肅殺的冷戰？

還來不及細想，手機便急急作響，這一回是一整天人間蒸發的雨峰：「心明，我到家了，聆安要我回個電話跟妳報平安。」他的聲音一如往昔，聽不出任何異常。

「你們，沒事吧？」心明小心翼翼詢問。

「嗯，應該沒事吧。我下午有打電話給妳，但妳的手機好像關機了……」雨峰牢牢架起的防線，似乎有了一絲破口。

心明一驚：「啊？我沒有關機呀，一定是補習班那邊收訊太微弱了，我的手機裡沒有任何未接來電……你找我有什麼事嗎？」

「本來有事，現在沒事了。」他回，很乾脆，彷彿一點遺憾也沒有，那不小心浮現的破口隨即消失，快得讓心明覺得剛剛的破口只是她的幻聽。

「是是是，你給的機會總是限量，而我就是那種連限量機會掉在眼前都會錯過的人。」她乾脆調侃自己。對雨峰而言，如果當下沒有成真、成行，其他時段出現的都注定是贗品。

雨峰沉默，她聽見打火機的清脆聲響，隨口問道：「在陽台抽煙嗎？」

「嗯。」又是一陣沉默，心明知道他有心事，每當他心裡藏著不想說的事情時，總會特別安靜。

「時間也晚了，先聊到這裡，晚安。」她識相要掛斷電話。

「妳就不好奇我今天都做了什麼嗎？」他問，用那魅惑人心的聲線放餌。

「我當然好奇啊！但是我覺得你應該先花時間和學姐溝通交流一下，她擔心你一整天了，你……」

他打斷她，挾帶有些任性的語調：「心明，我不想聊聆安的事情，也不想現在掛電話。」

心明的心陡然震盪一下，他又給她一次「限量機會」嗎？她有些受寵若驚：「啊？那……跟你說說我哥最近發生的相親糗事好了，他超誇張的……」她毫不手軟地出賣哥哥天明，雨峰被她說的故事逗得哈哈大笑，一掃剛剛的靜默窒息氣氛。

那一晚，他們倆天南地北一直聊到半夜，大揭他人的八卦取樂，掛上電話的時候，心明突然明白聆安學姐可能不是雨峰無可取代的唯一。那她呢？她又是什麼樣的存在？心明愈來愈不清楚，究竟可以真正被雨峰珍愛的情人需要具備什麼樣的條件，她那時唯一確定的是，她只能又近又遠地暗戀他。

幾年後，與安迪・沃荷相遇的現在，心明才恍然知曉就連和雨峰交往最久的學姐聆安，也只是其中一個B，或許聆安學姐比其他B們高明一點的地方是她天生配備鋼鐵人心臟，可以承受雨峰給予的重重愛情打擊，一如心明也曾在那一晚，因為他的任性要求而拿著電話間接襲擊過聆安學姐。即便那時的心明歡喜掙得了多一點和他相處的時間，她還是覺得莫名哀傷，她不懂，為什麼已有兩年多感情基礎的正牌女友，還是會有守護不了愛的時刻？為什麼在還濃烈愛著的同時，卻只能眼見愛一點一滴流失，且完全束手無策？

那麼雨峰呢？他的愛情觀是怎麼一回事？他相信天長地久的愛情嗎？他嚮往嗎？他珍惜嗎？他能否為愛而忠誠一輩子？他願不願意為此承擔與負責？

雨峰是一座她始終無能靠近亦無法瞭解的謎樣山城，一直待在城外觀看的心明，沒有看出任何端倪，他和聆安學姐交往的那些年，她一再拔離卻也一再陷溺無法被他愛上的困頓裡，反覆周折於療傷和自虐的週期中。上了研究所後，她以為終於澈底失去了他，卻和他在宜蘭壯圍曲折寫下另一個新的故事篇章，心明當時天真癡想只要故事一直一直寫下去，他們倆就會在一起，豈料，雨峰竟突如其來和女星潘子妍陷入熱戀，任由失聯與破冰戲碼輪番上演。直到最後，他總算加碼祭出最沉重也最粗暴的一擊，無論有意或者無心，對心明而言，都不再具有任何意義了，她始終記得那一天在巨城的手扶梯上，她來不及做好自我防護措施，也無能自圓其說為他護航，是他與他的那些B們，聯手將她推落至闇黑深淵，跌得粉身碎骨。

也是從那一刻起，心明才幡然清醒，知道雨峰是一個她愛不得也不能再繼續愛著的人，她必須放手，再一次離開他。

自從那天雨峰來新竹接回籃球後，她便嚴厲執行不再與他緊密交集的自我約定。雨峰的電話，三通只接個一通，刻意不接的時候，總是拖到當晚臨睡前才回給他一個手機沒帶出門的訊息，或搪塞其他的理由客氣敷衍；面對雨峰給的訊息，她開始挑著回應，通常都採簡短樣式，卻也不失周全；當那些曖昧提問或撩撥語句忽然突襲而來時，她亦有一套應對之道，全都以哈哈大笑輕輕帶過，或者乾脆視而不見，自行轉移話題。

心明並不清楚雨峰是否察覺她正在撤退，但她已無暇顧及他的反應，如果一個人連自保的能力都沒有，又有什麼資格認為自己可以無私看顧他人？儘管心明有隱隱的愧疚感，畢竟她常在從前給他的文字裡信誓旦旦宣揚：「我，一直都在。」但，此時此刻，她只想也只能逐步離開他，甚至還一心期待雨峰最好遺忘這麼一個曾經癡執單戀過他的女子。

從新竹接回籃球之後，雨峰一直和心明保持規律的聯絡，也許是她曾經聽聞過他那一段段短暫戀情史的緣故，最近，他「很不藏私」地把正在和女導遊進展中的新戀情當成彼此的閒聊話題，主動向心明分享、討教，她也會像從前擔任哥哥的專業軍師般，認真為雨峰剖析女方心態，設法提供多元「女友視角」，建議他增進彼此情感的好方法。直到掛上電話後，心明才會深深大吐一口氣，心不再如想像中那樣疼痛了，雖然依舊會刺刺的、酸酸的，但她已經可以和他侃侃而談他的新戀情，至少足以證明她的確正在離開他。

唯一無法遮掩真實情緒的時刻，大概是雨峰提起籃球近況的時候，喜歡籃球的心明總克制不住想多問一些相關細節，尤其當他與籃球互動的細微聲響傳入話筒時，她會好奇追問剛剛發生的事，也會隔著話筒和籃球熱情打招呼。有時雨峰還會建議她乾脆開視訊，就能一解「思狗」之苦，她立即警醒拒絕，惹得他忍不住揶揄：「怎麼？是怕看見我嗎？難道妳只想見籃球，偏不想見我？」心明像是被抓住把柄似的，只能亂笑一通敷衍帶過，緊急切斷籃球話題。

籃球，無疑是雨峰最最深愛的寵物，他鐵定會和籃球一起天荒地老相守一輩子，那一年暑假到宜蘭打工換宿時，她親眼見證一切。由於心明不曾養過寵物，當她第一次看見他和籃球的交流模樣時，簡直無比驚詫，像是捕獲野生版本的雨峰！

住進宜蘭壯園老房子的第一天夜晚，白日裡狼吞虎嚥學習所有民宿大小事的心明，早已攤軟在沙發上放空，坐在沙發另一端，工作量分明比她更大的雨峰，則精神奕奕將籃球放置在他結實的大腿上，輕輕撫拍牠且溫柔叨唸：「籃球，你最近吃太多啦，再這樣下去怎麼行，明天要開始進行嚴格的規律運動！」

繼續慵懶賴在他腿上的籃球，只緩緩搖動尾巴，也不知是贊成還是反對，一雙萌萌大眼早已緩緩閉上。雨峰見牠一派好睡的神情，忍不住搖頭：「居然還能聽訓聽到睡著，籃球，我真是寵壞你啦！」他雖然一面抱怨，卻也一面輕拍伺候籃球大人入睡。

差點在沙發上睡著的心明一時全沒了睡意，不可思議叫道：「哇！你好寵籃球喔！萬萬沒想到籃球場上叱吒風雲的何雨峰，太陽花學運靜坐現場上指揮若定的何雨峰，竟然還是個溫暖慈愛的超級狗奴！天啊！」

雨峰只覺得心明太大驚小怪，靜定回她：「一直以來，我都是這樣對待籃球的，每一隻籃球都是如此。」

「啊？每一隻籃球？你……你到底養過多少隻籃球啊？」心明再次一驚，心想：難不成雨峰有特殊癖好？

「我一共養過三隻白色雪納瑞犬。第一隻是我媽在我升上小五的那年暑假送的，我喜歡得不得了，將牠命名為當時正在沉迷的籃球。沒想到升上國中後，那隻籃球卻因為一場來得凶險的急性病症過世，說來真巧，牠離開人間的方式和小六那年我媽離開人世的方式相似得很……」雨峰緩緩說起從來不曾向心明說過的兒時故事，她只敢輕淺吞吐氣息，深怕太大的聲響會中斷他說故事的興致。

他繼續撫拍沉沉入睡的籃球，一雙深邃的眼眸愈發幽暗：「那時的我花光所有零用錢，買了另一隻白色雪納瑞犬，依舊命名為籃球，牠陪伴我度過國、高中歲月。上大學後，我幾乎不大回家，那隻籃球也就改認我爸當主人，最後還跟著我爸和繼母一起搬往台東長住。」

心明的心早已依隨他緩緩道出的故事劇烈上下起伏，而雨峰卻異常平靜，彷彿他訴說的是別人的故事，原來他沒有特殊癖好，只有不能言說的傷口，她很是心疼。

指指腿上的籃球，雨峰說道：「大學畢業、服完四個月的兵役後，我又不甘寂寞養了一隻白色雪納瑞犬，還是命名為籃球，牠便是現在安睡在我腳上的這一隻，妳也看到了，牠就是一副吃定我的賴皮樣。」他深深眼眸裡的憂鬱已瞬間撤離，換上一抹無可奈何的笑容。

「牠們全都叫籃球啊？那總有個小名之類的，再不也有籃球一世、籃球二世、籃球三世之類的區別吧，不然，你怎麼辨識牠們的差異呢？畢竟牠們活在不同時期，也有不同的個性與脾氣，對吧？」心明聽他交代完生命中三隻籃球的身世後，抬起一雙清明靈秀的眼睛好奇問他。

「沒，牠們統一都叫籃球。」他只簡單回答，不打算多做說明。

她相當知趣沒再追問，倒是和他分享新竹市議會前那一對林家石獅子的漂流故事，雨峰愈聽愈感到不可思議，直喊著有機會一定要到新竹目睹這對命運乖舛的漂亮石獅子。

彷彿還無法從林家石獅子的故事中脫身，心明的聲音有些飄飄忽忽的：「那時我才深刻明白，原來變動是所有生命必然面對的命運，我們根本不需要害怕會失去些什麼，也不必恐懼自己會被掠奪些什麼。重要的是守護那流動在身體裡的骨血，以及活在記憶裡的情愛，只要不忘掉那些，漂泊就不可怕。」

雨峰聞言一驚，若有所思直直凝視她幾秒後，才以開玩笑的口吻回她：「心明，妳常常讓我嚇一大跳，妳很可怕耶！」

心明被他的那一句「妳很可怕耶！」給小小震盪了一下，他怕她嗎？怕什麼？是因為怕，所以不能也不敢愛她嗎？總是這樣，他的一句話，無論有心或無心，定會攪亂她的思緒，生出更多胡思亂想。她趕緊關掉那讓自己疲於奔命的心理劇場頻道，索性打趣提問：「怕什麼？又不會真把你賣掉，你是那麼精明的一個人！」

「我很精明，卻也很糊塗啊，妳瞧我都被籃球馴養成一個是非不分只管溺愛到底的狗奴才了！」雨峰繼續耍嘴皮子，並不想認真回應心明的提問。

被他們聊天話語擾醒的籃球，急速跳出雨峰的腿上，悠悠轉到心明身旁，親暱磨蹭著她的雙手撒嬌，她被牠逗得心花怒放，立即摸摸牠剛剪完毛而裸露的光禿禿背脊，開心喊道：「籃球三世，原來你是籃球三世啊！特別黏人、尤其愛吃，還很容易人來瘋，對嗎？」她一邊輕拍牠澎鬆如雪球的身體開心為牠「正名」，一邊轉頭向雨峰篤定表示：「以後，無論你養了幾隻籃球，我都會記得籃球三世的！」

「妳倒是喊得親切順口！還不知道我家籃球喜不喜歡咧？」他語氣柔軟卻偏要找碴。

她再接再厲舉證：「你看你看，籃球三世當然喜歡啊，我每叫一次籃球三世，牠都會豎起耳朵、拼命搖動尾巴，再用那任何人都無法狠心拒絕的超萌眼神注視我，這不就代表牠很喜歡這個名字嗎？」

「牠專注聆聽的是妳打開零食袋的聲音，一遇上那沙沙沙的聲音便代表有食物，牠當然得拼命裝乖賣萌囉！」雨峰精準點出關鍵原因，激得心明趕緊放下零食袋，執拗地繼續做其他的正名測試。

那陣子只要一有空，她總要拖著籃球做「籃球三世」正名實驗，也不曉得籃球最後到底記住這個名字了沒有，可以肯定的是牠確實牢牢記住了心明，任何時候隔著話筒聽見她遙遙呼喚牠的聲音時，籃球總會興奮嗷嗷叫個不停。研究所室友穎樂總是笑心明太過疼寵籃球，但心明知道雨峰寵溺牠的程度才真正無人可敵，他愛籃球，傾盡所有寵溺著一隻又一隻的籃球，料想未來也會繼續如此。

關於童年媽媽早逝的片段，心明是頭一次聽雨峰訴說卻也是最後一次，當時的他沒有太多的情緒著墨，而籃球的命名故事卻鮮明洩漏他十分在意的事實。是不是因為他太早認知到這世界上沒有永恆不變、至死不渝的親情，所以，他選擇豢養一隻隻名為籃球的白色雪納瑞犬，好讓最初媽媽贈予的那隻籃球得以長長久久活下去，彷彿也間接證明了媽媽能永永遠遠陪伴他？

所有的人都說萬事萬物一旦命名就有了情感，只要名字能持續被我們叫喚且不斷得到那人或那物的回應，過往那些已然消逝的時光彷彿就能悍然停格留駐。然而，當我們只能以這種方式召喚記憶的幽魂時，是不是也意味著我們的貧瘠和匱乏？

對心明而言，唯一就是唯一，是絕對獨一無二的，沒有任何可以複製的彈性空間，這也是為什麼她堅持要為籃球三世正名的原因。雨峰當然能夠清楚辨識三隻籃球的異同，可他卻在應該要顯現出差異的命名上打馬虎眼，是不安全感作祟吧！或許，雨峰懂得愛應該要唯一，但他做不到，也不想讓愛只剩下唯一的選項，一旦認真唯一了，便注定要面對「成、住、壞、空」的人生常態，那恰恰是他最不願承受的事。而生命中那些讓人不堪承受的事，往往也隱含了他人無法參透的理由和疼痛。

她試圖為雨峰從未安定下來的愛情觀，下了一個自以為是的結論，儘管它很可能又是一次失焦的誤讀，卻是心明較能理解的版本，雖然她很不認同，但她的認同之於雨峰而言根本無足輕重，因為每一個人都只能決定自己的人生，每一個人也都只有他自己，干涉不了別人的。

以為雨峰和導遊女友的新戀情，在她偶爾「拔刀相助」干涉下，應該會「長命」一些，沒想到，六月點燃愛火，十月便宣告分手。電話中的雨峰，沒有多說分手的原因，卻忽然有點「高調」地自嘲：「我又孤家寡人了，心明，妳要不要收留我？」

一聽見他的曖昧問句，正在喝水的心明整個嗆到，連續咳了好多下，完全無法回話。

「妳是太驚喜還是太驚嚇啊？咳成這樣，超沒同情心的，看來，只有籃球最愛我了……」剛剛還略顯疲累的口吻已精準抽換成油腔滑調版本，心明清晰聽見籃球被「凌虐」的哀嚎聲，他一定又把籃球揉捏成一顆毛茸茸的肉球了……

「咳咳……我們是朋友，談什麼收不收留的，咳咳……你煩心時打電話給我，我都會在啊……咳咳……」心疼籃球的心明試圖忍住想咳的欲望，四兩撥千金說出一段合情合理的說詞。

「是嗎？」雨峰不以為然質疑。

難道他察覺出她的異樣了嗎？已經止咳的心明十分心虛，反倒不知道該說些什麼，只好假裝幾聲乾咳，打算虛應了事。

雨峰也不管她如何的咳，直接向她要了新竹地址，心明又是一驚，一時忘記乾咳把戲，小心翼翼問他：「你要我的地址做啥？」

「寄生日禮物給妳呀！再兩個星期就是妳的生日，妳忘啦？」雨峰理直氣壯回答。

「哇！你居然還有心情記得這個？看來失戀帶給你的打擊一點也不大嘛……」心明故意調侃他。

「我這是故作堅強，好嗎？日常生活還是得過的，幸好，我還有籃球……」他話一說完，籃球的哀嚎聲再度劃破話筒。

「你別老是欺負籃球，這樣牠很可憐耶！」心明好心提醒。

「喔？妳就只會心疼籃球？那我咧？」雨峰耍賴追問。

「你……你會堅強走出情傷的，我相信。」她繼續敷衍。

他忽然沉聲開口：「心明，妳知道我根本不需要這種相信。」他那蒙上一層淡淡的倦累語氣，猛地向她襲來。

心明一時無話可回，她不清楚自己還可以給予雨峰什麼，她只是想好好地、慢慢地撤離出他的世界，讓那不純粹的友誼再次變得透明澄澈，不帶任何逾矩越線的雜質而已。怎麼此刻在雨峰面前，自己卻像是個旁觀友人疼痛，卻依舊無動於衷的冷血分子？

「好啦，記得把住址傳給我，晚安！」雨峰索性爽快結束對談，總算放了兩個人自由。

一直以為自由是一個人說了算的事，直到掛斷這通電話後，心明才明白，一個人能夠自由，還必須仰賴旁人的配合與成全，雨峰偏偏不是那種能夠配合與成全他人的人，他一定是察覺了一些什麼，才會在她生日當晚布局了一件他從前絕對不會做的事。

那一晚，心明從好友宜家住處結束慶生餐會離開，一回到租賃處才剛上網收發郵件時，手機便急促響起，一看來電顯示是雨峰，猶豫了一下，還是決定不接，她必須果斷執行三通只接一通的「冷處理」策略。以為掛斷電話後便能天下太平，雨峰是那樣的人，電話一旦未被接起，他也就懶得打第二通了，除非他有非常要緊的事要說。沒想到，那手機鈴聲才停了三秒不到，又急急催逼而來，疑惑不解的心明再看，竟還是雨峰，只得接起。

雨峰興奮說道：「大壽星！妳很忙喔？打了兩次才願意接電話，我和籃球現在正站在妳家大樓樓下，麻煩妳下來開個門吧！」

「啊？你……你說什麼？怎麼會？」這訊息太過突然、衝擊性太大，心明的腦袋有些當機。

「給妳一個驚喜啊！生日快樂！快下來接我們上樓，外頭好冷，新竹的九降風果然名不虛傳啊！」他一說完，籃球彷彿心電感應似的甜甜嗷叫了幾聲，心明完全沒有拒絕這一人一狗走進自家的冠冕堂皇理由，尤其，他們還打著為自己慶生的名號而來。

懷著忐忑不安以及無能避免的驚喜心情，心明為雨峰和籃球開門帶路：「請進，要脫鞋，先聲明一下，我家很小還有點亂，和你在宜蘭的家完全不能比。」從樓下到樓上這一路，心明沒敢和雨峰的眼神接觸，只是一股腦兒彎腰拍撫熱情至極的籃球，與牠頻頻互動，雨峰則是饒富興味盯視著不停閃躲他的心明。

「我不介意，需要的話，我也可以幫妳整理整理家裡。」雨峰提著自己的黑色Nike運動鞋，放進心明指定的鞋櫃中，他眼一尖，好奇問道：「咦？這隻灰土土的深藍色ＮＢ球鞋，該不會就是妳之前在電話中提到的那一隻被妳不小心踩進水泥池的鞋子吧？」

「是啊！」心明一邊回答，一邊忙拉著籃球，清出一塊雨峰可以坐下的地方，腦中不由自主浮起當時她打電話給他的片段，那時，心明還很認真傳水泥鞋照片給雨峰，積極詢問「家事達人」如何將水泥清乾淨的方法，她記得他當時笑得前俯後仰，最後竟果斷回她：「沒救了，換一雙新鞋比較快！」

她當場無比錯愕，甚至感到沉沉的哀傷，心想：是了，這就是雨峰！對他而言，髒了、舊了、壞了的鞋子，就該毫無懸念丟棄。那麼面對一個喜歡自己的人呢？是不是也可以因為有誤會了、嫌麻煩了、沒感覺了而決絕棄置？換這一個、換那一個、換無數個，反正他的世界永遠都會有新的Ｂ出現，而這樣活著的雨峰，又怎麼會瞭解心明這些年來對他的癡狂守候？

雨峰繼續好奇追問：「妳居然沒丟掉它，還收藏它？請問，妳打算拿它怎麼辦？」

「不怎麼辦，就擱著，反正這輩子應該不會再有第二次踩進水泥池的經驗了，這麼一想，便覺得它是寶貝，反而捨不得丟。」心明聳聳肩，老實回答。

「傻瓜！」雨峰叨唸一聲，隨即關好鞋櫃、帶上大門，舒舒服服坐進心明剛清空的雙人座卡其色布沙發，環顧四周，一眼便瞧見了在窗台上的那一株狗尾草，而印有林婉瑜及詩名的泛黃紙條也還綁著。這一回，他不作聲了，只是靜靜看了好久好久，久到連一直不敢將視線停格於雨峰的心明，都知道他發現了那一株狗尾草的存在。

「你要吃點或喝點什麼嗎？」心明正抱緊籃球，坐在工作椅上，她希望雨峰可以把關注狗尾草的目光移開，總覺得他正在窺看自己的私密日記，她不習慣這樣赤裸被他窺視的感覺，以往都是隔著安全的電話距離，她還有很多話術或者沉默的退路可以閃躲。這是雨峰第一次踏進心明的領土，面對這前所未有的經驗，她就像一個等待輸入新指令的機器人，此刻，只能休眠停擺，竟想不出任何應對之策。顯然，她還是太在意他的眼光了，撤退計畫並沒有如想像中那般周全且發揮效果。

「經妳這麼一提醒，倒是有一點餓了……」他緩緩調回深深的眸光，定定看向心明。

「我去下麵給你吃，等我一下，馬上好，但滋味肯定沒你做的好吃就是了，你要有心理準備喔！」她避開他灼灼的目光，將籃球放在地上，讓牠自由走動。

剛剛興奮過頭的籃球，慢慢回復平靜的模樣，緩緩走到雨峰腳邊，軟萌趴臥，顯然已被濃濃的睡意捕捉，被籃球的可愛模樣完全收服的心明揚起微微笑意，起身經過雨峰要往客廳旁的迷你廚房走去時，左手腕卻被他緊緊扣住：「壽星先別忙，坐，我把生日禮物帶來了。」

心明像是被下蠱似的沒有其他選項，乖乖聽令坐在他身旁，左手腕被燒得炙燙，整個人顯得侷促不安，她覺得自己好不容易建立起來的防空碉堡，原來竟是脆弱不堪的豆腐渣工程……

雨峰從墨黑色背包掏出一包褐色紙袋，又從鼓鼓的褐色紙袋裡拿出一條長長的純白色粗毛線圍巾，他挑弄極為獻寶的眼神，得意說道：「我織的圍巾，全世界僅此一條，心明，生日快樂！」

她瞪大眼睛，不敢置信地看向他特地為她客製的生日禮物：「謝……謝，真的……謝謝你。」腦袋幾乎一片空白，會不會是因為太過專注凝視那片在他手中的亮晃晃雪白，使得她有一種走在深深雪地裡太久而患上雪盲症的不知所措感？

待她回神，準備要伸手收下這一大片霜白雪地時，雨峰卻搖搖頭：「我都是憑記憶中妳的樣子粗略丈量的，先幫妳圍上，看看究竟好不好看、適不適合？」他說明的同時，兩隻長手已將圍巾慢慢圈繞在心明纖細的脖頸上，根本不給她拒絕的時間。本來有點單薄微涼的脖子，添加了這一條暖實的圍巾，或許還加上他的手指若有似無拂過頸項的曖昧觸感，她瞬間倍感溫暖，甚至多了一點莫名的燥熱，更加不敢和雨峰的目光相對。

「謝……謝謝，你太見外了，真的不需要那麼耗費精神準備禮物的，更何況你之前已經送過我一條圍巾了……」她低頭輕聲說道，只希望這混亂且複雜的情緒波動時刻能趕快結束。

「我可一點也不見外，見外的人明明就是妳。」他丟出一句意味深長的話，一雙深邃大眼仍緊緊盯牢心明。

「有……嗎？是你太敏感啦！我只是還在適應你出現在我家的事實，怎麼不提早通知我？這麼突然就來了……」心明只得抬頭，迎接他那壓根不想敷衍了事的深沉注視，試圖萌生一點故作鎮定的力量，合理證明自己一點也不見外的事實。

「是嗎？我要是規規矩矩和妳相約，妳多的是拒絕我來的理由，對吧？」又是精準犀利且不給人喘息空間的指陳和提問。

像是做壞事的孩子，心明一時之間竟不知道該如何接話，只一心祈禱這場突如其來的訊問時間可以迅速結束。

雨峰見她不發一語的無辜樣貌，心有些軟，隨即話鋒一轉，還帶點自我陶醉口吻：「心明，妳很適合白色，這條圍巾搭在妳身上好看極了！我真有先見之明，哈哈！」

「謝謝你……那……我先去下麵了。」簡直不知道該把眼睛放哪的心明趕緊解下那蓬鬆柔軟如雪花的圍巾，急忙起身離開。這一回，雨峰不再攔她，只是若有所思看著她倉促逃開的背影，好一會兒，他才悠然發話：「心明，我想去陽台抽個煙，妳家陽台給抽嗎？」

「可以啊！」還在冰箱前慌亂翻箱倒櫃的心明立即回話，並順勢將視線投向陽台方向，終於有機會看了他的背影一眼，依舊是那個散發致命吸引力的頎長輪廓，如今卻已逐漸成為她不敢靠近的身影。

心明正這樣想的時候，本來要到陽台的雨峰卻突然停在她的工作桌前，彎腰仔細端詳她擺在桌上的銀飾、工具，還有一些堆疊在地板上的法文書籍、金工與珠寶設計的相關資料。心明見狀臉色微微一變，旋即又覺得自己這樣提心吊膽的偷窺行徑和心態實在好笑，大概是從研究所時期重新和雨峰交集後，她的生活細節自然而然走了公開少、隱匿多的路線，沒想到此時此刻居然被她急欲推開拉遠的雨峰這樣近距離窺看、打量，她還真需要一些時間適應這個無從應變的事實。

「心明，妳很常待在陽台是嗎？這裡好乾淨，拿條棉被就可以打地鋪睡了。」雨峰點煙的瀟灑背影，再次落進她的眼底，依然覺得這畫面太不真實：「幸好做家事的能力沒退步，能夠獲得家事達人的認可，我真該感到驕傲啊！」心明刻意回答得諂媚，不想讓雨峰聽出任何弦外之音。

他一定不知道陽台之於她的獨特意義，自從認識雨峰以後，她看待陽台的角度再也不同了，當初會迅速租下這個地方，就是為了這方夢幻陽台，它有寬闊無礙的豪奢視野，即使必須忍受前方空軍基地經常傳來有如巨雷般的飛機起降聲響，她也欣然接受。心明以為那陽台就是記憶的耳朵，無論真實現狀多麼嚴苛殘酷，只要走進這裡，總還能任性揀選她渴望聆聽的聲音。

「妳是不是也常在這裡和我講電話？」雨峰仍面朝新竹的繁華夜空專注吞吐煙霧，卻突如其來將一小圈嗆鼻的問句擠向心明，讓她忙碌的雙手瞬間打了結。

「才沒有，我超怕蚊子。」心明以堅定的口吻，勉勉強強撒了一個謊，她不確定雨峰是否會相信，反正他也無能測謊她。

究竟今晚還會發生什麼比雨峰親臨現場督察更加詭譎、奇幻的事？心明無從預料，總之，也只能兵來將擋、水來土掩就是了，目前最重要的事便是下一碗不算難吃的什錦湯麵，她暫時擱下心中的惶惑和疑慮，又繼續忙亂蒐羅、切洗下麵食材了。

幸好，吃麵的時候，雨峰不再拉長他敏銳的天線刺探心明，她因而放鬆不少，兩個人連同被香味擾醒的籃球，著實熱鬧好一陣子。正當她開始收拾餐盤時，他突然感嘆：「心明，妳變了！」

她被這一句話嚇了一跳，難不成他又有什麼新發現了嗎？心思一亂，連手上的拖盤也拿不穩，眼看差點失手將餐具砸碎在地上時，雨峰眼明手快，一把接過那搖搖欲墜的拖盤和餐具，忍不住搖頭失笑：「妳今晚怎麼一直魂不守舍的，我有那麼可怕嗎？剩下的交給我吧。」不等心明回答，他已逕自走向流理台，捲起袖子順手將餐碗全洗了。

「謝……謝……」心明站在離雨峰幾步遠的地方，輕聲說著今晚不知重複幾次的道謝，對她而言，他一直是令她深深懼怕卻又無力推遠的人。

雨峰一邊熟練洗碗，一邊洗出多個問句泡泡：「妳這裡好像一個銀飾工作室，妳對金工、珠寶設計感興趣，對吧？為什麼之前都沒聽妳聊起？還有，妳打算去法國旅行？還是留學？為什麼我也從沒聽妳提過相關的旅遊或深造計畫？」

心明正蹲下身撫觸籃球，聽他這麼一問，又嚇了一跳，連忙開口：「金工只是玩玩的，還不知道能玩出什麼成果。我的確想去法國讀書，打算專攻金工或珠寶設計，明年一旦申請成功，說不定真的可以玩出一點名堂吧！」

「那為什麼之前都不曾聽妳說這些事？我們很生疏嗎？」他將洗淨的餐具放置好，雙手優雅擦乾，轉過身子，一雙眼專注看向她。

「我不覺得我的這些事你會感興趣，而且，我也還沒做出一點成績，不到可以分享的時機。」心明緩緩站起，已不像稍早那樣懼怕他的觀看，她說的都是實話，沒有虛應敷衍的成分。

「心明，妳變了，妳藏了好多我所不知道的事……」雨峰輕嘆了口氣：「看來，我果然是個很容易讓人失望的朋友，妳才會這樣草草界定我對妳的事不感興趣……」他的語氣已不再有稍早的犀利迫人姿態，變得無奈些，似乎還帶了點疲憊感。

「你想太多了，我們一直是朋友啊，哪有什麼失不失望的，朋友間有什麼聊什麼，沒聊過的也只是剛好沒提到而已。」心明說得氣定神閒，心裡卻只想快快打住這類話題，停頓三秒鐘後，她再次發話：「對了，你今晚住哪？飯店是哪一間？還是有朋友家可以借住？現在時間有點晚了，也該過去了，別讓人等太久。」她好心提醒，真覺得今晚的雨峰也藏匿一些什麼心思前來，她不確定自己能否繼續安然應對。

「糟糕！我完全忘了要預約飯店耶，而且我新竹唯一的朋友就是妳啊！我還打算明天一早請妳當導遊，帶我去看看妳曾向我介紹的林家石獅子，妳說我和籃球今晚應該住哪？」他刻意挑眉問她，黑眸裡閃爍著狡黠的光，一副賴定她的痞子模樣。

「啊？你……你……」心明驚愕至極，聲音不免拔高了幾度。

「妳看妳，不能穿出門的水泥鞋都收留了，我給妳的第一封信也珍藏至今，怎麼我和籃球都親自登門拜訪了，妳卻要狠心拒絕？」雨峰刻意擺出極為受傷的姿態，軟語質疑。

「好……吧，好吧，你們倆就睡客廳，你手長腳長的，那張兩人座沙發只得請你將就一下了，我家還有睡袋，可以當你的被子，應該沒問題吧？」心明快速切換為「解決問題」模式，她真的不曉得雨峰竟會這樣無賴，或許他是真的把她當成像哥兒們一樣的朋友，才會這樣有恃無恐地隨時突擊拜訪和借宿，轉念一想後，心明的心反而平靜許多，至少採取這個路線解釋，他們倆的關係變得單純多了。

「謝謝妳！」雨峰感性道謝的同時，順道長手一伸，直接把前方的心明往他懷裡一帶，個子嬌小的她旋即淹沒在他熱烈的擁抱裡，他在她耳畔繼續低語：「心明，謝謝妳，願意收留我。」

她就這麼猝不及防被擁入雨峰的懷中，他身上獨有的香水及煙草的淡淡迷魅氣息，立刻盈滿她的鼻尖，那熟悉而美好的味道讓她貪戀了幾秒鐘，而過往那些過於酸楚的疼痛記憶也一併被喚醒，全集體向她撻伐而來，她整個人錯亂得很，也正因為錯亂感劇烈衝撞，她才恍然意識到現在的狀態實在太過曖昧尷尬，她必須趕緊掙脫他那逐步瓦解她理智防線的熾烈擁抱。

偏偏雨峰的雙臂將她圈繞得密不透風，不讓她有絲毫逃脫的可能，她乾脆試著把話說得直白：「雨峰，你道謝也道謝過了，現在……可以放開我了嗎？」

他疲憊滄桑的聲線再也掩藏不住：「心明，就這樣收留我一下下，好嗎？」原本還掙扎不停的心明，緩緩靜定為一尊雕像，她知道自己又無可救藥地心軟了，但是，面對這樣倦累的雨峰，她怎麼可能不心軟？

心明不清楚從不向她示弱的雨峰，這一次究竟帶了什麼樣的心事前來？她不想也不會追問，一旦追問，防空碉堡就有了破口，撤退計畫也有了無法應變的災難，緊接著的只會是萬劫不復的地獄輪迴罷了。

而如果雨峰想要的只是一個簡單的擁抱，她至少還能給，今晚就先這樣吧，心明決定暫時休戰一回，讓他再任性一次。

9 下在心裡的微雨

向來習慣提早赴約的心明，正佇立在台北捷運站誠品書店內看書，偏偏有一位不識相的男子上前以書為由搭訕她，心明巧妙給他幾個軟釘子後，他才訕訕離開。

一身亮黑皮衣皮褲勁裝，像是搖滾樂團個性女主唱的宜家恰巧和那灰頭土臉的搭訕者錯肩而過，她大笑調侃心明：「妳這樣子拒人於千里之外，究竟要什麼時候才能談成戀愛啊？」

「真要談戀愛，也要挑感覺對的人，好嗎？」戴上自家招牌銀飾項鍊「雙色蛋糕球鞋」，身穿純白亞麻上衣，著一條淡藍棉質寬褲裙，外搭一件灰色開襟飄逸長罩衫的心明忍不住抗議。

「妳的眼光啊，讓人難以放心。」宜家意有所指。

心明只管好奇問道：「妳家晴晴怎麼沒跟來？我好想見見她！」

宜家毫不吝嗇給自己戴上天使光環，以「偉大的犧牲奉獻者」姿態強調：「晴晴跟著她爸爸，我今天放假，特地把這寶貴的偽單身假期獻給了妳。對了，要妳準備的東西帶齊了沒？」

「帶齊啦！謝謝妳，為我安排了這麼一個特別的展覽機會！」心明感激回應。

早在一個月前，宜家便向心明預告且講解她精心安排的「第14個房間」計畫。那天，宜家帶了晴晴來到心明的住處，一進門看見鞋櫃裡的水泥鞋，忍不住發牢騷：「鍾心明大小姐，妳也太浪費市中心的一房一廳格局了吧！難不成妳打算拿這隻鞋當傳家寶？」她順手拎起那隻水泥鞋質問。

「它可是我創作銀飾的貴人耶，妳和微雨山城的粉絲們不是都喜歡得不得了嗎？」心明迅速拿回水泥鞋，準備重新安放至鞋櫃中，這時，身穿一襲粉紅色蓬蓬裙洋裝宛如小公主一般的晴晴，仰著一張好奇的甜甜小臉，嫩嫩發聲：「乾媽，我要玩……玩具。」

收到晴晴的「另類」要求，心明立即向宜家丟出詢問的眼色，宜家率性點頭並叮嚀女兒：「晴晴，這個玩具只能用手玩，不能放進嘴巴裡喔。還有，玩好了要記得洗手，妳做得到嗎？」

「做得到！」晴晴大聲回答且點頭如搗蒜，一雙亮晶晶的圓眼睛緊盯奇怪的新玩具不放，得到宜家「懿旨」的心明，再無疑慮地將水泥鞋放在晴晴白嫩乾淨的小手上，晴晴則如獲至寶，馬上找了一個角落坐下，當場玩得不亦樂乎。

「妳真是個沒有潔癖的媽媽呀！」

宜家給心明一個「妳也太大驚小怪」的表情：「手洗一洗就乾淨啦，孩子沒有我們想像得脆弱啦！而且啊，小孩和大人一樣，妳愈是禁止她不能玩什麼，她愈要想盡辦法偷偷玩，倒不如事先和她訂下遊戲規則，大人和小孩不只能各取所需，也能樂得輕鬆。」

「是是是，妳說得真有道理！」

「先說正事……」宜家開始和她說明五月即將辦在台北Home Hotel的「13個房間／平行宇宙」展覽計畫，那是由Home Hotel與孩在手作平台合作推出的藝術展覽，由Home Hotel提供一整層樓的飯店房間供文創工作者們布置，孩在則負責篩選極具代表性的台灣文創工作者參展。特別的是，和宜家交情頗深的大學學姐在台南成立的個性金工品牌「臍加厝」，連著兩年都受邀參展，第一年受邀簡直是被幸運之神眷顧，第二年能再次受邀那肯定是以實力征服人心。為此，宜家專程拜託學姐抽出一天的展期時間，騰出浴室空間，讓心明的「微雨山城」金工飾品參展，成為隱藏版的「第14個房間」，令人驚喜的是，學姐秉持提攜後輩的信念與責任感，很海派地答應了！宜家這才趕緊抽空來到心明家宣布這個好消息，並殷殷囑咐她相關的參展細節和注意事項，好為一個月後的展覽做最周全、完美的準備。

「宜家，妳是我的大恩人，為我爭取這麼千載難逢的曝光機會，妳說，我到底該怎麼答謝妳才好？」心明眼眶紅紅的，一顆心暖烘烘的。自從迷上金工，便沒日沒夜一頭栽入其中，研究所畢業後成立微雨山城，家人都只當她是玩票性質，從沒認真看待，還時不時勸她搬回家相親，站在身邊支持她的只有幾個好友，以及微雨山城的會員們。心明作夢也沒想到，自己竟然如此幸運，能和崇拜的「臍加厝」金工創作者在同一個場域登台……

宜家擺擺手大笑：「三八，謝什麼謝！別忘了，我也是微雨山城的忠誠粉絲啊，我是愛妳的作品，才這麼任勞任怨奔走的。」

「謝謝妳，以後妳有什麼奇奇怪怪的客製化銀飾要求，微雨山城絕對全力配合產出。」她勇敢起誓！宜家每逢特殊節日，總會開出一些特別高難度的銀飾訂單，經常陷新手心明於水深火熱的人生極端情境裡，她甚至相信自己的金工功力能夠精進不少，宜家絕對居功厥偉。

「說到微雨山城，有一件事一直很想當面問問妳。」她變臉如翻書，剛剛明明還朗笑不止，此刻已換上晴晴做錯事時才有的嚴肅表情。

心明不免正襟危坐，內心卻哀哀號叫，該來的總是會來，她不知道脾氣一向火爆的宜家，這回會如何看待這件事？又會如何看待做出這件事的自己？

直接切入重點的宜家，不給心明任何喘息的空間：「微雨山城上的甜蜜放閃日記，是純粹的銀飾行銷文？還是妳對他的死灰復燃？」

「當然是行銷銀飾的廣告文啊！」

「是嗎？妳就不怕自己陷入錯亂中？要斷絕對一個人的奢望，最需要做到的就是執行狠絕俐落的隔離手段，不見、不寫、不夢，自然就會不想、不念、不愛，妳難道不懂？」宜家的語氣越發急促，心明看得出來，她的火氣正逐漸醞釀中。

「我以為行銷廣告文章也是一種文學創作，而每個人的第一部作品，必然都是最貼近自己的故事，對我而言，那一段最絕望的陰鬱單戀，卻也是我人生中目前最豔麗的色塊，只是杜撰、詮釋它，有錯嗎？」心明柔聲解釋創作心態，她不覺得自己會糟糕、愚癡到分不清楚現實與幻想的距離。

「我不清楚你們讀文學的人是怎麼區分創作和真實，但是我很為妳擔心，妳難道沒有想過，這些行銷文章一旦被那個何雨峰看見，他難道不會再採取其他行動嗎？他對妳一直都是曖昧不明卻又不想負責的，不是嗎？」宜家愈說愈急，忍不住加碼舉證：「去年妳生日那晚，他不是還假裝疲憊抱了妳嗎？妳就不覺得他是在利用妳對他的愛，強行偷渡、索取一些什麼嗎？」她語氣愈發嚴厲，這會兒，就連沉浸在水泥鞋很好玩情境中的晴晴，都下意識停住手邊的動作，扭頭疑惑地看向媽媽和乾媽。

「他根本不知道微雨山城工作室的存在，他完全沒有看到那些文章的可能性，就算他真的看到了，也只會把它視為一種文學創作來調侃我而已！」心明嘆了一口氣，只要一提及雨峰，她和宜家總會有一番爭執。

心明繼續無奈解釋：「再說，那個擁抱也不算什麼吧，不過就是任何一個普通朋友都能給的擁抱，我不覺得那是一種偷渡或索取。」說到這裡，其實有點心虛，明明雨峰在大四那年給自己打了一個不及格的分數後，還曾為此感嘆：「我也很慘，少了一個可以好好擁抱的人。」

但，心明完全不想分析去年生日的那個擁抱究竟有何隱喻，只想單純把它視為人在免疫力下降時，必然會患得的一些奇怪病徵，而雨峰那時只是恰巧免疫力下降罷了，剛好急需要一個朋友的擁抱來撐持一些什麼，以增加自身抗體打擊病毒。

深吸一口氣的宜家，一字一句如淬了毒的刺狠厲刺向心明：「妳說的這些都只是妳一廂情願的自我催眠罷了。心明，妳可不可以清醒一點、勇敢一點面對『他根本不愛妳』的事實？尤其，一定要趕緊停下這種用虛偽假象取暖的自欺欺人行為，好嗎？」

心明的眼淚立即筆直垂落，在安靜的一房一廳斗室裡，尤其聽得格外分明，她不懂為什麼每一回執著愛著雨峰，到最後都只是讓她落入最不堪的人生絕境？

聞到火爆煙硝味的晴晴「刷」地忽忽站起，立刻走向兩個看似正在吵架的大人身邊，她左右張望一番後，最後決定站在心明身邊，伸出還沒洗的小手拍拍心明，軟語安慰：「乾媽不哭，是媽媽壞壞。」

正在掉淚的心明聞言，瞬間笑了，以略帶點哽咽的聲音回應乾女兒：「晴晴好乖，乾媽沒事，妳回家再幫我修理媽媽，現在先去洗手好嗎？」晴晴這才赫然發現一旁的媽媽正以銳利的眼光射向自己髒髒的雙手，她立刻狂奔至廚房流理台，墊起腳尖認真洗手。

宜家口氣變得稍微柔軟：「心明，我知道我說的話很難聽，反正我從一開始就討厭那個何雨峰，任何事我都可以支持妳，就這件事我怎麼也無法認同妳。妳放心，我以後不會再主動和妳聊起他了，我可不想讓一個討厭的人挑撥離間我們倆的友情。」

「宜家，我沒事，只是妳剛剛的那段話讓人好難受，偏偏它又是鐵錚錚的事實，是我太懦弱了……」心明低語，淚痕已迅速乾逝，她想這也是一種進化，前幾次因為雨峰的事而被宜家臭罵時，她總得向宜家求饒才能勉強止住哭泣。

已將手洗得乾乾淨淨的晴晴，不安地再次望向兩個大人，驚奇發現她們好像和好了，又有說有笑了，她放心走回角落，繼續玩那隻水泥鞋，彷彿它是全世界最寶貝的玩具。

心明揹了一個灰色後背包外，還帶上一個靛藍色與純白色條紋相間的登機箱，她指指登機箱，自信滿滿向宜家介紹：「宜家妳瞧，第14個房間的展覽品，也是微雨山城最寶貝的玩具，全都在這裡啦！」

「很好，出發吧！」宜家領著心明一路向Home Hotel方向前進。

這一天的展覽出奇順利、完美，心明帶去的銀飾全都銷售一空，微雨山城粉絲也瞬間增長不少。當晚展覽結束後，宜家拉著心明和鼎力相助的兩位「臍加厝」創辦者一起吃飯慶祝，三個沉迷金工的創作者聚在一起交流了不少製作技法與心路歷程，向來有強烈學習欲望的宜家雖然不懂金工，倒也在她們的言談間感到躍躍欲試，日後或許會發展出斜槓人生也說不定。這是心明第一次那麼靠近夢想，彷彿一伸手，便觸著了夢想的清晰輪廓，她相信這是一條對的路，一定能用自己的創意和手藝，為作品注入更多個人元素及台灣元素，過她更嚮往的人生。

回到台北火車站搭車的路上，心明除了一再向宜家道謝外，總算猶猶豫豫地把藏在心裡的一個點子告訴宜家：「先說好，妳不准生氣喔！真的是因為這一整天都太美好了，一定得創作一枚銀飾，寫一篇愛情行銷文作為見證……」

宜家則一副什麼都瞭然於心的神情，斜睨問她：「妳是不是想把我為妳做的事，假裝成那個何雨峰為妳做的事啊？我就知道，超沒良心的傢伙，一整個見色忘友！」

「范大人，妳真是料事如神啊！這個材料不寫，真的太可惜了，它不但可以宣傳微雨山城有了突破性的進程發展，還可以浪漫熱賣銀飾，妳就犧牲一點，拜託啦……」心明繼續糾纏宜家。

「好啦好啦！看在上個月把妳弄哭的分上，妳就寫吧，我會盡量克制自己不跟妳算帳的。但，還是真心誠意希望妳可以趕快改版微雨山城的行銷文，我是不介意妳寫我和定邦的愛情故事啦，哈哈！」宜家一臉賊兮兮的毛遂自薦表情，把心明逗笑了，當下真的鬆了一口氣，總算，有那麼一次，她們倆不再因為提到雨峰而起無謂的爭端。

似乎只有在千茉面前，心明才能安然無恙提及雨峰，而任何一樁被宜家惡評為愚蠢至極的傻事，到了千茉耳裡，都像是再自然不過的單戀反應，她從來不曾有過批評或斥責，只會偶爾提醒：「妳可以傻傻愛著，但絕不要愛到開始厭棄自己。」心明常覺得千茉一定也是個歷經過慘烈情愛浩劫的倖存者，而千茉究竟是用什麼樣的方式歷劫歸來？歷劫歸來後的自己活得更好？還是變得更糟？還能夠相信愛情嗎？這些疑問，她從來只放在心底，不曾將它們說出口。

她很清楚，千茉是以過來人的身分看顧自己，卻也無可避免地在心明的故事裡回想起往昔一路跋涉過的滄桑山水，如果千茉不打算主動言說，她也絕不會開口詢問。一如詩人敻虹也是那樣堅信「關切是問，而有時關切是不問」，不問，往往比問具有更深邃曲折的力量，它以全然的明瞭和信任做為累積。

一直沒向雨峰打探「心明，就這樣收留我一下下，好嗎？」這句話背後還藏了什麼訊息？但心明的不問，無關明瞭也無關信任，只是一種笨拙的自我防護措施罷了。他給的答案無論是什麼，她都不想知道，只有在一無所知的狀況下，她才能靜悄悄地進行離開他的相關準備。不問，有時也是一種對自我的殘酷節制，以及戒斷依戀那人的強迫式訓練。

自從那天雨峰帶上籃球千里迢迢來到新竹為心明慶生，並藉此賴吃賴住賴玩一整天後，一切總算又重新回到正軌上，心明對自己的表現雖不甚滿意，卻覺得已有難得的小小進步，未來離開雨峰的人生圖景彷彿可以輕淺勾勒，並不如從前想像得那般遙遠。

沒想到唯一沒預料到的變數還是雨峰，心明感覺他似乎和往常有些不同。他主動聯繫自己的次數從原本的規律到逐漸變得有點頻繁，最大的改變是說話的口吻和心態，他的語氣有越來越溫柔的走向，還常挾帶撒嬌、耍賴的企圖，偶爾在閒聊過程中，會忽然說出一些她不知道該如何反應的疑問句或肯定句。

她其實感受得到雨峰想靠得更近的意圖，那些聽來帶有一點玩笑性質的不安分句子，或許都是一道道刻意施放的試探聲波，用來定位心明目前所在的位置。她一想到這兒，突然覺得荒謬極了，從前一直盼望雨峰能明確歸類她存在的屬性、定位屬於她的確切位置，七年來，從來沒等到一個肯定的答案。

現在倒好了，最近的雨峰竟然開始急切想知道八十分的心明，是否還癡情守候在八十分的位置上？然而，這答案對始終無法歸類、定位她的他而言，究竟具有什麼樣的意義？他反覆旁敲側擊、想從這些探問裡圖得的，難道僅僅只是為了獲得「這一局的愛情角力賽，我依然贏了心明」的成就感嗎？是了，或許這幼稚的成就感還能夠促使雨峰早日走出和女導遊的情傷陰影也說不定，心明咬牙發出一聲尖銳的嘲諷暗器，不偏不倚射向自己。

心明唯一確定的是自己正在離開，但她至今連自己置身在哪裡都還不是很清楚，而每一天的行進速度及步幅跨度也都不一樣，最令她感到沮喪的是，每當他透過話筒欺身纏來，她設定的進度總無法順利達成，最後只好自我安慰，也許只是還不適應這樣的雨峰而已，等這款雨峰新模式多啟動個幾次後，她鐵定會逐漸習慣，不再大驚小怪或左閃右躲。心明還反覆告訴自己，她需要的只是一段再長一點的時間與一段再長一些的距離，好作為離開雨峰的準備，但極其弔詭的是，當她必須一再做這樣的自我宣告時，是不是也隱喻著她根本未曾踏出任何一個像樣的離走步伐？就連象徵性的邁步姿態也顯得無比踉蹌、勉強？

一晃眼，三月初辦在台北的大學同學會已緊接著到來，根本還無法平穩行走的心明想直接缺席，偏偏早在去年過生日前便答應千茉一定會出席，兩人非得見上一面好好敘敘舊不可，現在狀況有變，她反而不知該如何是好了。

最後只得硬著頭皮打電話求助千茉，她聽完心明吞吞吐吐的請託原委後，不但不似往日一般波瀾不驚，反而在電話那頭笑聲連連，一如往外旋舞的層層漣漪，泛著怎麼收也收不住的笑意。由於這反應實在太過奇詭，心明忍不住窮追猛打一番，千茉這才老實回答：「心明，妳比我想像中得還要……聰明一點點！」當時的她還頗不服氣搬出學校的智商測驗結果抗議了一下，即便心裡明白千茉說的恐怕是事實。

同學會當天，心明特地帶上在自家小陽台分株成功且活得挺健康的兩盆熊掌出發，打算答謝千茉拔刀相助。一路上，她除了專注護著裝在鞋盒裡的熊掌嬌客外，便是不斷演練等會兒要是遇上雨峰時，該如何表現出帶點距離感的鎮定而又不失自然的武裝姿態。然而，無論計畫安排得再周全，總有措手不及的變化打亂這一切。

當同學會圓滿結束後，人群陸陸續續散去，心明在等待千茉上洗手間的空檔，還來不及拿出放在背包中的小說翻看，雨峰已欺身迫近，直接坐定在她正對面，慵懶打聲招呼後問道：「心明，妳在等人嗎？該不會是等我吧？」

萬萬沒想到就這麼一個不被千茉盯住的小小空檔，雨峰偏是找著機會逮住她胡亂開玩笑。

「我等千茉啊！難道沒人等你？」心明乾脆提問戳刺他。

「我以為妳會等我，誰曉得妳只惦記程千茉，虧我家籃球每天都吵著要找妳……」雨峰一雙促狹的眼睛直勾勾盯牢了她。

心明只覺得雨峰一賴皮起來，即使是不合邏輯、常理的話，他也能說得煞有其事，完全不咬舌根。而回與不回，好像都只會愈描愈黑，她索性垂下頭避開他的眼眸，將氣力聚焦在鞋盒上，重新擺弄填塞縫隙的紙張團，好調整出固定兩盆熊掌的最佳位置，讓它們不會輕易因外界突如其來的搖晃而震盪。

「咦？我記得上回在妳家陽台好像看到過類似的多肉植物，一盆送程千茉，另一盆應該是送我的吧？妳總算有心了，先說聲謝謝啦！」雨峰一邊說，一邊探手拿取其中一盆，正巧和心明來不及挪開的手撞個正著，他指尖的熱度迅速四散開來，她觸電似的趕緊收回手，嘴巴囁嚅著想解釋、澄清些什麼，卻終究沒開口，這時，一雙眼正巧對上剛從洗手間回來的千茉，她彷彿看見救星降臨，眼神盛裝滿滿的求救訊號。

千茉興味盎然地目睹何雨峰「染指」剛從心明那兒過戶給自己的熊掌，調侃質問：「何雨峰，我怎麼就沒看見你特地為心明準備的禮物？」

「好啊，妳們待會兒有空嗎？我請妳們倆續攤，剛剛完全沒機會和妳們倆好好聊聊。」雨峰說得篤定，彷彿盤算過無數次。

千茉立刻搖頭擺手：「實在不巧啊，我跟心明還要趕著去聯誼，再不走就遲到啦！心明，還愣著幹嘛？」

「喔，好！」心明像是想起什麼似的隨即起身，連鞋盒裡剩下的一盆熊掌也無暇顧及，只管機械式追上千茉的身影邁開步伐，將雨峰忽然變得複雜的暗色眸光遠遠拋置在後。

「對了，何雨峰，我那一盆熊掌順便送給你啦！我們不方便帶去聯誼場合，挺麻煩的，掰掰！」千茉忽然停下腳步，回頭將熊掌正式「託孤」給雨峰，心明來不及煞車而輕輕撞了千茉一下，她瞪大眼睛瞧著演技一流的千茉，真覺得同為大學室友四年，沒被千茉論斤賣掉簡直是個奇蹟！

「謝啦，這盆多肉我就接收了。程千茉，妳可別把心明帶壞了……」雨峰不疾不徐回應，心明聽不出任何的情緒，卻覺得他的聲音似乎比平常更乾澀一些。

兩個人急急忙忙走出位於淡水捷運站附近頗負盛名的咖啡館，一路以跑百米速度衝進捷運站，直到上了捷運後，千茉才放開懷哈哈大笑：「何雨峰那個人實在太過精明了，以為我們可能騙他，一路緊盯我們離開的身影不放！尤其，他剛剛聽到我們要去聯誼時，臉色整個變了，可惜，妳完全沒看到。」

「我沒想到，妳居然用這種理由讓我們倆成功脫身……」心明笑不出來，她不喜歡聯誼這個藉口，卻不能否認它在某些時刻的確很好用。

「不用這招，我們怎麼光明正大離開？而且，我也想知道他到底是站在哪個位置看待妳。」千茉頗不以為然說道。

「嗯，我只是不習慣用一段感情去替代或彌補另一段感情，這種模式在很多言情小說或現實生活裡都看得到。對我來說，一段感情就是唯一，要不是唯一開展，就是唯一死去，沒有誰可以替代誰。」心明解釋著。

「我知道，妳這是愛情潔癖使然。不過，妳不苟同的聯誼理由，好歹讓我們的目的達到了，除非妳心疼何雨峰受傷……」千茉刻意對著心明挑了一下眉眼。

「他應該不至於受傷吧，我們自始至終都是好朋友而已。我只是不習慣用這種藉口支開他。」心明倒是答得坦然。

「如果我說他剛剛的表情很受傷呢？妳現在打算怎麼辦？」千茉以無害的笑容包裹一句很有害的問句。

「還……能怎麼辦？我現在不正緊緊跟著妳嗎？唉呦！妳別踩我的痛點問問題啦，妳明知道我是個很容易心軟的人……」心明舉起雙手佯裝投降討饒。

千茉仍繼續追打：「是啊，妳心軟到把本來已經過戶給我的兩盆熊掌都轉手送他了。」

心明立即澄清：「耶！明明是妳嫌聯誼麻煩而送他的，那可跟我的心軟無關喔！」

「我是為了加強戲劇效果而送他，妳是完全開不了口拒絕他，我們倆的等級差太多了。」千茉斜睨心明，精準為兩人剛剛的表現區別出鮮明差異。

刻意換上耍賴姿態的心明，乾脆質問千茉：「咦？妳怎麼不全力捍衛熊掌，把它們全討回，可見我送妳的禮物，妳一點都不珍惜……」

「如果被何雨峰強勢擄走一盆我的熊掌，妳都可以無所謂，那麼，我當然也可以無所謂，既然送禮的妳都不介意，收禮的我又何必執著？」千茉溜轉靈動的清澈眼眸，把話說得淡然卻挾帶強大的後座力，心明當場被震得說不出話，最後，只得拉著千茉的雙手，以無比慚愧的聲音說道：「對不起……我……」

「心明，妳不用道歉，這就是現階段的妳，還無法和何雨峰勢均力敵的妳，妳不需要為這樣的自己道歉。」千茉反握住心明的雙手，制止她的歉意。

「謝謝妳。」心明點點頭，眼底閃過一絲被理解、包容的感動。

千茉眨著長長如扇葉般的細密睫毛，語帶神祕說道：「先別急著謝我，我還是很想得到熊掌呀……」

「啊？」剛鬆了口氣的心明又是一愣。

「微雨山城三月的日記就以熊掌做素材如何？我現在啊，可是妳微雨山城的忠實粉絲，太喜歡妳一、二月的銀飾行銷文了，浪漫甜寵，很療癒啊！還有，我要訂製一枚熊掌銀飾項鍊，記錄我們倆用聯誼藉口成功欺瞞何雨峰的這一天囉！」她愈說愈是興奮，彷彿自己才是微雨山城的設計師，正籌備三月的新品創作計畫。

心明以一種不可思議的狐疑眼光瞧了瞧千茉，小心翼翼開口：「妳不覺得我寫銀飾行銷文的方式很令人匪夷所思嗎？畢竟我和雨峰從來沒在一起……」

「怎麼會？在我眼中，妳做這件事實在太聰明了，是很成功的銀飾行銷策略啊！」千茉反而覺得心明的問句太過大驚小怪。

還是不解的心明，一雙疑惑眼眸直直探向千茉那帶點堅毅線條的漂亮白皙臉孔，千茉則抬起右手拂過一綹落在胸前的亞麻色大捲長髮，將它們固定在肩膀後頭，隨即投遞給心明一朵燦爛的笑容釋疑：「這不只是一樁很成功的行銷策略，還是一個很有創意的情傷療癒方法！」

「前陣子，我差點被新房東追殺。」她突然話鋒一轉。

「啊？」心明有些錯愕，正猶豫是否該提醒千茉回到正題時，她仍逕自喃喃著剛起頭的離題事件：「我對環境有一點潔癖，剛搬進去租賃處時，對臥房內的那一塊以米白為底色，上頭鑲繡一朵朵可愛立體紅花、藍花、綠花的亞麻透光窗簾很有意見，總覺得即使再多的陽光篩洗進來，它也還是髒兮兮的，畢竟那可是陳年累月的厚厚塵埃傑作。於是，我很勤快地將它拆下洗了，妳猜怎麼著？」

「妳該不會把它洗壞了？」強壓下想引導千茉扣回主題的渴望，心明試著入戲另一樁故事。

「答對了！但我可是很慎重地用手洗耶，沒想到那布料一浸水，被我輕輕一搓揉後，就整個崩解碎裂了，破得澈澈底底，好像電影《復仇者聯盟：終局之戰》中，那些因薩諾斯的彈指而瞬間化為灰燼的漫威超級英雄們……」她唱作俱佳的森冷表情，心明聽得有些駭然。

「我的房東很崩潰，她說那是房子的第一塊窗簾布，已經十多年沒換過，好像只要這塊窗簾還在，曾住在這裡的美好記憶就會一直都在，她甚至捨不得洗它，因為深怕一旦洗了，記憶便褪色了。我心想：天啊！這窗簾也太髒了吧，負載著十幾年的沙土塵蟎黴菌重量耶……」千茉瞪大雙眼，露出完全無法接受的神情。

「為了息事寧人，我只好自掏腰包換一塊窗簾布，當我把這起慘案報告給窗簾老闆聽時，老闆居然見怪不怪告訴我：『小姐，無論多便宜或多昂貴的窗簾都禁不起妳這樣糟蹋，肯定洗壞掉。裝上新窗簾後，切記，要嘛就定期手洗，要嘛就永遠都不要洗，久久想到一次才洗一下，只會導致這種下場。』」說完故事，她緊緊盯著心明瞧，彷彿有話想說，卻又不想說盡、說死。

心明先是驚愕轉瞬又恢復平靜，點點頭又搖搖頭，眼神裡也藏掩著沒有說出口的句子。

千茉終於緩緩扣題：「妳清楚知道妳寫的銀飾行銷文章，是永遠不可能發生的愛戀故事，在我看來這是妳總算拆下從未清洗過的陳年窗簾布，準備潔淨它的宣誓過程。我猜想啊，妳不過是透過看似甜寵的放閃文，進行一場場殘酷的自我和解。」

牽起一絲勉強笑容的心明，老實回應：「一開始我真的沒想這麼多，只是很單純地想為微雨山城的銀飾做點行銷，寫著寫著才意外發現，當那文章寫得越甜蜜時，我就越疼痛、越荒蕪，越是感到疼痛荒蕪時，好像就越有甦醒的機會。」

「是啊，妳正是在無望的愛情處境裡，設計一條甘願醒來的路徑。」千茉拍拍心明纖細的肩膀，繼續輕聲說道：「日後，妳還會慢慢發現，承認不被愛，一點也不可恥，有時，還會有意想不到的收穫，妳瞧，我不就成為妳的微雨山城粉絲！」

「千茉，妳啊，彷彿經歷了千山萬水似的……」心明下了個短評，試著神色正常地看向千茉，心卻無可避免地被那一句「承認不被愛」給狠狠撞擊一回，只覺得自己距離這樣的放手境界還太遙遠。

「妳終於看出來啦？」千茉說得雲淡風輕，眉眼之間唯有靜定的色澤。

「謝謝妳，這些年對我的理解還有照顧。」心明點點頭並感性答謝。

「不必謝我，我只是在妳身上看見了自己的某一部分，恰巧妳又是我的室友，剛好關注一下而已。」千茉臉上隱約寫著「這不是什麼大不了的恩惠」幾個大字，朝她瀟灑一笑。

心明拍拍胸脯，誇張演繹：「是是是，我就是那種運氣超級好的幸運傢伙，有幸能夠成為妳的同學、室友、朋友，這樣行嗎？」

「行，妳說的都是實在話，哈哈！」千茉露出頗為得意的笑容。

兩個人一路聊到台北火車站，才各自奔往回家的路途。南下的自強號火車上，靠窗而坐的心明，在瞥見粉綠色的遮光窗簾時，不由自主想起千茉的洗窗簾事故，依舊覺得無比驚惶！

她和雨峰相識的最初也曾是眼前這窗帶來蓬勃綠意的布料，歷經歲月、陽光、灰塵、病菌一一附著後，表面上看起來仍然一如往常，而其實早已筋脈盡斷，徒剩好看的軀殼勉強撐持而已，一旦清洗檢視，只能迅速解體化為灰燼，恐怕連一句想說的話都來不及留下。

為什麼不定期清洗？心明自問，她不是沒有清洗的自覺，只是遲遲做不到，她總是懷抱太多的期盼，為了掙得它們存活下來的一點點機會，她消極逃避那些不被雨峰愛著的事實，以為只要不承認，就還有一絲希望，萬萬沒想到自己後續迎來的是一個個更加不堪的現實處境。

七年之後，那塊窗簾不但不再帶來盎然生機，甚至加重心明鼻子過敏的症狀時，她終於決定汰換它，卻堅持先洗滌它，既然都要丟棄為什麼還要這麼費事？因為心明著實無法想像全然棄絕後的生活，她只能一點一點地離開，直到離開成為不可撼動的事實為止。洗淨它的這個步驟，還能給予心明一段充分適應的過渡期，或許真能夠成全她離開他的願望。

然後心明一次次發現自己在杜撰銀飾行銷日記的篩洗過程裡，被迅速扯得支離破碎，卻也緩慢得到細密癒合的可能，那是兩股猶如生與死的扞格力量，一直在內心傾軋較勁，試圖鍛鍊出一個非生即死的自己。

於是，她慢慢明白，在單戀雨峰的這些年，有一些什麼注定留下來了，她不會一無所有，而那些命定留不住的，也只是不適合她而已。心明認定和雨峰的這一段感情，沒有對錯，也沒有輸贏，只有各自的不同詮釋，而這些詮釋剛好都不是對方所能夠接受的版本而已。

但是，每每一想到努力了這麼多年，終究還是不被雨峰所愛時，心明仍舊覺得狼狽至極。更加難堪的是，她怎麼能夠這樣孤注一擲只愛著這個永遠不會愛上自己的人？而當最初的愛意必須遭逢不斷扭曲、變形才得以勉強倖存的命運後，她愛上的會不會已經不再是雨峰，而是一種由自我保護機制所啟動的想像與錯覺？為了不讓自己的世界瞬間崩解毀壞，所以選擇一廂情願愛著，彷彿只要還能愛著他，心明以及過往的那些歲月便還有存在的意義與價值。

這也是為什麼後來當宜家因為微雨山城行銷日記而狠狠說教心明時，她會失態哭泣，還驚動到一旁玩著水泥鞋的晴晴來安慰自己。雖然深知感情不該有對錯、不該有輸贏，也從來不可能公平，心明卻沒能堅強到足以消化、接受雨峰根本不愛自己的這個殘酷事實。

不只如此，心明還逐漸陷入自我厭棄的深深泥淖中無法自拔，千茉的提醒還猶言在耳，她步步驚疑反覆質問自己：會不會是撤退計畫出了什麼問題？還是根本不該優柔寡斷賜予自己一段這樣奢侈的過渡期？要不然怎麼老是讓雨峰有機可趁，屢屢任他擾亂她撤離的計畫與進度呢？

而由千茉一手搬演的聯誼事件，似乎也醞釀出一種詭異的效應。自那一天後，雨峰的聯繫愈發密集，時而訊息時而電話，彷彿深怕心明不曉得他的存在，以一種排山倒海的張狂姿態向她突擊而來。心明隱隱害怕這樣的雨峰，她總覺得他的傾靠已不像從前那般只是為了單純的快樂，還摻雜了其他的企圖，而無論那些企圖是否偷渡著他對她的在乎，都不再是心明想探究釐清的事。

心明太過清楚不被雨峰愛的劇烈疼痛是怎麼一回事，卻也懼怕他在錯誤的時間點回頭看見她且思量愛的任何可能，那樣因為感知即將失去她而盲目奮力攫取的愛，太過粗糙勉強，比不愛她更加讓人難以忍受。

難道她對他的存在意義終究只是一個B，一個怎麼可以不拜倒折服於A的B嗎？

接到法國巴黎的AFEDAP現代珠寶學院的錄取通知後，心明知道自己絕無可能成為雨峰的B。她還在讀研究所時，便把自己拋擲在金工、法文的世界裡鑽研，為新作品、新證照戮力奔波，備考的那段日子，簡直把一個人當成兩個人用，卻依然覺得時間消逝得可怖極了，經常在半夜驚醒，以為自己錯過了某間學校的申請日期或申請步驟而冷汗涔涔，難怪宜家常笑她根本是嚴重的自虐患者，什麼事都能拿來自虐一番。

時序進入七月，心明慢慢著手搬家的打包工作，為前往法國留學做相關的準備，她唯一還不知道該如何安排的是微雨山城工作室，究竟要結束營業？還是留著它、縮小規模繼續在法國開張？但她有辦法兼顧學業和事業嗎？轉眼間，七月底已經到了，她還是沒做出決定……

正當她想得出神時，手機鈴聲急急響起，心明一看來電顯示竟是雨峰，嘆了一口氣，重新更正，她不曉得該如何安排的還有他。

「心明，我在妳家樓下，開個門吧。」他彷彿是住在隔壁的鄰居，做飯做到一半突然發現家裡沒醬油似的超級自然口吻。

「啊？你……我家現在很亂耶，為什麼不早點通知……」心明瞬間慌亂，忍不住叨唸。

「我剛在新竹縣十二寮休閒農業區的創客基地那邊開完會，想到離妳家很近就過來了。怎麼？現在要趕我回家喔？連一杯水都不給喝嗎？」雨峰繼續耍賴中，沒打算放過心明。

「上來吧。」她無奈妥協，在對講機按下大樓開門鍵的一剎那，心中隱隱約約的不安感像遇見氧氣的火苗，猛地竄燒不止。

「你怎麼渾身濕答答的？等我一下，我拿吹風機和乾毛巾給你……」幫雨峰開門的心明，乍見他一身落湯雞的模樣嚇了一跳，轉身便往浴室奔去。

「新竹下了一整天的微微細雨，妳沒發現嗎？我懶得撐傘，就變成這副德性了……」雨峰本想繼續說些什麼，卻被攤在眼前的一地七零八落紙箱、雜物，緊急凍住了那些即將出口的話。

心明急急忙忙捧了乾毛巾和吹風機從浴室出來，火速衝到雨峰面前，卻不小心被他身旁的一個紙箱尖角絆了一下，眼看就要摔倒在地時，被雨峰即時接個正著，他強而有力的臂膀牢牢扣住她的身體，待她站穩後，才輕輕放開手，似笑非笑問道：「妳一直都這麼容易跌倒嗎？」

她瞬間浮起大一時和雨峰第一次交集的畫面，如果沒有那一次的跌倒事故，也許就不會有後來的這些牽纏不休故事，而如果沒有這些故事，他們現在又會是什麼樣子？會活得更好？還是變得更糟？心明下意識甩頭驅散那些沒有解答的疑惑，及剛剛因跌倒而引起的尷尬熱度，趕緊遞上乾毛巾和吹風機給他，並催促著：「快弄乾，免得感冒。」

雨峰從心明手中接過那些東西，只胡亂用毛巾擦乾臉後，又將它們全放在旁邊的鞋櫃上，一雙眼睛直直看向她，問句帶了點焦慮的嗓音：「要搬家了？搬去哪？」

「我申請上法國巴黎的AFEDAP現代珠寶學院，這邊租約也到期了，我會搬回台中，之後再搬去法國唸書。」心明刻意避開他的目光，低頭簡單說明，她沒想到安排雨峰的方式根本無從揀選布置，只能倉促上架面市。

「如果我沒來，妳會主動告訴我嗎？」他問，眼睛灼熱逼視她。

低頭的她毫不猶豫回答：「會啊，你是我的朋友，當然會知道我的去向。」

「心明，妳確定我們真的只是朋友而已嗎？」雨峰的聲音才一罩下，已順勢將心明帶入自己濕淋淋的懷中，雙臂緊緊地箍住她，不讓她逃。

被他那又濕又燙的身體觸感嚴密圍捕的心明猛然一驚，隨即掙扎、出聲制止：「雨峰，你這是做什麼？快放開我！」

「為什麼不告訴我有微雨山城的存在？為什麼要寫那些甜蜜的戀愛日記？妳究竟還有多少沒對我說清楚的事情？」他對她的呼喊置若罔聞，反而一個勁兒地迫近質問她。

「我……這很……重要嗎？說與不說，結果都是一樣的，不是嗎？你放開我，何雨峰！」心明完全不想淪陷在他又冰又熱的懷抱裡，他難道不知道這些曖昧舉動對她而言還是難以自拔的陷阱嗎？他是不是壓根忘記了從前那些嚴苛的越線禁令？

「妳以為我會永遠對妳無動於衷嗎？」雨峰順勢將她帶往玄關旁的牆壁上固定著，不讓她有竄躲的可能，他騰出一隻手，扣住她精緻小巧的下巴，深邃的眼眸直勾勾凝視她，心明只是瞪大雙眼，不可思議地看他，她不懂現在的他還想要從她這裡確認些什麼？這些年來該給他的、不該給他的，早已被他全面否決棄置，貧瘠的她再也給不起任何了。

雨峰則無視於她惶惑不安的眼神，頭一低便吻上她的唇，以極其挑逗的姿態深吻了她，心明越是極力反抗，雨峰越是加重掠奪的撩撥力道，一番拉扯、僵持後，心明決定放棄，任由他攻城掠地，她只是靜靜流淌淚水，而那兩行溫熱的淚水驚動了他。

他終於停下侵略性的吻，以一雙迷離的深色眸子探看她，低啞詢問：「怎麼？不喜歡？和妳的戀愛日記期待不一樣嗎？」

眼神瞬間冒火的心明，激憤地朝雨峰的胸膛上狠狠搥了一拳，哽咽大喊：「對我說出那樣的話，你很開心得意嗎？我承認我愛你，但那都是過去的事了，我用書寫的方式給這段慘澹的單戀歲月一個比較甜美的去處，順便和那個無可救藥愛戀你的自己告別，這有錯嗎？我難道還不能利用我愛你的這個事實，順便為我的銀飾作品做行銷廣告嗎？何雨峰，創作，從來不等於真實處境，你會不懂嗎？」

「抱歉，心明，我收回剛剛的話，我只是很生氣，無法接受即將失去妳而我卻什麼都不知道的事實。」雨峰的聲音裡彷彿有無限的頹喪感，臉部的堅毅線條也跟著緩緩崩解。

她用力推開他，逕自走向陽台背對他，沉默許久之後，再次開口，語氣已不似剛剛那般爆裂，帶了一點哽咽的鼻音與刻意疏冷的距離：「你的話太矛盾，沒有得到，哪來的失去？再說，我們一直都是朋友，朋友即將遠行去法國深造，你不是應該要給予祝福嗎？。」

「心明，面對妳，我很難不矛盾。當妳靠得很近時，我怕傷害妳；當妳離得越來越遠時，我又怕會從此失去妳。妳告訴我，我還可以怎麼做？」他走向她，停在她顯得疏離的身影背後，欲言又止。

「是你說始終無法歸類我的，也是你說我只有五十分的，你甚至還無數次嚴厲斥責我不該越線，這些你都忘了嗎？為什麼現在還要對我說這些令人匪夷所思的話？」心明忍不住提高語調質問，纖細的肩膀微微抖動。

她深吸一口氣，試圖鎮住發自心底的顫抖，繼續追問：「你究竟為了什麼而來？施捨？愧疚？還是單純的好奇？又或是突如其來的寂寞？」心明一字一句清晰說著，挾帶哀傷的苦澀笑意：「這些，我都不再需要了。」

「心明，忘掉那些過去，再給我一次機會，好嗎？」近乎赤裸的告白口吻，雨峰一步步靠近，近得她無須回頭確認，都能感受得到他焦灼凝滯的氣息彷如細密的漁網漫天漫地撒下。

心明不語，只覺得這世界的運行方式太過荒謬，她以為這種我錯過你、你錯過我的老套劇碼只會在愛情肥皂劇中出現，沒想到她和雨峰的故事也隸屬這一類型，硬是把一場輕症感冒活活拖磨、耗損成重症肺炎的愛情事故，究竟是她太過遲鈍而屢屢誤讀了他？還是他太過隨便而次次重傷了她？

雨峰見她陷入沉默，索性緩緩伸出長長的雙臂從背後溫柔環抱住心明，親暱地將下巴輕輕抵在她窄細的肩膀上，鼻尖旋即被一絲絲清甜的髮香氣息圈繞，他低語呢喃：「別推開我，我只是想好好抱抱妳，和妳重新開始，或者如妳所以為的好好結束……」他軟言軟語請求，毫無意外再次深深撞擊心明的心口，她極其悲哀地發現自己竟然還會眷戀雨峰給的一切，明明知道不該如此耽溺，卻還是無可避免地陷溺其中。

時空猶如被施了一場凍結的魔法，兩人的擁抱漸漸熬成一種天長地久的姿態，直到心明終於開口，清冷的語氣輕輕撕裂這一段太過靜謐的時刻：「你知道嗎？你最可惡的地方就是像現在這樣，在我屢屢絕望的時候，只需要一句話或一個肢體動作，便能施捨我一點點微末的希望，然後再刻薄的要我憑藉著那一點點微末的希望，繼續卑微而顛簸地前行，以迎擊你給予的一次次絕望。這些年，你從來不肯讓我死心，也從來不肯放我自由，你怎麼可以這樣反反覆覆對待我？」

「心明，相信我，我會證明這一次絕不再反反覆覆。」他在她耳畔輕語起誓。

「太遲了，雨峰，我不會是你的B。」她的聲音雖輕，卻無比堅定。

「誰沒有一段段的過去？更何況妳也不可能是B，妳和她們不同……」他繼續申訴。

「我就沒有那一段段過去，我從頭到尾只有你啊！」她不以為然反駁，接著理性辨識：「問題不在於我和她們不同，問題在於我不想成為你的B。只要和你在一起，我就會是B，我必然有巨大的陰影，整天對你疑神疑鬼、患得患失，不知道自己在哪一時哪一刻會被下一個B取代，我不想那樣摧毀我們之間的感情。」

「A的原罪就這麼不可饒恕？我就這麼不值得妳信任？這些年來，我不也一直用各種方式證明我在乎妳嗎？」雨峰無法反駁心明的說法，只得試著援引各種有利於自我立場的問句。

心明的聲音越來越理性：「你也許在乎我這個朋友，但你並沒有你想像中的那般不能失去我。」

雨峰幾乎失笑：「妳太低估妳對我的影響力了，心明。」他稍稍加重了抱她的力道，他要她即刻感受這些年來她對他而言一直是強烈的存在。

「我就是一直太高估自己對你的影響力，才會落得從頭到尾只看見你的徒勞窘境。」心明拉開他箍緊的雙手，終止這個讓她幾乎窒息的溫熱擁抱，掙脫那張幾乎沒有竄逃縫隙的漁網，她堅定轉過身面對雨峰，毫不迴避躲逃地凝視他。

心明語調輕緩，話卻說得無比犀利：「我們對愛情的渴望不一樣。你不想在感情上太過認真投入，而我偏偏是那種必定認真投入的人。於是，你寧可與那些B們展開一段又一段或明豔或曖昧的戀情，卻獨獨不敢正視我的，因為你知道我不是可以隨便玩玩愛情遊戲的女子。」

雨峰先是一怔，臉部線條隨即一垮，僅僅維持不到三秒鐘便迅急閃逝的錯愕、失落、頹唐、荒寂的複雜表情，全都陷落進她清清亮亮的眼中，心明目睹那細微的變化，確切知曉她和雨峰的這本剪不斷理還亂的感情帳簿，總算曲曲折折走到了關帳的時刻，再也無能添寫或竄改些什麼了。

無論他們之間無法愛上的真相是什麼，心明唯一確定的是雨峰始終沒那麼在乎她。人一旦深陷進愛裡，再多橫阻其中的苦衷或磨難，都能夠靠著一次次不甘僅止於此地慘烈衝撞而開鑿出一絲絲的細微裂縫，展開一點點即便還難以察覺卻真實存在的改變。然而，他們之間，從來沒有那樣的人為奇蹟出現。

「妳就沒想過也許日後的我會為了妳而改變？」他的眼眸還殘存著零星火光，並不想放棄。

「你只是一時無法接受我即將離開且不再愛你的事實而已，承認吧，雨峰，你還沒有在乎我到願意為我而改變的地步，你並不愛我。」心明輕輕搖頭，一張本就素淨的臉顏宛如疊映厚重霜雪，蒼白毫無血色，她終於直接點出這些年來始終不敢也不想正視的最不堪事實。這一瞬間，她有種被赦免極刑的如釋重負感，好像歷經這場戰役之後，世界上將不再有比這個更加慘烈、恐怖的災難了。

「我……」像是想再解釋些什麼，卻突然靜默，雨峰停了幾秒後，才再次開口：「心明，這些年來，我的確被妳深深吸引，卻也害怕有天妳改變了我、限制了我，我始終不知道該怎麼歸類妳才好，我就是不想要妳離開，如果可以，我只想自私地一直把妳圈困在我的世界裡……」他長嘆一口氣，臉上滯留淡淡的自嘲表情，眸光裡的灰燼滲透著令她感到陌生的滄桑感，像隻澈底戰敗頹然的獸。

每一段反反覆覆的感情，都包藏了各種自私的理由，心明一直很清楚。她嘗試卸除臉上的霜雪，將語氣刻意調整得輕鬆一些：「雨峰，就算你今天大出美男計，也沒有用，我們放過彼此吧！」

「妳完全不給我適應的過渡期嗎？就這麼趕盡殺絕……」知道心明試圖熱場，雨峰很快恢復賴皮本性配合，還將長臂一伸，似乎仍心有不甘，想要挽留些什麼。

「過渡期，不過是自欺欺人的手段而已，這些年來我比誰都明瞭它存在的後患，我不想要我們的關係再度因為過渡期而變得曖昧不明。」心明迅速挪移幾步，自陽台撤離回到室內，輕巧避開雨峰上前討抱的姿態，卻不小心踢倒了一旁的垃圾桶，垃圾桶哇啦啦吐出那一隻水泥鞋。

雨峰瞧著那隻水泥鞋出了神，半晌才開口：「妳最後還是丟了它？」

「對啊！」心明回應得很乾脆，彷彿毫無懸念。

「不想再當傻瓜了？終於可以丟棄我了，對嗎？」他的聲音明顯緊繃，一雙黑眸深深看進心明的眼底，似乎心有不甘地想再挖掘一點什麼、確認一些什麼。

她冷然搖頭：「一直都是你先丟棄我的。」隨即垂下長長的眼睫低聲承認：「即使離開你很難、很痛，也得這麼做，我沒有其他選擇。」

雨峰向前跨進一步，伸出手愛寵輕撫她的頭，低語說道：「至少還是朋友，這可是妳說的，我不要妳忘了我……」話明明是說給心明聽的，卻像是說給自己聽的，全黏糊成一團梗在喉頭深處。

「嗯……你身上的衣服、褲子都乾了耶，不過就是下了一場微雨，我剛剛太大驚小怪了！」話一甫落，心明順勢坐在一旁的沙發上，讓他的手再次陡然懸空著。

緩緩收回手的雨峰，聲音裡帶點苦澀：「是嗎？我心裡的這場微雨卻是怎麼樣也停不了的，即使不會致命，卻也是無孔不入地全境滲透……」他意有所指，卻也無可奈何，終究是他錯過了她，在根本不可能錯過她的每一刻，一次次親手推遠了她。

前往桃園國際機場的路上，忽忽飄起了細細微雨，雨絲如一粒粒剔透碎鑽，密密麻麻鑲嵌在剛剛還沐浴著澄澄陽光的車窗上，心明看得有些癡也有些疼。她無可避免想起雨峰提及的那一場下在心裡的微雨，嘴角勾起一朵若有似無的淺淺苦笑，她果然還是對他的話認真了，並且為他也為自己感到些許遺憾。好像不該這麼草率做決定的，也許應該再給彼此一次機會的，而這會不會又是雨峰故意設下的、打算繼續圍困與折磨心明的一道狡猾咒語呢？

幸好，那些突如其來的回眸時刻，也像微雨細細渺渺的，一下子便蒸發散逸，不總是苦苦糾纏，心明似乎越來越能適應離開雨峰的每一天了。既然一個月前的那一刻，她不容許自己妥協，一個月後的這一刻，她也不會後悔自己這麼選擇。

只是經常感到有股深沉的遺憾無處寄放而已……

這幾天，她翻讀全新中譯本《愛在瘟疫蔓延時》，為著兩個遲暮的老人只能在氣血耗盡、一腳踩進死亡陰影的人生最後，搭乘永遠不得靠岸的忠誠號輪船天涯海角飄盪流浪的結局，感到無比荒寒，那樣遲遲才幡然領悟的愛還能命名為「忠誠」嗎？而當得以依存的幸福又是那麼的短促、窘迫、哀絕時，費米娜或阿里薩真能沒有任何憾恨嗎？如果沒了那場瘟疫，阿里薩與費米娜愛在天涯海角的旅程還能繼續嗎？又能持續多久？這些問題都讓心明萌生出濃稠得化不開的感傷。

也許，無論是襲擊生理的世紀瘟疫，或是摧折心理的愛情瘟疫，對每一個人而言，都是巨大的生命浩劫，更是恐怖的全境滲透，心明反覆確診多年，她深知逃躲不得的絕望與劇痛。而即便躲逃得了，就連向來瀟灑落拓慣了的雨峰，恐怕也無法一身潔淨，多多少少都負了傷，這是一場根本沒有人可以倖免的難纏戰役。

一如馬奎斯在寫完《愛在瘟疫蔓延時》，不也覺得整個人像被掏空了嗎？明明阿里薩與費米娜在小說結尾已圓滿相守，為什麼馬奎斯深切感受到的不是戀人終於一償宿願的歲月靜好？到底是這部曲折彎繞的漫長愛情荒唐史小說，一點一滴掏空了馬奎斯所信仰的一切？還是馬奎斯傾盡全力澆灌的那些關於愛情的荒誕與虛妄，一步步掏空了小說中的純愛可能？

求而不得的愛情宛如一場失控的瘟疫，能掏空所有，摧毀一切，徒留絕望。在掏空前，我們也許已能隱約感知，卻怎麼也做不到禁絕被掏空的自保舉措，一如那些因應愈發嚴峻的疫情而相繼祭出的防堵或減災措施，依然無法改變終是徒勞一場的命運。其實我們只是忘了瘟疫蔓延的最初，一直都有能夠不徒勞一場的抗疫選項，我們卻從來不信、不做，偏偏愕然清醒的時刻又總是來得太遲、太短，只能任由那個從自我橫空裂變出的、完全無從想像更遑論控制的癲狂身世，如失速列車般無可阻攔地衝撞、翻墜、崩解、潰亡……

終究在最後一刻按下停止鍵了，但，目前的心明還無能喊停那樣一種恍如隔世的飄飄遙遙感覺，她困惑著是不是只要停下來就能保證不再徒勞？而不再徒勞的人生，會不會讓愛與不愛都有著一張張相似的模糊面目？接下來呢？她真能擁抱更嚮往的生活？又或者不過是開啟了一種新的遊戲方式，謀畫另一齣悲劇的起始點？這一切一切的問號，暫時都不會有答案了，很可能一輩子也不會有滿意的答案。

唯有離開雨峰，心明才得以在這場無能倖免的愛情瘟疫中倖存，縱使一輩子患有因染疫而得的後遺症又如何？只要她還可以一直邁開往前的步伐，便有機會真正拼湊一些別的什麼，張望與確認一些從未理解的什麼。很可能直到最後，會發現盡頭之處什麼也沒有、什麼都不是，至少她擁有過一個全新的世界，一個有愛或者無愛都能自由開展的世界。

車上猛地爆出一陣此起彼落的笑聲，中斷了心明的思緒，原來是翩翩不小心爆料哥哥天明約會時的奇葩糗事，把鍾家二老澈底逗樂，心明衷心感謝哥哥安排這樣的送機計畫。翩翩頗有與長輩溝通聊天的天賦，加上現在鍾家二老的生活重心全都放在如何讓天明的愛情早日開出婚姻的花朵，他們聚在一起總有說不完的話題趣事，反倒削弱不少鍾家二老對心明即將離家千萬里的不捨與叨唸。

「心明，妳哥哥老跟我吹捧他小時候很愛護妹妹，即使是妳的黑鍋他也會認命幫妳揹，天啊，你們兄妹倆的好感情真令人羨慕啊！好希望獨生女的我也有這樣的好哥哥……」翩翩瞧見心明有一陣子沒開口，專程把發言的球巧妙投給了她。

心明懂得這是翩翩的體貼，隨即收攏思緒專注加入戰局，跟著大夥兒一起笑鬧天明。一雙清澈明眸卻還好奇望向前方的擋風玻璃，發現那蠶噬車窗的晶亮細密碎鑽即使已遮住前行的視線，終究還是被反覆執行掃蕩行動的雨刷剿得四散逃逸，也許還留有稀稀疏疏的殘兵痕跡，卻再也無能改變早已寫定的結局。

一路微雨依舊，心明的眼眸卻慢慢蓄滿燦燦陽光，視線褪下一身黏稠的濕意，正輕盈拍動金黃色的雙翅，飛越過車窗之外、藍天白雲之外、以及還遙遠不可見的深深海洋之外，遺不遺憾好像不那麼重要了……

後記

我相當幸運，於二〇一九年參加黃秋芳老師主辦的「小說拾光寫作會」，宛如走進一場顛覆日常的綺麗幻術時空。在此之前，從未寫過小說，只想趁這為期一年的六堂小說寫作課，稍稍脫走日常步調，翻演生活新可能，渴盼打破秋芳老師長篇小說《小說拾光》裡的「此生囚牢」生命預言。

從沒想過自己竟會一發不可收拾地寫上癮，呈現癡烈的愛著魔狀態，甚至還研發出一種逗趣的鼓舞心法：只要當天有小說進度，無論字數多寡，便能將一張可愛小貓貼紙貼在月曆手帳上作為犒賞，大有集點換贈品的小樂趣，贈品自然是當時怎麼也無法想像能夠完成的長篇小說。那段日子簡單劃分為有小貓與沒小貓進駐的差別，還能神祕牽動情緒起伏，朋友聽了，都忍不住大笑。

即使明明寫的是很悲摧、慘烈的單戀故事，心卻很被療癒，寫到小說結局時，總覺得理應「大赦」男女主角，將他們送進幸福結局，索性一路自我催眠寫下甜蜜版收尾，把原本要寫的悲劇結尾初衷澈底遺忘了。豈料，秋芳老師在讀完我的小說初稿後，坦言這刻意灑糖粉的收尾有許多難以說服人的地方，她更喜歡最初的悲劇設計點子。奇詭的是，雖然最後兩章慘遭秋芳老師「退貨」，但這件事並沒能狠狠打擊、嚇退我，反倒讓我再次回到愛著魔的創作時光（自虐無誤），毫無懸念地將那兩章打掉重練，寫出自己更喜歡也更深邃的小說結尾。

也是在那一刻，我終於瞭解每一位寫作者即便清楚自己該平靜看待且接受花落時節的無盡孤寂與荒寒，終究會有逃躲不了的花開時節迷障和心結，一如小說裡癡戀何雨峰七年的鍾心明。深刻跋涉過這一遭後，重讀相當喜愛的小說《花開時節》時，開始能擁抱甚至珍視那一段喜劇收尾，因為我知道楊双子一定很渴盼這樣的結局，如果現實生活已如此舉步維艱、荒誕可憎，那麼至少在創作的世界裡，我們可以選擇活得任性一點、夢幻一些。

直到紮實寫下人生的第一部小說，赤裸感受過文字療癒人心的魔幻時刻，才猛然驚覺，那些年如果沒有文字相伴，也許我不可能治癒自己。原來，我早已依賴文字許久，並為著我能夠書寫而感到幸運，我同時要感謝當時的自己、那個人與那些事，倘若沒有這些，我將無法活成此刻的模樣。

一如《小說拾光》中提及的「愛和不愛，都是事故」，有些時候，正是愛與不愛的事故，催生小說故事靈感。無論事故定讞與否，它們皆是生養、形塑我的豐沃土壤，寫下來的與未寫成的故事，都曾在腦中設計、搬演、推翻過無數次，它們存在的意義唯有創作者明白。對我而言，小說創作是令人著魔的光，只要有光棲息，沉重的步伐也能持續輕盈舞動，橫越從前那個以為只能這樣的自己。

拜「小說拾光寫作會」所賜，我曾活在真實與虛擬繁複交錯的極端人生情境，書寫小說的每一刻，都是得以精緻活著的片段，更是一場場華麗的自我探勘旅程。我何其有幸，一路走來有文學小說家秋芳老師引路，有「小說拾光寫作會」學員共勉，還有好友Gel情義相挺，與老媽、小弟專注捧讀小說原稿且再三強調這麼做絕不僅僅是愛屋及烏而已……，是這些溫柔且堅定的力量，讓我愛著魔地走過二〇一九直至二〇二一年。

最後，感謝秀威資訊出版社看見《離開你的每一次準備》的獨特光亮，願意給予它發聲的機會，謝謝責任編輯孟人玉為這部作品投注許多巧思和精力，也謝謝翻讀本書直至此頁的每一位讀者。

釀愛情15　PG2758

離開你的每一次準備

作　　者	陳依雯
責任編輯	孟人玉
圖文排版	陳彥妏
封面設計	劉肇昇
封面素材	Photo by George Evans on Unsplash
便利貼素材	Designed by rawpixel.com / Freepik

出版策劃	釀出版
製作發行	秀威資訊科技股份有限公司 114 台北市內湖區瑞光路76巷65號1樓 電話：+886-2-2796-3638　傳真：+886-2-2796-1377 服務信箱：service@showwe.com.tw http://www.showwe.com.tw
郵政劃撥	19563868　戶名：秀威資訊科技股份有限公司
展售門市	國家書店【松江門市】 104 台北市中山區松江路209號1樓 電話：+886-2-2518-0207　傳真：+886-2-2518-0778
網路訂購	秀威網路書店：https://store.showwe.tw 國家網路書店：https://www.govbooks.com.tw
法律顧問	毛國樑　律師
總 經 銷	聯合發行股份有限公司 231新北市新店區寶橋路235巷6弄6號4F 電話：+886-2-2917-8022　傳真：+886-2-2915-6275

出版日期	2022年7月　BOD一版
定　　價	340元

讀者回函卡

Printed in Taiwan

國家圖書館出版品預行編目

離開你的每一次準備/陳依雯作. -- 一版. -- 臺北市 :
釀出版, 2022.07
面 ;　公分. -- (釀愛情 ; 15)
BOD版
ISBN 978-986-445-659-8(平裝)

863.57　　111005704